『談奇党』『猟奇資料』

第3巻

第5号（昭和7年3月）
臨時版（昭和7年6月）

［監修］島村 輝

ゆまに書房

『談奇党』第５号。

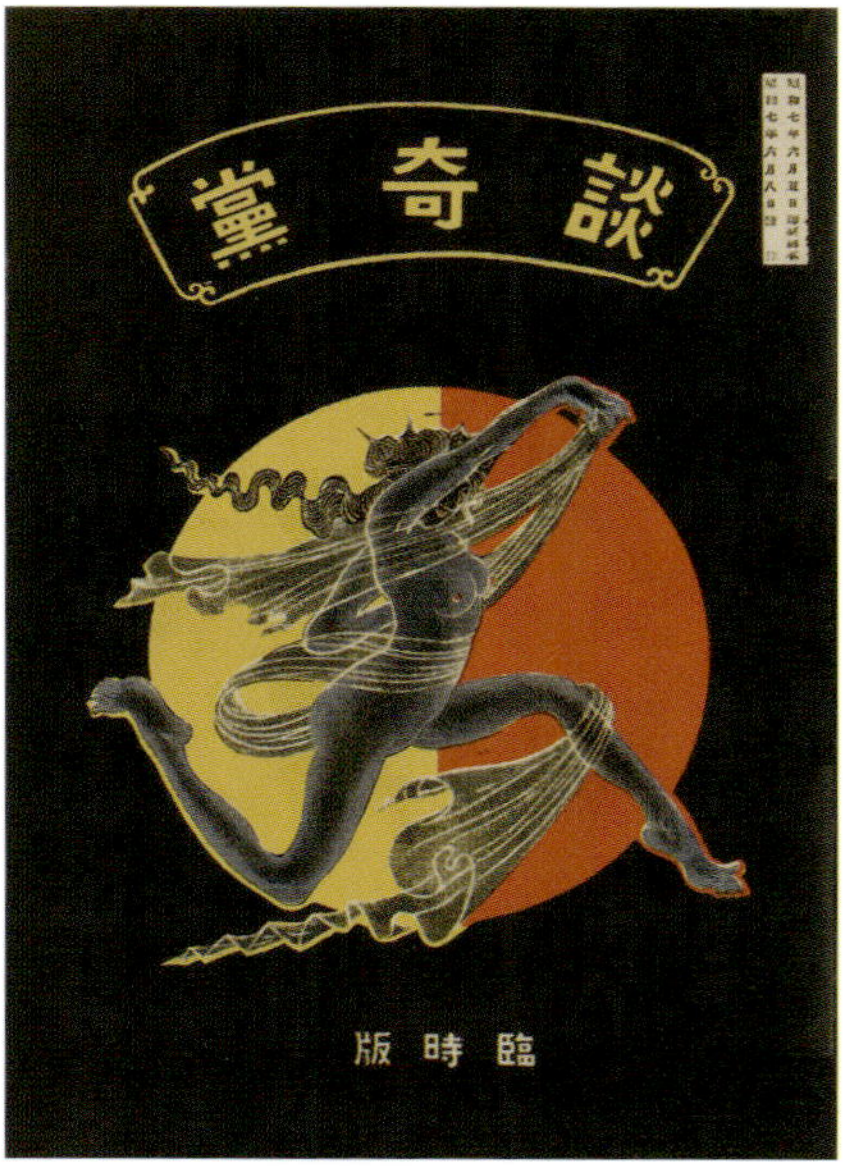

『談奇党』臨時版。

『談奇党』『猟奇資料』復刻刊行にあたって

監修　島村 輝

『叢書エログロナンセンス』シリーズは、戦前ジャーナリズム界の異才・梅原北明を中心とした「珍書・奇書」類のうち、発刊当時の事情やその後の年月の経過によって閲覧・入手の困難となった書物、とりわけ多く「発売禁止」等の措置を受けた雑誌類を中心にして、復刻刊行するものである。これまでに第Ⅰ期として梅原北明の関与した代表的雑誌『グロテスク』（一九二八〈昭和三〉年一一月～一九三一〈昭和六〉年八月）を復刻刊行した。ここでは永く幻と謳われた第二巻第六号（一九二九〈昭和四〉年六月）を発見し収録した。第Ⅱ期としては、北明個人の編集となってからの『文藝市場』（一九二七〈昭和二〉年六月～一〇月）、その後継誌として上海にて出版されたとされる『カーマシヤストラ』（一九二七〈昭和二〉年一〇月～一九二八〈昭和三〉年四月）の復刻を行なった。

これまでの復刻により、『変態・資料』『文藝市場』『カーマシヤストラ』『グロテスク』という、梅原が編集に携わった雑誌が揃ったことになる。今回その第Ⅲ期として復刻刊行するのは、『グロテスク』の後継誌とされる『談奇党』（一九三一〈昭和六〉年九月～一九三二〈昭和七〉年六月）全八冊、別刷小冊子『談奇党員心得書』、および『談奇党』の後継誌として発刊されたものの、創刊号（第一輯）のみの刊行にとどまった『猟奇資料』（一九三二〈昭和七〉年一〇月）全一冊である。

北明は『グロテスク』の後期には「珍書・奇書」出版への情熱を喪い、その分野から離れた立場にいたとされ、その実質上の後継誌である『談奇党』『猟奇資料』の編集等に、直接携わっていなかったことは確実であろう。しかしこの雑誌の創刊と継続的刊行に当って、北明の強い影響を受けた人物が、執筆にも刊行にも、大きな役割を果たしたことが、その内容を精査するにつれて次第に明らかになってきた。

『グロテスク』から『談奇党』『猟奇資料』へと引き継がれた底流から、当時のアウトサイダー的な出版人・知識層が目論んだ、サブカルチャー領域からの権力批判、文明批評の可能性と限界を窺い知ることができるだろう。

凡例

◇本シリーズは、『談奇党』（一九三一〈昭和六〉年九月〜一九三二〈昭和七〉年六月）、『猟奇資料』（一九三二〈昭和七〉年一〇月）を復刻する。

◇本巻には、『談奇党』第5号（一九三二〈昭和七〉年三月三〇日発行）、『談奇党』臨時版（一九三二〈昭和七〉年六月八日発行）を収録した。

◇原本のサイズは、二二五ミリ×一五二ミリ（第5号）、一九〇ミリ×一二八ミリ（臨時版）である。

◇各作品は無修正を原則としたが、表紙、図版などの寸法に関しては製作の都合上、適宜、縮小を行った場合がある。

◇本文中に見られる現在使用する事が好ましくない用語については、歴史的文献である事に鑑み原本のまま掲載した。

◇本巻作成にあたって原資料を監修者の島村輝氏よりご提供いただいた。記して深甚の謝意を表する。

目次

『談奇党』（第5号）

談奇黨
昭和七年三月三十日發行
「りんの玉」雜考
鮑とり
訓蒙性的戯談
談奇黨夜話
南歐黄表紙綺譚
陰獸倉吉物語
猶太人の女と基督敎徒
第五號

談奇黨
第五號

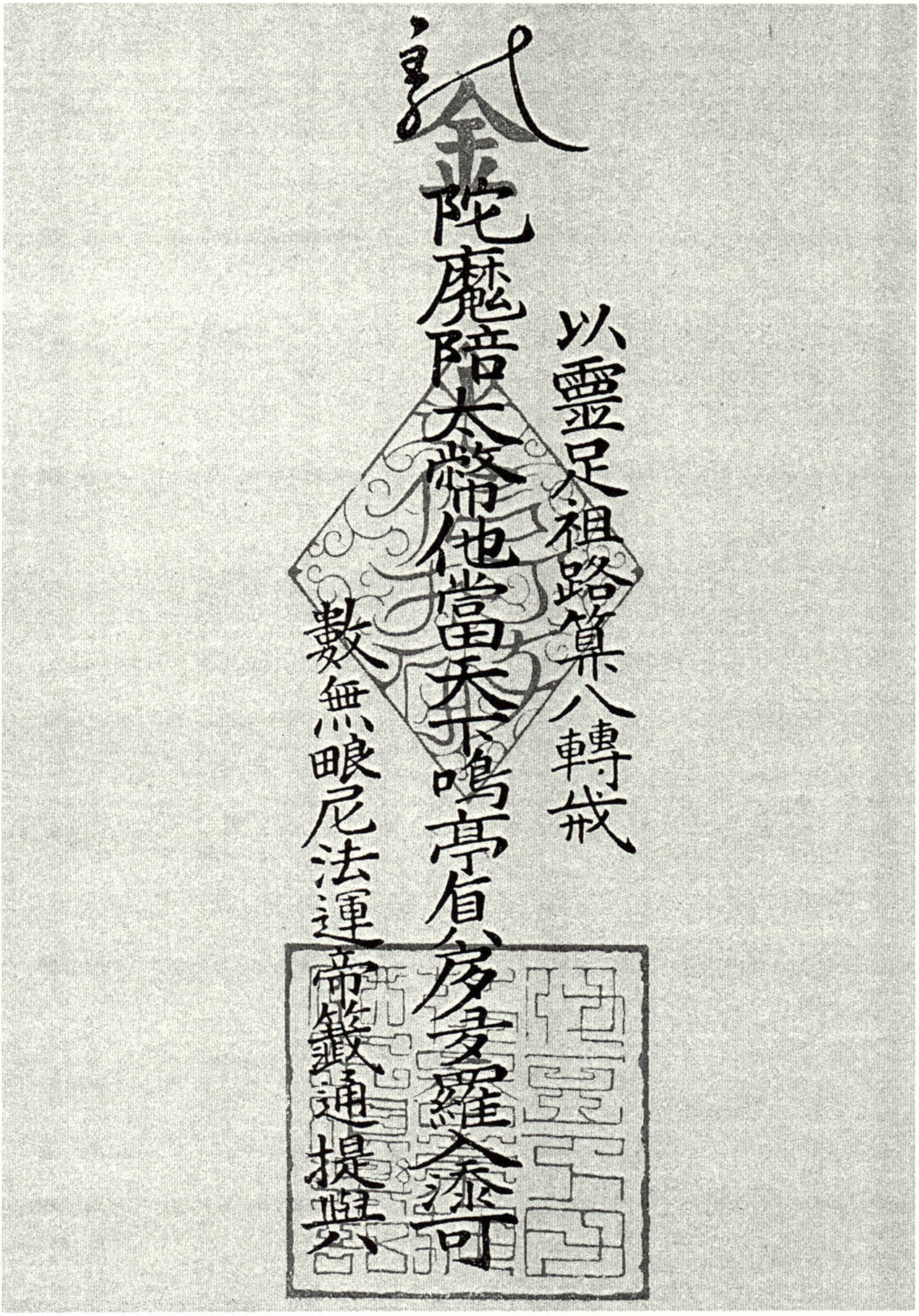
以靈足祖路算八轉戒

(1)サテは泥棒……
(2)コラッ開けぬかッアーン
(3)わしの言ふことをきくもんぢゃ…
(4)ウヘッ これはこれは

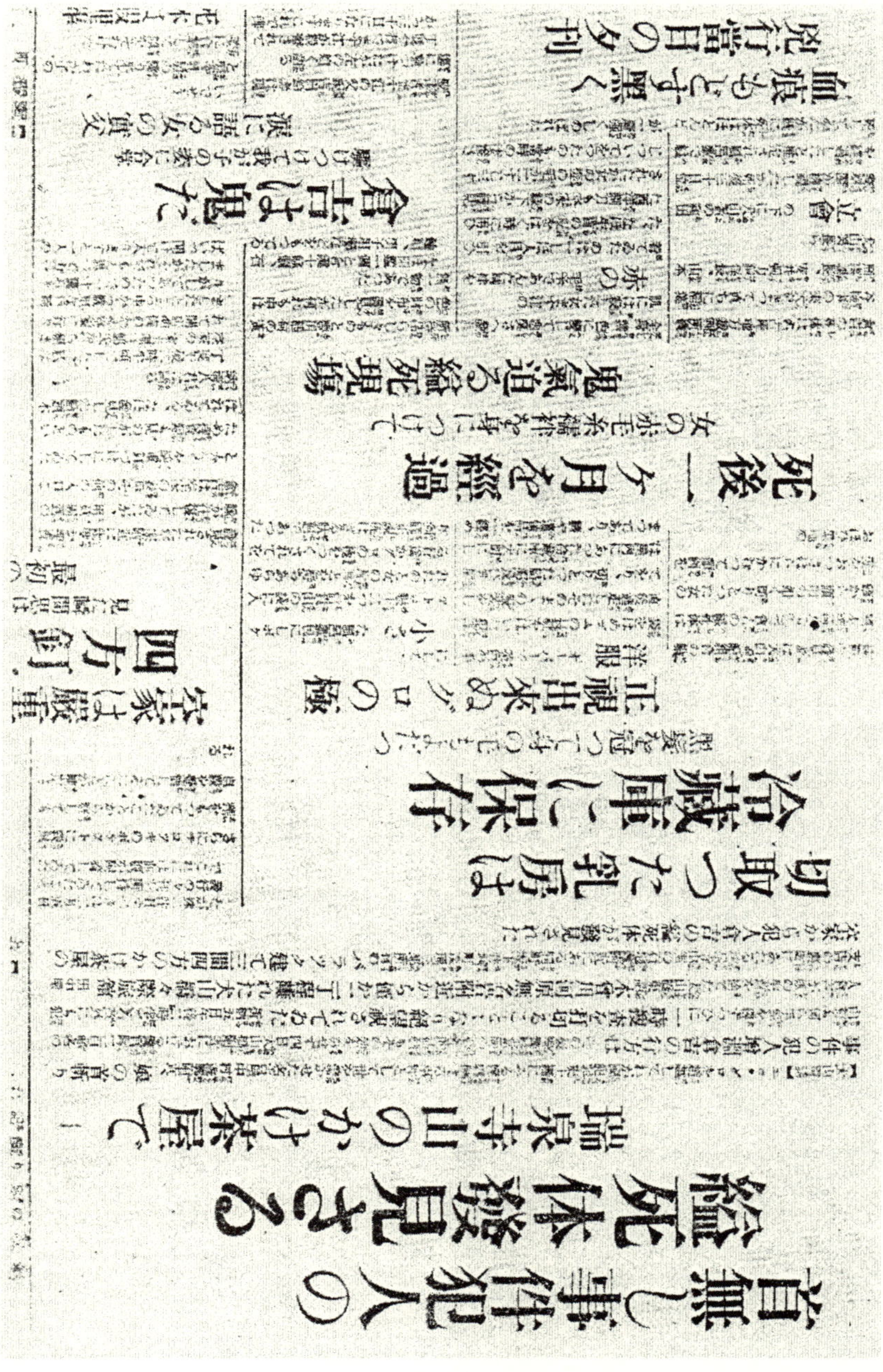

首無し事件犯人の
縊死体發見さる
瑞泉寺山のかけ茶屋で

切取つた乳房は
倉庫に保存

正視出来ぬグロの極

空家は厳重
四方釘付

死後一ヶ月を經過
女の赤毛糸襦袢を身につけて
鬼氣迫る縊死現場

倉吉は鬼だ
涙に語る女の實父

血痕もどす黒く
當日の夕刊

談奇黨
第五號

第五號正誤入

『りんの玉』雑考

琳　珠　齊

「りんの玉」は恐らく知らない人のない程世界的に有名な閨房用秘具の一種で、「専ら女性の性感を催はすに用ひられる。（日本性的風俗辭典（）」。

御覧の通りの、筆者の貧弱な文献の中から「りんの玉」に關する部分を抜萃して、これを分類して編輯したのが、この雜考であります。固より杜撰なものです。諸君の增補や改訂を望みます。

一、異　名

普通には「りんの玉」と書く。

「りんの玉」の異名には次のやうなものがある。

文字は違ふが、「りんのたま」と讀ませるものに、

輪の玉

琳の球

鈴　玉
鳴　琳
文字も讀みも違ふが、「りんの玉」を意味するものに、
名　代　玉
緬　鈴（めんれい）
如意寶珠
龍　玉
鳴　玉
大　和　玉
エリスの「性の心理」には次のやうな名稱が見える。
Rin-no-tama
Pommes d'amour（戀の玉）
Boule érotipue（春球又は淫球）

二、形　狀

その形狀や構造に就いて、エリスは「性の心理」に次のやうに述べてゐる。

自慰の方法を最高の點に迄發達させたのは、恐らく日本の女であらう。彼等は通常鳩の卵位の大きさの二つの玉を用ひる。時には唯だ一つを用ひることもある。ジョオスト（Joest）クリスチャン（Christian）其他が記する所によれ

ば、其れ等二つの玉は甚だ薄い眞鍮を以て作られて居る。一つは中が空虚である。もう一つの方には（小さな男と呼ばるゝもの）小さい重い金屬の玉或は若干の水銀、或は時として細長き振動する金屬物か入れてある。（佐藤紅霞氏編「性慾學語彙」の譯文による。）

更に佐藤紅霞氏や酒井潔氏は次の如く述べておられる。

琳の珠は金色をした大小二ケの玉で、鳩の卵程の大きさのものである。これを掌中に握つて振ると金屬性の好い音を立てゝ掌に快い微動を感じさせる。（「性慾學語彙」）

大小樣々の大鈴は眞輪の玉で上製になると、動かせば實に微妙な美音を發する。（「らぶひるたあ」の「秘具論より。

右三氏によると、その形狀も構造も個數も一定したものではないらしい。

三、歴史

寛政七年刊本、橘南谿著「西遊記」續編に、唐土の眞中に緬甸といふ所ありて、それより緬鈴といふ物を出す。其大きさ龍眼肉程ありて、人の肌の温氣を得れば自然と動きてやまず、彼地の淫婦これを以て樂しみとす。近き年京都にも何方よりか此緬鈴賣物に出て、かなたこなたに取はやしおのれと動く名玉なりとて如意寶珠といひふらし、おそれ多くも王公貴人の御手にまでふれさせたまひてめでさせ給ひける。誰一人緬鈴といふものにて不淨のものとは知らざりし。其果はいづかたへ買取けるや行衞も知らずなりぬ。余も只其噂のみを聞て其物は見ざりき。彼龍玉もかゝるたぐひにてあらざりしや。其後伊勢國津の城下に遊びし時、余も緬鈴を見たり。大さ二三十匁の鐵砲の玉の如く、重さ纔に七八匁唐金にて作りたるものゝやうにて、内に鳴り響くものあり、掌中に握りて少し動かせば、其玉大に響きうごきて掌をふるはす。蠻夷の(原文不明)奇妙の細工なり。此玉津より五里ばかり西の方、小倭郡佐田村彌兵衛といふ百姓の家に數百年持傳へて鳴玉と名付け、不淨の物なる事をしらず、世上の寳玉のやうに珍重せり。(「日本性的風俗辭典」に據る)

是れで見ると最初原始的の「りんの玉」が唐土から渡來したものと見える。それから、エリスが「自慰の方法を最高の點に迄發達させたのは恐らく日本の女であらう」と、云つてゐるやうに、日本で發達したものであらう。そしてその結果は、「塩尻」巻之二にあるやうに、憤慨されるに迄至つたものである。即ち、

房中邪術に緬鈴といふものあり、五雜爼に緬夷を殺す時活ながらこれをとるものよしといへり。今の緬鈴は金にて造るにや。嗚呼工人是等の器を製して利を釣り、淫夫色女多く是等を買て淫戯をそへ風俗をみだし得る。和漢ともに季世にはあらぬ事とも起りて道徳は日々にうとく成行あさまし。(「日本性語大辭典」に據る。)

日本に發達した「りんの玉」は更に海外に迄發展するやうになつた。エリス「性の心理」に、

此の道具は今や支那、安南、印度に於ても用ひられるやうになつて來た。

りんの玉は十八世紀にフランスに知られてゐた。時としては『戀の玉』(Pommes D'amour)と稱ばれてゐた。例へばバショーモント(Bachaumont)が其の日記の中に、(一七七三年七月三十一日の處へ)或る旅人が印度から持つて來た『愛の奥義の甚だ異様なる道具』の事を書いて居る。此の『春球』は軟かい皮を以て蔽はれ山鳩の卵位の大きさを持つてゐると記して居る。(「性慾學語彙」に據る。)

四、用　法

今では世界的に擴まつて、浮世繪と共に有名なものになつて了つた。

用法は便宜上三段に分けて書くことにする。

【一】　準　備

「りんの玉」を湯の中に入れ、或は火にかざして温める。口中に入れて温めると云ふ方法もある。

【二】　使用法

エリス「性の心理」によると、

先づ初めに空虛なかを膣に挿し入れ、子宮に接しさせて置く。然る後に第二のものを入れる。

（「性慾學語彙」に據る）

【三】　取出し

女自身が指で取出さうとしても、なかなか出ないと云はれてゐる。「性慾學語彙」には次のやうにある。

因に琳の珠使用後の處置について「艶道日夜女寶記」閨中道具行樣の圖の說明に「一義仕まいて○○をうつむけしりをたゝけばりんの玉出る」とある。

川柳に、

　名玉は尻をたゝくところげ出し

　よは腰を叩いて奚何か出し

尙ほ此の項に就いては、「文學に現はれたりんの玉」の項を參照されたい。

五、効　能

エリス「性の心理」には、

骨盤又は股を極めて微かに動搖さすれば、金屬の玉（若くは水銀）が轉がる。生殖器そのものゝ自發的運動だけでも充分である。玉が轉がるにつれて振動が起り、春的な刺戟を生ずる。恰も微弱な電をかけられた樣な感じが起る。（「性慾學語彙」に據る。）

酒井潔氏の「らぶ・ひるたあ」の中の「秘具論」と云ふ中には、次のやうにある。

陰內を轉げ廻る快感と、恍惚境へ誘ふ音響とによつて愛用されたものらしい。

六、目　的

目的に就いては、女子の自慰用として、性的不感症の女子に對して、性交の補助としての三項に分けて書くことにする。

【一】　女子の自慰用として。

エリス「性の心理」に、

膣の中へ入れられた後は、紙の栓を以て壓へられて居る。これを用ふる女はハンモック又は搖り椅子に身を乘せて身を搖り動かす事を喜ぶ。微弱なる振動は徐々に昂奮を惹き起し、遂に最高の度合にまで達しさせる。此の道具は普通娘等にも、名はよく知られては居るけれども主に藝者又は娼婦によつて用ひられて居るのだとジョオストが云つて居る。（「性慾學語彙」に據る。）

【二】　性的不感症の女子に對して。

「日本性語大辭典」によれば

明治三十五六年頃の淫具屋の廣告に「名代玉」と稱し「之は古代りんの玉と稱し美名を轟かしたるものにて頗

る爽快なる音を放つ。△△時に○○に入る時は無感覺の者も器械的の刺戟によつて忽ち快味を喚起し其の目的を達す。而して一度使用すれば始終閨房を放されず。」とあり。

又「性慾學語彙」によれば、

この陰具がもと性的不感症の女子をして性交中美快を催ほしめる爲めに使用されたものであることは『艶道日夜女寶記』中りんの玉の用法を圖解した詞書に「是を入行ふとき○○をこけあるく也」とあるのと、水泉齋作の『春情婦媱の雪』上巻口繪に現はれた琳の珠の圖に「○○の中に入れて行ば常に十倍の喜悦をなす」との文句に徴しても明らかである。

【三】 性交の補助として。

「性慾學語彙」によると、

エリスの著書に依ると「琳の珠」は一般に女性の自慰の具として用ひられたやうであるが、單なる自慰的用具としてゞはなく、一面性交の補助として用ひらるゝ陰具である。

七、文學に現はれた「りんの玉」

川柳には、

りんの玉女房急には承知せず
かの海底の奥に入るりんの玉
りんの玉芋を洗ふが如くなり
どつちらのためになるのかりんの玉

よは腰を叩いて妾何か出し
名玉は尻をたゝくところげ出し
名玉をしつちなぐつてあかんべい

狂歌には、女臈學綪抄に、

玉門のうちへいれつゝ行へば
ころげ廻りてよきりんの玉

尙ほ、その他江戸時代の好色小説に於てはこの「りんの玉」の使用方法は隨所に出て來る。筆者の讀んだものゝうちから、うろ覺えに記憶してゐるだけでも「柳樽未摘花餘興紅の花」「ふたば源氏」「地色早指南」「閑好記」等まだ他にいろ〳〵ある。

比較的新しいものでは明治四十年頃に出た小栗風葉序、中川白鶴著の「袖と袖」の中にもあることは、旣に大方の讀者もとくと御存知であらうと思ふ。

又作者も發行所も不明であるが、「東京の若い女」といふ性的生活の報告書の一節にも次のやうな一文がある。こゝに再錄することはどうかと思ふが、新しい小説に「りんの玉」を使用する描寫のあるものは比較的珍らしいのでほんの一部分を引用する。

作者不明「東京の若い女」と云ふ性的生活の報告書の一節。

くたびれたので二人共暫くうと〳〵して居た。一時間もうと〳〵眠つたことであらう。ふと目を覺ますと、安江も目を覺まして居た。それで又水を飮んだり話をしたりして居た。

「安江さんリンの玉を　れて　と、どんなにいゝの」

「何と云つたらいゝか知りませんが、奥の方を轉がり廻るのでいゝわ、それに轉がり廻る度に、何だか×の奥の邊まで、震へるやうに感ずるのよ」

「それは玉がちりん〱と響く音響が、にかすかな震動を與へて、輕い電氣にでも觸れるやうに感ずるのでないかな」

「さうかも知れないわ」

「そんなことでもなければ、何もりん〱鳴るやうに造る必要もないからね、只何んでも丸い玉なら、ラムネの玉でも、よささうなものだけれど」

「何しろ、あたし、大變なことを敎はつてしまつて、これから病みつきになつて、いつもそれを使はなければならないやうに、なるかも知れないわ」

「でもかまはないよ。外の男と寢た時より、僕と寢た時の方が、いゝ氣持になれたら、それは僕の幸と云ふものだからな」

「また、あんなことを云つて、知らないことよ」

時計を見ると、もう十時を過ぎて居たので、もう引上げやうかと云ふので、高窓から外を見ると、一時晴れて居た空が、また雨になつて居た。

私は安江に、それでは玉を出して頂戴と云ふと、えゝと云つて、自分で探つて居たが、私には中々出せないわと云ふ。指が短いので、奥まで屆かないのであらう。云々

八、參考書

参考書に就いては、佐藤紅霞氏編「性欲學語彙」下卷の「リンノタマ」の項の終りに列記されてゐる。それをこゝに拜借して、若干の增補を加へることにする。

性欲學語彙　（佐藤紅霞編

日本性語大辭典　（桃源堂主人編）

日本性的風俗辭典　（佐藤紅霞著）

鹽　尻　卷之二

西　遊　記　（續編）　橘南谿著

敎訓 女歲學繪抄　英泉作

艶道日夜女寶記

春情婦嬉の雪

末　摘　花

柳樽末摘花餘興紅の花

袖　と　袖　（中川白鶴著）

（「痴狂題」「黃菊白菊」「剝玉子」等の別名で流布されてゐるさうである。）

東京の若い女　作著不明

人間研究　　砂山岳紅著

らぶ・ひるたあ　酒井潔著

細鈴そのほか　水上柳吉

「性之研究」第一冊（大正十二年一月號）

相　對　小倉清三郎研究錄　第一報

オナニの風俗と器具　今小路重夫

「性公論」第二巻　第一號

ONANISM の文學的考察　南紅雨

「變態黄表」第二巻　第一號

こんたん道具及使用法　無冬山人

「稀漁」第一巻　第四號

Onanie und Kunstliche Instrument in Medizin.Aberglaabe und Geschlechtsleben in der Turke. Von Bern Kard Stern.

Article on "Onanism" by Christian in Dictonnaire enciclopédque des sciences medicales.

Das Weib, von Ploss und Bartels.

Handbucher der Sexualwissenschaft.Albert moll.

Geschlechtsleben in Brauch und Sitte de Japaner,von Frid.S.krauss,

Studies in the Phychology of Sex.Vol.I,H.Ellis,

Le kama Soutra, Trad.par, E.Lamairesse.

鮑とり雑話

平井蒼太

1

「鮑とり」といへば、直ぐ喜多川歌麿ゑがく處の、「鮑とり」の圖三枚續を思ひ浮べる。江戸期中世の思潮から生れた、ほのほのとおつとりした好色的描線をもつて、半裸の美女が渚に憩ふてゐる。海女といふには餘りに惜しい美女の、思ひの儘に放侈な姿態を見せて、ふあんたすていくな甘い夢の中へ、わたし達をすつかり誘導してしまふ。

「鮑とり」の海女といふこんぽぢしよんは、好色の浮世繪師歌麿の制作慾を、甚だ強く誘ふた處の畫材であつたであらう。それは恰も蘭燈ほの暗い閨房のなかの營みと同じやうに、白日まばゆひ水邊に、戯むれるにむふの姿として。

してそこに、「青楼の畫家歌麿」に於て「時には怖ろしい構圖、些か恐怖をすら催さしめるこんぽぢしよんのものもある。緑色の海草に包まれた岩の上に、その肢體を投出して、甘美な悦樂に溺れてゐるのか、それとも息絶えてゐるのか、定かならぬまでにわれを失ふてゐる裸體の女が、異樣な瞳孔を持つ甚だ大きな蛸に、その裸體の下部を吸ひつかれ、又その口は貪るやうな小蛸の襲撃を蒙つてゐるこんぽぢしよん、がそれである。」更に又、「物好きに忍び入らうとしてゐる、魚類にとり圍まれた海の女が、水陸兩棲のものの怪のため凌辱を受けてゐる。又ひとつの島の磯邊に蹲んでゐる歳若い女、半裸體の海女が、この怪しくも美しい深淵の有樣に、全く夢見るやうに誘惑に心を任かせ、呆然と凝視めてゐるこんぼぢしよんである。」と、そのやうにえどもん・ど・ごんくうるをして指摘せしめてゐるやうに、浮世繪師歌麿ゑがく幻想曲の姿を、水邊に戲れる海女の裸體を驅使してゐる、好色の浮世繪すら生むでゐるのであるが、兎も角閨房秘戲の圖を別にしては、浮世繪の裸婦を求める術（すべ）として、行水を使ふ美女をゑがくか、浴槽に於ける美女の姿をゑがくか、さては又鮑とる海女の姿をゑがくか凡そ狹い範圍のうちにそのこんぼぢしよんを求めねばならなかつたらしい。そのやうな約束の下に縛られてゐた浮世繪であつたが故に、夥たゞしい數に上る江戸浮世繪師の作品として、行水とか浴場とか、して海女の圖とかの、同一こんぼぢしよんの下にゑがかれた裸婦の姿を、わたし達は又數限りなく目をつけなければならない。

浮世繪ゑがく處の海女の圖は、そのやうに甘い夢に遊ばせて呉れる處の美女半裸の姿であるけれど、くるめかしい太陽に映じいだされた眞實の海女の姿は、さて何んなものであるだらう。

2

「煙霞綺談」に「往古允恭帝、淡路島に漁獵したまふときに海中に光物あつて一向獵なし、因て近國の蜑人を召れ、海底に入て光物を見屆來るべき勅ありといへども、至て深淵たれば勅に應ずる者なし。時に男狹といふ海人の妻子ともに田所を下されば入べしと肯ひ、千尋の繩を腰に付海底に飛入、寢久しくして大きなる鰒（あはび）を捕得て浮む。大さ三尺四方眞珠あり、鷄卵の大きさにて光赫奕たり。此眞珠をば所の氏神の社に祭るとかや。男狹は息切沒したり。」又「雲錦隨筆」に「阿波鳴戸といふは阿波國板東郡の端と、淡路國三原郡瓮崎と、双方相迫りて海を夾む故に水最深く淵の如く盤渦波濤高く通船容易からず、所謂迫門（せと）也、常に鳴を以て鳴門といふ、尤其間遠からず、中に銚子口摺落し、裸島、中瀬等の難所あり、船過つ時は渦に卷れて海底に沈む事間（ママ）多し、故に往返を禁ぜらる、然れども又、潮滿きる時は海上平にして、隱也、淡路の海人等小舟に乗て和布を採る事常にして恐るゝ事なし、大船は沈みて再び浮ずといへども、漁船の小舟は渦巻こみて沈といへども、又頓て浮上ると也、故に心得たる海人は既に渦に巻こまれ退るゝ事を得ざる時は、舟梁に取つき繩を以て自ら我體を搦みつけ、息を詰て成まゝ隨ふに、一旦海底にしづみ頓て自然に浮上るを待て遁れて歸るといへり、淡路の福良の浦に、老人の海人ありて云く、我若きより鳴門の渦にまかれ、海底に沈みし事既に三囘に及べり、然れども各遁れて今に壯健也と物語れり、」のやうに「あま」といふ言葉が使はれてゐて、あまといふ呼稱は、必らずしも女性の漁夫を指してゐるのではなく、男女兩性のそれを總稱してゐる言葉であつた。「圓珠庵雜記」にも「あまは總名にて」とはつきり云つてゐる。謡曲の「海士」にも「さん候此浦の海士にて候ふ。またあれなる里をば、あまのの里と申して、かの海士人の住み給ひ在處」とあるやうに、海の漁獵者の總てを「あま」といふ言葉で呼んでゐたのだ。

男女兩性の漁夫を總稱する場合の「あま」は、「和名鈔」「辨色立成云、白水郎―和名阿萬―今按云、日本紀云、用漁人二字、一云、用海人二字、とある外「日本山海名物圖會」に「海人と書は男女の通稱なり」とあり、「倭字古今通例全書」には「凡てアマの字、蜑夫又海士、皆未詳、書物には漁夫とも海人ともあり、順倭には白水郎の三字などとある諸書を考へれば、白水郎・漁夫・漁人・海人・蜑夫・海士・蜑などと書いて「あま」に當つた場合は、男女兩性の總稱と見なければならない。

して女性の「あま」にあつては、「延喜式」大嘗祭式に加豆岐米（かづきめ）と讀んでゐる處の、「潛女（かづきめ）」と書いた言葉があつた。「圓珠庵雜記」に「かづきめは、あまの中の別名なり、歌にはかづきめとよめることはなくて、かづきするあまなど萬葉集によめり」といつてゐる。又「夫木集」には「夕さればかぢおとすなり　かづきひめ　沖の藻刈に出づるなるべし」とあるから、この潛女と共に潛姫などの言葉もあつたのであらう。

全く今日いふ處の女性の「あま」の源流は、水を潛り海中を摸索して、鮑とるとか海草とりとかの業に從ふことを示してゐる處の、潛女の大字で呼ばれる「あま」のことであり、それが男女兩性を總稱して呼ぶ場合には、「かづきのあま」なる言葉が正しいと見られる。しかし時代の下降するに從つて、何時か「かづき」といふ頭語は廢れ、「あま」といふ言葉のみが殘つたものであらう。

さりながら今日わたし達が用ひてゐる處の海女といふ文字は、決して昔は使用されてはゐなかつた。江戸期に於ける最も通俗的な文學、民衆の詩といはれてゐる川柳にあつても、海女は海士と書かれてゐるのである。だから海士と書かれてゐる文字にとらはれて、男性の「あま」であらうといふやうな結論を述べるならば、大きな誤ちをおかすこととなるであらう。

3

鄕土的色彩の濃い民謡を尋ねて、旅から旅への旅枕を重ね、そこはかとなき浪漫派の詩人となることも、わたし達にとつてのひとつの悦びである。

〽岩が屛風か　屛風が岩か
海女の口笛　東尋坊

これは北國の奇勝東尋坊に唄はれる俚謡であるが、四國土佐地方の童謡に、

〽お月さま桃色
誰が言ふた
海女が言ふた
海女の口引さけ

がある。お月さまとは桃色珊瑚の名の方言であつて、この童謡の意は、

「お月灘を染めて桃色珊瑚が一杯だ」そんなこと喋るのは一體誰れだ

海に潛る海女が言ふんでよし、その海女は死刑に處せとなるのである。

このやうに土佐地方の兒童の口に唄ひ傳へられてゐるこの唄は、凡そ二百年の昔の藩政時代から始まつたのだといはれてゐる。

あの艶々しく滑らかな肌ざはりを持つ珊瑚珠の產地とし

て古來土佐の國は唯一の名を誇つてゐた。殊にも幡多郡御月灘の海底に繁殖する桃色珊瑚は、世界的價値を持つものだと信じられてゐた。だから江戸時代の極めて封建的な思想に支配されてゐた藩主は、他の强權者からの誅求を恐れる餘り、一切のことを嚴秘に附し、これを洩す者あれば國禁を犯すものとして、嚴重に罰したものである。してそこにこの唄の誕生を見た。幼い小兒のうちから、その腦裡に深く國禁の掟を刻み込ませるために。

　しかしわたし達のろまんていいしずむはこの唄の誕生に對して只掟の重さを知らしめるだけの、効利的な目的をもつて唄ひ始められたものであると、極めて簡單には片付け去りにくい。やはりそこに、御月灘の桃色珊瑚の秘密を、國禁を犯してまで他に告げなければならなかつた處の、一人の貧しい海女の曳かれ行く淋しい後姿をゑがいても見度くなるではないか。してそこに始めて、この唄が民衆の傳唱のまにまに、今日も尙幡多郡南部に殘されてゐる現實を、生命づけることが出來るのだ。

　更にこの唄の海士が、女性の海女であつたと考へて見るならば、より一層わたし達の ろまんていく な觸手は深い溜息と一緒に滿足することであらうが、實際の土佐地方に於ては江戸時代の昔から男性のそればかりが存在して、女性の海女は殆んど見ることが出來ない相である。

　土佐を鄕土とする加納山茶花氏は、「土佐には昔から海女はなかつたやうです。今でも男ばかりです。（尤も今は朝鮮濟州島の海女が來てゐますが）土佐は女の働かない國です。何故かと申しますと、貧乏人の多い國ですから、昔は「間引く」と言つて女の子が生れると壓殺したのださうです。僕大阪へ來て「土佐の鬼國子を殺す」と言ふ言葉を、何回も聞かされましたが、この事を言ふのでせう。そうした理由で、女が少ないために、自然大切にするやうに成つたのだらうと思ひます。それで昔は掠奪結婚の風習が有りました。」と、そのやうに女性の海女のなかつたことを物語つてゐる。

4

　海女といふ職業は、鮑とりとか海草とりとか、長く海中に潛水してゐなければならぬので、呼吸の關係上何うしても女性の體質に適した職業とされた。だからわたし達の概念は、海女といへば女性のそれを直ぐ想像する。

だからこそ文學に現はれた海女の姿は、殆んど總て女性のそれであるといつていゝ。今茲に「武玉川」から海女の句をぬけば、

今出た海士の荒い鼻息

海士の子の頰を舐れば鹽はゆき

婆々が昔は指折の海士

髮結ふて淋しくみへる海士の顏

產海へ鹽を入れる蜑の子

蜑の子のつめれに乳にぶらさがり

今は一分でがてんせぬ海士

につと笑つて帶をとく海士

ぶらり病に海士が干して居る

が見え、「不斷櫻」と「屑斧日錄」に、

今ぬれる身に海士の簑笠

富士を向ふに海士の一息

などがある。

兎に角如何に呼吸の長い女性の身であるとはいへ、異常な呼吸器の緊長狀態を續けなければならぬ、不自然に肉體を苦しめる職業なのであるから、「日本山海名產圖繪」に「息をとゞむること暫時、尤も朝な夕なに馴たるわざなりとはいへども、出て息を吹くに、其聲遠くも響き聞えて實に悲し」と述べてゐるのも當前のことであり、又わたし達にしろさやうに考へるのではあるが、少女時代から海に慣れ潛水に慣れて來たばかりではなく、何十年と續けられて鍛え上げられた海女の肉體は、わたし達の杞憂を裏切つて、飽くまでも强健そのものである實際を示してゐる。

今日わたし達の考へる海女の本場は、

「御座舟たてゝ皆お越賀（地名）
和具（地名）なわしでも惚れたが因果
早く布施田（地名）や寢て花咲かそ
好いてはまれば片田（地名）の水も
飲めば甘草の味がする

と、俚謠の一節に唄はれてゐる處の、三重縣志摩の國の海女ではあるまいか。

南國志摩――眞珠灣を抱いて太平洋の波濤のさなかに突出した半島。屈曲激しいその内海には、無限の眞珠を孕んだ盡くるなき海の幸を抱いて、麗らかな陽光の下明るい丘陵には、枝もたわわな橙が實つて、椿の花が咲きこぼれるといふ、南國情緒豐かな常春の國である。

志摩の漁村の人口の九割は、老若を問はず男性は漁夫であり、女性は海底深く潛水して眞珠貝・鮑・榮螺・海草の類を採取する海女であるといふ。

ここは土佐地方の漁村のやうに、女性の働かない處でないばかりではなく、却つて女性が働いて男性を養ふ女護ケ島なのである。これは土佐地方とは反對に、女性過剩の人口關係から來ることでもあらうが、兎に角志摩漁村の海女は非常によく働く。午前四時曉には早い朝鷄を破つて、田や畑に出て手に鍬をとり、陽光まばゆひ朝から午后までを海女として海に潛水し、して夕方には又田畑に鍬をとる。夜は夜で繩をなひ針と糸を持つなど、家庭内の雜事を片付けるといつた勞働ぶりで、全く全村の生活が女性の手で支へられてゐるといはれる勤勉さである。

志摩の海女の姿を見やうとするならば、あの風光明媚な鳥羽灣に舟を浮べて、所謂島廻りなるものを試みて見るがいゝ。

案内の言葉を述べる老舟頭の口から、「彼處に見えるのが蛤岩、その左が鮑岩で厶ります。お客さま御存知の、伊勢の名物伊勢海老は、あの島影で皆んな捕れるんで厶りますよ。伊勢海老は網でとるのでも、釣つてとるのでも厶りません。大きな岩の下にすくんでゐるやつを、潛ぐつて行つて手でひつ摑んで來るので厶ります。」聊かの輿太をも含めてはゐない言葉らしく、それがわたし達の耳に聞かれるのである。

船がぐつと一つの岬を廻ると、そこに展開される島々の展望は、志摩多島灣の異彩を物語つて呉れる風景である。船の行手の島影から、白襦袢に白脚布やら白猿股姿の志摩の海女達が現はれて、潛水を始めるのが見られる。

「海女はあのやうにして、十分間も、海底に潛つてゐるのでムります。三分間や五分間の短い潛水では見物のお客さまが承知して呉れんのでムります。かうして鮑を取つてお目に掛けるのでムりますが、夏は湯文字一枚の姿で飛び込んでおるのでムります。あれあれ、眞靑な水の中に、白い海女の肌が透いて見えるではムりませんか。」意識しないいゑろていいくな味を含ませて、海女の鮑とるさまを說いて聞かせて呉れるであらう。

さりながらこの島廻りに附隨した海女の姿は、只潛水のさまを見せるだけに止まる處の、一種のお客さま對手の仕事である感じを深くせしめる。行づりの旅の見ものとしては、これで滿足しなければならないことであらうが、も少し志摩の海女の裸體の姿を見やうとするならば、鳥羽の波止場から出る、菅島通ひの小汽艇に乘つて、約三十分の時間を空費すべきである。

してそこに展開される漁村風景は、始めて志摩の海女の本場に來たといつていい裸體の漁村風景だ。

磯の岩焦の上に立つて見渡せば、てんでに小舟の周圍に水泡を立てて、盛んに潛水作業を續けてゐる。白い脚布の臀部を、くるりと宙に浮かせて潛つた海女が、暫く經つてほつかり水面に現はれて來た時は、手にしつかりと獲物を握つてゐる。ふゆつと吐き出される呼吸の音が、海面を渡つてそこからもここからも、海女の生命の呼笛のやうに吹き交はされて來る。

冷えた身體を休めるために、磯に上つて來る海女たちは、ぐるりと圓をゐがいて疲れを恢復させてゐる。髮こそ潮に痛められて赤く縮れてはゐるけれど、その赤銅色に引締つた隆々たる肉體美の胸に、双の乳房がまん圓くぴんと張切つてゐる。

足を投げ出したり安坐に組んだり、寢そべつたりしてゐる處の、半裸體の海女の極めて放佟な姿態は、所有肉體の曲線の秘密をさらけ出して、白日の下のにむふのごとくすこやかに息づいてゐるのだ。

してその圓坐の中に加はつて、海女たちの野性的に奔放な會話に耳を傾けるならば、わたし達は必らず、南國の空の下の幸福を、高らかに叫び度くならずにはゐられないでせう。

さりながら更にわたし達を驚かすぐろてすくな海女のこんぽぢしよんは、春夏秋の季節を語る海女の風姿ではない。それは流石に南國の空も灰色に曇る、寒い冬の季節に於て潛水作業を繼續してゐる海女の姿に見られる、全く開放的な野生味を思はせる粗野なくろつきいである。

暖潮に洗はれてゐる志摩の海であるとはいへ、一年中海を家としてゐる海女たちであるとはいへ、冬はやはり容赦なく海女たちの肉體を苦しめる。未だ水中ではさほどに感じない寒冷さも、ぽつかりと浮び上つた冷え切つた空氣の中では、斷然海女たちの健康を害なう嚴しさである。しかし毎日の職業を放棄することが出來ない海女たちは、そこで一切の襦袢・脚布・猿股を脫ぎ捨てて、勇敢な裸形となつて潛水作業を續けてゐるのである。全く水に濡れた襦袢・脚布などを捲き付けて、寒冷な外氣に晒されることは、到底堪えられないことであらうから、寧ろ全然何一つ纒はない裸體の方が、望ましい暖かさであるかも知れない。

小娘たちの操る小舟の中へ、頻繁に貝類の獲物を投げ入れては潛水を續ける海女が、冷え切つた肉體を暖めるため焚火を圍んで圓をゑがいて暖をとつてゐる有樣は、えろていくを絶したぐろてすくな白晝夢の中のこんぽぢしよんである。舟を操る小娘たちの、姉であり母であらう海女たちはその赤銅色の赤裸の姿を、白日の下に平然と蹲ませてゐるのだ。それこそ完全に肉體の秘密をさらけ出して、全く朗らかな女人群像の圖をゑがいてゐるけれど、その躍る乳房・その開かれた兩脚に對しては、わたし達は淫らな好色味を少しも覺えないで、却つて奇快なもの凄まじさすらを感ずる。さりながら海女たちの陰毛は、潮に痛められて赤ちやけて縮れてゐる故にか、赤銅色の肌の色調の中へ溶け込んでしまつて、好色味を減殺してゐるために、わたし達の視覺に幻覺を生じて、何にか動物的な海豹の妖氣を感じさせ、してこのやうに好色味を薄めてゐるかも知れない。

兎に角この原始的な女人裸體風景が、今日も尙わたし達の目を奪つてゐる現實は、本稿玆に述べる以外、既出の海女に關する如何なる報告の上にも發見することは出來ないであらう。最近「犯罪公論」昭和七年三月號夜の日本探訪記事志摩の巻に於ても、「二見ヶ浦の海女」なる記事中僅かに「けれどもこの風光明媚の二見ヶ浦に海女がゐて、それが歌麿の描いた通りに、正に赤い湯巻をしめて、水へもぐる光景を御存知の方は、果して何人あらう。」と、實は湯巻の前と後とを、兩足の間で、甚だ簡單ながら、擴がらぬ程度に糸で結んである紅褌着用海女の姿を、大きな收獲としてゐるだけで、遂に全裸體操作に從ふ海女の姿には及んでゐない。

6

映畫がわたし達の娛樂でなかつた明治中葉期までは、最もほぴゆらーな民衆娛樂機關として、江戸の昔から傳統して來た處の、見世物を擧げなければならない。

してその好色的見世物といはれる、女角力・岩戸開帳・吹け吹け・突け突け・伊勢詣土産・人獸抱擁・蛇便ひなどの何れを考へて見ても、秘さねばならぬはずの、女性裸體の深秘を、好色的に展觀させるといふ意識の下に創始されたことでもあり、又そこに全興行價値が置かれてゐたものであることは、こと新しくいふまでもない。

してそこに又、鮑とりの海女の潛水する、海女の裸體を展觀せしめることが出來る處の、見世物にとつての好題目を、見世物興行界が見落してゐるはずはないであらうといふ、結論にまでわたし達を到達せしめる。

實際既に「見世物雜誌」文政四年の條には、「當春甚目寺本尊開帳（二月十七日ヨリ四月七マデ）に付見世物ほうかいもん川あちら南側、池の中へ小屋を作り込て鰒（あはび）取をなす、水に飛入しばらくして、鮒はへ等を取てうく、尤女にて三人替る〳〵、上（かみ）へはどんぶりことといふ願濟之由」とあつて、どんぶりことといふ名目を以て、鮑とりの海女の裸體を見せる處の見世物が、名古屋に於て興行されたことを示してゐる。

この鮑とりの海女の見世物は、開帳とか吹け吹けとかの極めて直接的な好色さを持つてゐないことゝ、又女角力などの華麗さをも持つてゐない上に、水槽を準備しなければならぬ過大の經費と、それの運搬といふ不便さのために、さして華々しい行跡を印してはゐない。

さりながら見世物鮑とりが、明治三十餘年頃の大阪千日前見世物街に、その姿を見せてゐた事實は、明治初年の好色見世物取締に洩れたもののひとつとして、わたし達は喜ばねばならない。

即ち小出楢重氏の「楢重雜筆」足の裏に「私達の小學校時代には、此活動寫眞が未だ發明されてゐなかつた。その代用としては生人形、地獄極樂、化物屋敷、鏡ぬけ、ろくろ首の種あかし、奇術、輕業、女相撲、江州音頭、海女の手踊、にはか、といつた類のものが頗る多かつた。その中でも江州音頭と海女の手踊、女輕業などといふものになると、これは踊りや藝そのものよりも、多少女の身體及びその運動を觀覽せしめるものだともいへるところの見世物であつた。私は、隨分いろ／＼の見世物が好きで、しば／＼その看板を眺めに行つたものである。少し人間の情味がわかる樣になつてからは、地獄極樂や鏡ぬけよりも、陰欝なろくろ首や赤い長襦袢一枚で踊る江州音頭や女の輕業に、より多くの興味を持つ樣になつた。——昔、ある正月前の寒いころだつた。私は千日前をあるいて海女の手踊の看板を見た。髮をふり亂して、赤い腰卷をした海女の一群がベツクリンの人魚の戯れの如く波に戯れてゐるのである。それが頗る下品な繪であつたが、然し遊心だけは妙に誘ふ處の繪であつた。私は以前から一度入つて見度いと思ひつゝも多少きまり惡さを感じてゐたのであるが、此日は思切つて木戸錢を拂つた。なほ中錢といふ無意味な金まで取られて穢い幕をくゞると、中には丁度洗湯位の浴槽に濁つた水が溜つてゐるのだつた。私もそれを眺めてゐたわけである。やがて印半纏を着た男が何かガンガンとたゝいて、さアこれより海女の飛込と號令した。すると穢い女が二三人次の部屋から現れてその汚水の中へ飛び込んだものだ。私は動物園を考へた。見物人が一錢を水中へ投げると海女は巧に拾ふのだ。その時海女は倒立ちとなつて汚水から二本の青ざめた足を突き出した。その足の裏は萎びて、うすつぺらで不氣味で、青くて、堅くて動物的で實用で、卽ち人間の立つ臺の裏といふ感じなのだ。――出てからも一度看板を見直して見たが、看板には足の裏は描いてなかつた。」と述べてゐる。

關西二科系の重鎭であつた洋畫家の氏の隨筆の筆の先に見世物の持つ露骨な好色さを知らうとするのは、少し無理なことではあるが、それにしてもこの文章からは、畵家としての着眼點の非凡なよさと、して桃色に霞むえろていいくな解手の神經を、わたし達ははつきり認識することが出來る。更に氏自身の筆になる見世物と飽りの挿繪を見るならば、一層その好色味を知ることが出來やう。

水槽の中に潛る海女の姿を、その上方から俯觀するといふ見世物形式は、見世物飽とりの普通の形式であつたけれど、流石に今日ではもう、その形式のものは廢れてしまつて、一方或は三方の壁面を硝子張りにした水槽を設備して水中照明の明皎々とした水中に、海女の飽とる所有姿態を展觀せしめるといふ、見世物の形式に變遷して來てゐる。

卽ち「犯罪公論」昭和七年三月號「二見ヶ浦の海女」に「そこに大きく藍ペンキで書いてある文字を發見した。「二見ヶ浦水族館、海女の作業實演場」傍の小さい木札には「卅人に滿たざる時は中止、卅人以下で御見物希望の場合は賓費を申受けます」とあつた。横が三間、高さが四尺ばかりのタンクの一方に硝子を張つて、海女はその向ふで水にもぐつてゐるのだ。タンクは地中に多少深く堀つて入つてゐるから、足を延ばしてもぐつても、足の先が水上にぬつと出るやうな事はない。硝子の中の薄蒼い水には、埃が一杯浮いてゐる。もぐる時に水を蹴ると、硝子の向ふのぢやぶ〳〵いふ音がこつちまで聞える。私は鮮やかな赤い湯卷に包まれた海女のお臀を硝子越しに見物してゐたのである。」と述べてゐるが、これは未だ水槽の高さといふ點から見れば、俯觀といふ形式から全然脫却してゐるものであるとはいはれない。

わたし達が仰觀形式の飽とり海女の姿を見たのは、昭和四年秋神戸港外大觀艦式を機として擧行された、開港記念博覽會第二會場水族館の、地上四尺の土臺の上に設けられた高さ約一間半、幅約二間の硝子壁に三方を取り圍まれた水槽に於てであつた。

開演を知らせるべるの音を聞いて、仰向に凝視てゐるわたし達の目に、水中から水面へ突出した岩の端へ海女の姿が現はれると、捲いてゐる赤い脚布がぱつと水に反映する。先づ始めに二本のふくら脛が、にゆつと水中へ現はれて來て、ずぶりと太股の邊りまで這入ると一緒に、赤い脚布が洋傘を擴げるやうにぱつと展開する。それが遙るかに高い處で行はれる一瞬のえろていいしずむの火花であるのだが、だから海女は暫くぢつとして、赤い脚布の纖維の一本宛に充分水が吸込まれてそれがぴつたり肌に食ひ付くまでの時を待たねばならない。

やがて、志摩の國から雇入れられて來たといふ若い海女の姿が、袖短かの白い襦袢に赤い脚布一枚、で水中眼鏡を掛けて潛水し始める。海底のさまになぞらへてある眞珠貝のひとつひとつを、從横無盡な姿態を見せて採取するさまは、肌に密生した生毛すら見える水中照明の中に躍つて、わたし達獵奇者の呼吸をひそめさせたものである。膝頭から太股へかけては、何んな姿態の場合にも開かうとはしない洗練された潛水技巧を知つてはゐても、ふくら脛に蹴られる赤い脚布の裾の內面を、呼吸をつめて覗き込まねばならぬわたし達の姿であつた。一囘十分間の實演中、硝子の面にぴつたり接した見物人の間からは、全くひとつの言葉すら發せられはしなかつた。

して何時までもわたし達の網膜に殘されてゐるものは、水色の彼方に躍る、昭明に映えた桃色の若い海女の肉體のうごめきと飜翻とひるがへる眞紅の脚布の水に濡れた色の二つである。（終）

訓蒙性的戯談

對江堂巫山

同情心の發露

ある時、一人の學生が山道を歩いて居た。と、やがて、暫く行くと、何の木か葉のひどく茂つた林の傍を通らうとすると、林の奥の方の一所に、一組の男女が、今しも身も世もあらぬ樂しみに耽つてゐるのが、仄かに見えた。學生はスツカリ當てられ氣味で、少々大きい聲を出して言つた。

「イヤ、どうも、これは堪らないナ、眞晝間からこう見せつけられては！」

こういふ學生の聲も聞えたのか、聞えないのか、男女は相變らず、沈默のまゝ、自分達の樂しい遊戯に夢中になつてゐた。

そこで、遂には學生も堪え切れなくなつて、急いで裏山の方へ駈け出して行つてしまつた。

やゝあつて、殘り惜しい歡樂を止めは男女は、立上つて手を握り合ひ乍ら、これも裏山の方へと歩き出した。

暫くして彼の男女は、道の彼方にある松の木蔭に人の蹲まつてゐるのを見た。それは先刻の學生だつた。學生は自分の×の所で、頻りにハンカチを動かしてゐる樣子だつた。

そこで二人連の中の男が大きな聲で學生に呼びかけた。

「おい、どうだね、相手を貸して上げやうかネ？」

そう言つて連れの女を指さした。學生はやゝきまり悪るそうにしながら、小聲で答へた。

「エヽ、是非、お願ひします」

この答を聞いて、女は男の顔を見上げてニッコリと笑ひかけながら、

「……でも、私ではねえ、一寸……」

そんなことを言ひながらも女は、彼の學生の方へと歩いて行つた。

慈悲僧の功徳

ある町はづれの寺に、永らく世離れた僧が一人で住んでゐた。と、そこへある夕暮時、一人の若い人妻らしい女が駈け込んで來て、彼の僧を捉へて、

「おゝ、お師匠樣、私は哀れな女でござゐます。私は今、惡い事をいたしまして、多勢の者に追はれて居るのでござゐます。やう〳〵こゝまで逃れて參りましたが、私は只今後悔して居ります。懺悔をいたしたう御座います。だが、今直ぐに後から追手が參ります。どうぞ御師匠樣の御慈悲に御縋り申すより外には、私は生きられそうにもありません、どうぞ御助け下さりませ。私は後悔してゐるのでござゐますから」

あへぎ乍らそう云つて、僧の衣の袖に縋り付いてゐる姿は、およそ、優しげに憐れに見えた。彼の僧も、深くあはれを催して、

「あゝ、あはれな女御衆よ、家内に這入られよ。拙僧が確かにおかくまひ申しませう。決して彼等を寄せつけることではありません。サア、奥に這入つて、拙僧の居間で休息で居なさるがよい。」

僧は言ひながら、彼女を案内して居間に通してから、再び引返して門の扉を堅く閉じてしまつた。

そうして置いてから、尚もやゝ暫く、其所に佇んで居たが、後からは、誰も押しかけて來る氣配も見えなかつた。僧は、頭を傾けて考へる風をして居たが、その中、ハタと自分の腿を打つと、一層戸締りをよくして奥の居間へと引返して行つた。

奥の間では暫くの間ボソ〳〵と話し聲が漏れ聞えて居たが、靜かになつたと思ふと、キュー〳〵と帯でも締めるや

うな音がして、障子を開けて女が現れた。

彼女はポーッと上氣したらしい赤い顔をして、恥しげに後に立つた倚を振り仰いた。そして倚と顔を合せると、彼女は恥かしいうちにも、頼もしげに倚の顔を眺めて居たがやがて思ひかへした様に、着物の皺目を氣にしながら、残り惜しそうに出て行つた。

袂別

これは極く最近、北の國のある村にあつた話。常々、眞面目に耕作の事に従つて居たが、折柄、豫備召集があつて三週間を兵營で暮さなければならなかつた。

そのため、愈々明朝は、彼の最愛の妻と、五歳程になる女の子とを残して、入營することになつた。

そして夕食も終つて、いろ〳〵と留守中の家事などに就いて、言ひ含めたり、打合せたりした後で、彼は妻に向つて小聲で言つた。「俺も明日からは當分の間、三週間もお前に逢へないのだから、いろ〳〵の打合せも濟んだのだから、今晩は早く寢て、しんみりとお別れを仕様ぢやないか、ネ、おい」

彼が斯ういふのを聞いた妻君は彼の顔を見てニッコリと微笑み、無言でコクリと頷いた。

そして妻君は手早く臺所の用を濟ませると、珍らしくも子供にお伽噺など聞かせながら寢かせつけてしまつた。

その後で、彼と彼の妻とは、一夜一睡のまどろみもせずお別れの歡樂を盡すことに餘念がなかつた。

翌朝、彼はいよ〳〵入營の準備を調へて、家の門の所まで出掛けようとした。彼の妻も昨夜の寢不足な眼で、そこまで送り出して名殘を惜んで見送つてゐたが、その時、一緒に見送りに出てゐた、彼等の幼い女の子が、突然、庭を指さしながら叫んだ。

「お父ちやん、お母ちやん、庭面で鷄がお別れをしてゐますよ」

此の聲に、彼と彼の妻君とは、ハッと胸打ちながらも怪訝な面持で子供の指し示す方を見ると、なんとそこには、彼の家の飼鷄が朝の「お勤め」である所の、雌鷄が雌鷄の上に跨がつて、クックッ……と嫡りながら充分「お別れ」を堪能してゐたのであつたが、それを見た彼の妻君の顔は火の點いたやうに赤らんでゐた。

女はお祝儀だけ

ある男、詰るが習ひの遊興の金、況してや、今日此頃の不景氣風に、偶々の遊びにも、ロクな待遇をも受けることも出來ず、日毎に氣を腐らせてゐたが、フト何事か宜き思案でも浮び出たと見え、いそ〱として何時もの花街へと出掛けて行つた。

が、どうした譯か彼は、いつも馴染の茶屋へは行かずにわざと初めての家に登つた。部屋に入ると、直ぐ酒を命じ女を呼ぶやうに命じた。

やがて、花妓二人、雛妓一人とが、けば〱しく部屋に這入つて來たのを見ると、頃を計つて彼は熨斗袋に入れた御祝儀を、女達三人に各自一ツづゝを分けて與へた。

女達は受取つて、各々袋の上側から手を觸れて見て居たが、貨幣二枚が這つて居ることが解ると、叮嚀に彼の方に禮を云つて、急いで帶の間或は懷中へと收めた。

それからは一頻り、且つ飲み、且つ唄ひ、且つ食ひ、且つ騒いで、歡談大いに盡し、暫くは消極的緊縮内閣など、底のけの大亂痴氣騒ぎで景氣を付けた後、敵妓(あいかた)の花妓一人を殘して、他の二人の女は歸つてしまつた。

やがて二人は、四疊半ばかりの寢間に案内されると、女は甲斐々々しく、彼に寢衣を着更へさせて吳れたりするので、彼は女より先きに蒲團の中に這入り、

「オイ、君も早く仕度をして蒲團の中へ這入り給へ」

とすゝめると、女は何かもじ〱としながら、

「エゝ、いま」などゝ言ひながら、なほも愚圖々々してゐる様子に、男もやゝいらだちながら、

「どうしたんだ、寢衣でも見當らないのかね？」

そう云はれて、女もやう〱決心した風で「イエ、妾はこれで休ませて貰ひます」

といひながら、帶も解かずに彼の蒲團の中に這入り來る様子に、これを見た彼はいよ〱氣をよくしてゐると、柔かく彼の側へ寄り添つた女は、手を廻して彼の××へ　　れると、彼の　　へかゝつた　　つて靜かに、撫で上げ撫

で下しするので、彼の　　　は愈々おへて燒鐵棒のやうになつた。

　女はなほも、急に、靜かに、上げ下しをするので、彼は愈々身も心も堪らなくなり、女を口說いて最後の要求を訴へると、女は靜かに手で制し、

「妾、一寸はゞかりに行つて來ますから、少し待つて居て頂戴な」

　女は起き上ると、襟を直しながら部屋を出て行つた。男は折角の處を寶の山から谷底深く陷入つた程悔しがり、

「エ、ィ、いま〳〵しい！」

　と、ほやきながらも、やがて戾つて來るであらうと氣を慰めて女を待つて居たが、便所へ行つた筈の女は、容易に戾つては來なかつた。

　彼の心中、甚だ穩かならざるものがあつたけれども、多少は遊びも仕覺えた身では、まさか、甚助を起して廊下鳶もならず、騷ぎ立てるのも氣が利かぬことだと、夜中悶々として明かしたが、翌朝早く、いま〳〵しい舌打ちをし乍ら、起出てゝ歸らうと思ひ、亂れ籠の着物を取つて着やうとすれば、そこには、昨夜彼が藝妓三人に與へた祝儀袋の一ツが、こと〴〵しく置いてあつた。

　ハッと氣付いて取り上げて見れば案の定、中味を改めて見たものらしく、袋の口は綺麗に切られてあつた。

　彼は慌てゝ着物を纏ふと、急いで逃げるやうに茶屋の軒を出て了つてから呟いた。

「なにがなんでも、一錢銅貨二枚の御祝儀では、イヤどうも無理もない」

　女は何時の間にか、彼の知らぬ間に、祝儀袋を調べてゐたのである。

變形異狀　　の話（その一）

　T市の西郊に、吳服屋をしてゐる傍ら、金貸を營業としてゐる家がある。金もあり、金貸はするが、世間によくあるやうな、非道な高利貸の類とは異つて、近隣にも至つて評判はよく、五丁四方に及ぶ者のない程の財産家でもあり相當人德もあり好人物として、町內では衆人の尊敬の的となつて居た。

その人には現在、たつた一人の息子があるのだが、この息子も、父親に劣らず、利口者で、如才がない所から家の若旦那として矢張り評判者であるが、その息子も、もう相當の年輩でもあるので、昨年の秋も末頃に、隣り町の××家から世話する人があつて、妻を迎へた。

勿論、物堅い家に眞面目に育つた息子の彼のことであり、何一つ浮いた話も聞かなかつたことであるので、此の結婚も古い日本の、傳統的結婚儀禮の下に、行はれたのは言ふまでもない。

その晩、媒介人は例に依つて、花嫁と花婿とを厚い二枚重ねの蒲團の上に座らせると、所謂、床杯を濟ませ、二人を床に就かせてから、親達に、

「お目出度う存じ上げます」と挨拶して歸つて行つてしまつた、彼の兩親達も、花嫁の顔といひ姿といひ、何處に一點非の打ち所とてもない程の美人であり、學歴も高等女學校を卒業してゐるし、茶道、活花、裁縫、琴の道に至るまで、何によらず女一通りの道に缺けたる所はないといふのだから、それがたとへ、媒介人口の半分に割引しても、大したものだと、スッカリ安心と喜びとに滿ち〳〵て居た。

所が、寔に、好事魔多しとはよく言ふたものではある。翌朝になつて、花嫁は疾うに起き出たのだが、何時も早かつた息子の彼は、容易に寢室から起出て來やうとはしないのです。

兩親や店の者達は、テッキリ、彼が疲勞のために朝寢をするのだらう位に推斷して、兩親はむしろ喜んで居たし、店の者達はいさゝか當てられ氣味で、目を見合せて小聲で話し合ひながら、小指を出したり、舌を出したりしてニヤリ〳〵と薄笑ひしたりしてゐた。

そのうち、やう〳〵十時近くにもなつて起き出して來た花婿である彼は、定めて滿足さうな顔をして、むしろ、氣まり悪るそうにでもするかと思つて居た人々の豫期に反して、彼は青褪めた顔にやゝ憔悴の模様で、至つて愛嬌者のいつもの彼とは、まるで反對にぶつくさとして、家内の誰彼とも口を利くさへ嫌らしい様子なのである。

この有樣を見て、先づ第一に驚いたのは兩親で、殊に母親は彼の御機嫌を取るやうにして、いろ〳〵と賺し尋ねて

見るのであつたが、彼はたゞ言葉少なに、

「ナニなんでもないんですヨ」

といふばかりなので、何うすることも出來ずにゐた。

花嫁のことではないのかとも思つて見たが、あの稀な程綺麗な花嫁の何處にも不足な所があるべきとも思はれないので、その後はもう、何を言ひ出すべき術もなかつた。

翌日も、その翌日も、彼の顏は益々青褪め憔悴して、不機嫌になつて行くばかりであつた。婚禮してから丁度三日目、普通、「三ツ目」といふので嫁は一日一晩だけ生家へ歸宅することになつた。

「實家のお父さんにこれを渡して下さい」

そう言つて彼は嫁さんに一通の嚴封した手紙を渡してやつた。何んにもしらない花嫁はその手紙を持つて行つて實父に渡した。

その手紙には、「花嫁の×子さんは、もう再び私の方へ歸さないで下さい。いづれ荷物などは後から御送りする」といつた意味の簡單な文面だつたのですが、これを見た實父は非常に驚いて、都合に依つては訴訟問題にまでしても花嫁は引取らせる、此儘で置けば、女一人を疵物にしたも同然だ、實父はそう心に叫びながら、手紙を掴んで彼の家へ自働車を飛ばした。

で彼及び彼の兩親に面會して、いろ〳〵とその無責任を詰つた所が、兩親は少しも知らなかつた事であり、遂には兩親と嫁の父との三人して、彼にその仔細を尋ねたが、始めのうちは只管に詫びて、何事も言はず、花嫁は引取つて貰はず、それでは先方も合點行かざるまゝなか〳〵承知をしないので、息子も止むを得ず、氣恥し氣に次のやうに說明した。それに依ると、

最初の晩、花嫁と一緒に床に這入ると、例の事に及ばうとしたのだがどうしてもうまく　ない、せめて頭の方だけでもと思つて色々工夫して見たのだが、矢張り、依然として受けつけそうにもない、そこで今度は、手探りで指を入れやうとしたのだが、その指さへもやう〳〵小指だけが這入る位だつた。それと知つた彼の驚愕と、失望落膽とは、譬ふべくもなかつた。私の憔悴の原因もこゝにあるのです。どうか何んにも言はずに引取つて貰ひたいといふの

であつた。

これを聞いて本人の婿以上に驚いた双方の親達は、相談の結果、此のまゝで癒るものなら手術でも何んでもしやうといふことになり、早速他人には絶對秘密のうちに、帝大附屬病院の婦人科で責任のある診察を乞ふことになつた。

その結果は、彼女の局部は、普通、世間によくある所の膣狹搾症とは異つて、骨盤の前屈に據る極端な狹搾症だといふのであつた。」

そしてこれは現在の醫術の精粹を傾倒しても如何とも施すべき術がないといふことであつたので、結局離婚の破境に立ち至つてしまつた。

妙齡の然も絶世の美人にして、その上物質上何等の懸念不足のない彼女の上にこの境を見る、世の親達は、殊更に幼兒のうちから注意が肝要であるといふ醫師の直話である。」

同じく（その二）

明治二十年代のこと、現在の銀座が、その當時、まだ煉瓦地といつた時分のことだが、そこの一等地に大きな藥種商を營んでゐる人があつた。

そこの主人の越田軒昻といふのは、商賣の傍ら、外人に就いて種々と洋學も修め、日本に於ける新聞事業の創始者とも言ふべき人で、その卓拔な識見と共に操解界の大先輩として世人の尊敬を蒐めて居た。

勿論、今は故人であるが、その人には多くの子女があり、昨年物故した洋畫界の一方の雄、越田龍成はその長男で、其の他弟妹には、或は文士として或は女優として現在相當名を成して居る人が多い。

そのうちで、確か長女であつたと思ふが、名をおことさんといふのがあつて、幼い時からの可愛らしいオカッパ姿の少女は、長じては益々窈窕姸嬋たる容姿は、花も恥らふ程の美人とはなつた。

で、長女であるし、母父、殊に父親の愛寵は話の外で、文字通りに、目の中へ入れても痛くないと思はれるくらるに、可愛いゝ者にして育てたのであつたが、今はもう彼女も相當の年頃でもあるし、折から、仲立つ人があつて、ある某家ともいふべき血統も正しき良家に、良縁を得て嫁入つた。

所が、この女が嫁入つてから凡そ一週間程もした頃、一片の去狀と共に、彼女は生家の越田家へ戻されて來た。

意外に感じた越田氏は、いろ〳〵と娘のことにたづねて見たが一向要領を得ない。そこで今度は媒酌人を通じて、婚嫁先へ談じ込んだ所が、先方では、たゞ家風に適せぬからとの一點張りで、相當の金額と共に、花嫁の荷物を送り返して來た。

越田氏も、頭のいゝ人物だつたので、これには何か仔細のあることだと思ひ、まだ入籍の手續も濟んでなかつたので兎に角、こと女は引取ることにした。

その後また、相當の家に良緣あつて再び嫁したが、こゝでも約十日程も經つと、仲介人を以つて、破婚の申出でがあり、のみならず、その時も理由はあまり要領を得ず、前と同じやうに、只家風に合ひ兼ねるといふのであつた。

當時、越田氏は、商用のため上海に滯在中だつたので、後事は全部妻と支配人に委せてあつたので、これも仕方なくこと女を引取つた。

こういふ風にして次から次へと、越田氏が上海から歸朝する時まで、凡そ三年間に、七囘ほど結婚したのであつたが、何れも長くて十日、稀には二日位にして戻つて、否戻されて來るので、遂には、こと女自身も今は不運の身を諦めて一切結婚することを思ひ切つて了つてゐた。

歸朝した越田氏は、詳しくその話を聞いてゐたが、やがて頭を傾けて暫く考へてから、彼が兼て知遇の博士にこと女の診察を依頼した。もと〳〵越田氏は、多少醫術の心得もあつたし、殊によると彼女の性的缺陷か又は局部異狀ではあるまいかと考へたのだが、果して博士の診察の結果は、彼女の陰門內壁には多數の毛が一面に生えてゐるといふのである。勿論その毛は頭毛のやうに黑くはなく白髮であるが、長さは三寸位のもあつたといふのである。

これは、皮膚になるべき部分、特に陰毛部になるべき部分が、胎兒の中に膣內壁に入つたための陰門異狀なのであるといふことだつた。

こういふ女と關係することは、第一非常に危險を伴ふことは勿論であるが、精神的にはどんなものであらうか、現在では、醫術の進步に依つて、その位の治療は、手術に依つて極めて容易ではあるが、當時としては一寸、施しやうがなかつたといふので、そのまゝで置くより外、仕方がなかつた。

その後こと女は決して嫁に行かうとはしなかつたが、比較的夭死をした

かうした悲劇は往々我々の耳にするところであるが、人の親たるべきものは細心の注意を拂つて子女の養育に當るべきである。餘り早熟な子供も困るが、相當の年輩に達しても依然として子供らしいやうな子女に就ては、特に注意して結婚前にその生理狀態を確かめてをく必要がある。試驗臺になつて始めてそれと知るやうでは、單に子供の不幸ばかりでなく、知らずに結婚した對手の者も亦何よりの不幸と云はねばならない。（終）

談奇黨夜話

（その三）

怪奇なハマの鏡部屋

港々に於ける賣春の必要は恰も宮殿に便所が必要なのと同じことだ、若し便所が汚ないと云つて取除けて了つたら、嗚呼！遂に宮殿は悪臭の便殿となるであらう。

かくして世界の港々、及び都市の性的臭氣を止める唯一の防腐劑は賣春の存在となつて現れたのだ。

「ハマ」即ち横濱の俗稱である。「ハマのムスメ」即ち横濱名物チャブ屋の國際ガール」を指すのである。

ハマの本牧のチャブ屋は、諸君周知の如く、表面は皆ホテルの看板である。レコードのクロックにジャズに釣られて靴ばきの儘此處へ吸ひ込まれると、ママがゐる。ママとは此家のマダムではない。ママ即ち「ヤリテ婆」俗に「オバさん」である。

酒場附きの茶稚なダンスホールに、ハマのムスメが、あくどい厚化粧に、和洋混合の服装よろしく、世界の狼達をくはへることに夢中だ。一本のビールが幾何で、ウイスキー、ブランデー、シャンパン、シトロン、サイダー、エトセトラ……。何れも市價の倍以上だ。二階がベッドルームで、ショートタイムにロングタイムにオールナイトの三つの段階に區切られてゐる。これも値段は殆んど共通してゐる。特別高價なのはキヨ・ホテル位のものだ。

ところで諸君。此處で和製エトランジエを味つて得意になつた吾々には、最早や此のチャブ屋は鼻に、然り、餘りに鼻につき過ぎた。

或夜のことであつた。吾々「談奇倶樂部」の例會の席上で、メンバーの一人が、「諸君！僕は偉大なる收獲を齎して、今夜の會に、末席を汚すの光榮を得たことは、諸君と共に欣快に堪えぬ次第であります。」

さア大變だ。一體この男は、如何なるニュースを持つて來たのであらう？吾々の視線は一樣に彼を襲撃した。

彼は、ビール用のコツプに波々と注がれたドライジンを一氣にあふると、ダンゼン椅子から起ちあがつた。

「ハマの中央に、而かもサツ（警察）の直ぐ近くに、マルセイン張りの鏡の部屋のある怪しげな家がある。バク然とした噂には衆々聞いたが、諸君！今夜の會に、是非お知らせしやうと、實は昨夜、いのちがけの探見を試みて、遂に此家を發見したのであります。」

一同は、酒にほてりを覺えた彼の快擧に、猛烈な拍手を贈るのであつた。

彼は得意のクライマツクスであつた。

「そこで僕は、此家の一切をガイドするに當りまして、先づ以つて、最も驚歎に値すべき事實を報告せねばなりません。。」

一同の眼は異樣にかがやいた。

「此家には、尠くとも使用人、卽ち他人は一人も使つてゐないのであります。全く文字通り一家總出で此難局を突破しつゝあるのであります。兩親に五人の子供が御座います。何れも實子でありますが……」

と此處まで云つ時、他のメンバーの一人が「確かに眞實の子供達ですか？」と質問をはさんだので、彼はポケツトから、綴り合さつた二三枚の紙片を見せた。

「これがその家の戸籍謄本であります。」

彼は笑つて見せた。用意の周到なのには一同もあきれて了つた。

「五人の子供達を細別しますと、（子供達と申しても此れは兩親から見た子供達でありまして、實は二十九歲の長女を頭にしての五人ですから、大人の域に達してゐるのが二人、他は少年少女であります……一同哄笑）

で二十五歳の長女、二十二歳の次女、十九歳の長男、十七歳の三女、十四歳の次男と云ふ順序であります。此家は俗に云ふ(シモタ屋)であります。何も商賣はしてゐません。近所の噂を聞きますと、郵船會社の高級船員のあがりで、今は、その貯金で暮してゐるのであると申します。此家のムスメ達は、めつたに外出したことなぞはないとのことです。その家の向ひの煙草屋の婆さんに、何氣なく聞いて見ましても、此れが問題の家だとは少しも氣附いてゐないことです。婆さんは云ひました（たまに娘さん達は揃つて外出しますけど、あなたのお問ひになるやうな服裝などでお出かけになつたことはありません。それは〱質素なお孃さん達です。）煙草屋の婆さんは、てつきり僕が、緣談か何かのことで近所の噂でも嗅ぎつけに來たのであらうと察したらしいのです。で、豫備智識は此程度に止めまして愈々問題の中心點に入りたいと存じます。

正午過ぎから、夕方まで、一番末ツ子の十四の少年が、家の前に遊んでゐる。實は、近處の子供達と一緒に遊んでゐるやうに見せかけてはゐるもの丶、どうして、此れが三十二年式の少年的怪腕とでも申しませうか――を、いかんなく發揮してゐるので、この遊戯に餘念なき行動こそ、此家唯一の安全辨の鍵を握る素晴しいカモフラージュなのであります。此家に限らず斯うした種類の家で、最も怖れるものは、警察の眼であります。所謂この少年は、俗に云ふ「シケ」「テン」をきる重大な任務に服してゐるのであります。「シケ」とは、「暴風雨」を意味し、「危險」の暗號で、「テン」とは「天氣」のことで、「大丈夫」だと言ふことでありますが、此少年は、實に怪しいものか、ものでないかを見分けるに天才的な眼力をもつてゐるのであります。

此家では日本人の客は、絕對に取らないことにしてゐます。たとへ外國人でも、此土地に永くゐるものとか、或は今後相當永く滯在する外人は一切拾つて參りません。この客の選定をし、且つそのむく鳥を捕へるのが此家の主人公で、兼て、稅關や船會社に多くの知人達のあるのを奇貨として、ハマに一夜泊りの風來客かどうか、見當をつけて了ふのです。で、此家に外人達の訪問者が多くても近處の人達の注目を引かないのは、先刻も申しました如く、主人公が嘗て××丸の船長で多年遠洋航海をしてゐた關係上、外人の知合の多いのには些かの不思議も感じないからであります。

和洋せつちうの家ですが、門をくぐつて入口のドアをあけると、靴ばきの儘で階段を上れるやうになつて居ります。二階には此家のマダム卽ち、子供達のためには眞實の母親がゐまして、愛嬌百％の笑顏で迎へて待合室へ通します。此處で値段の協定をするのですが、旣にその家の主人公と豫め交渉濟みになつてゐるので、吾々日本人が桑港や倫敦やマルセイユの魔窟で喧嘩腰で値段の交渉に火花を散らすが如き不快な場面を演ぜずして濟ますことが出來るのであります。で、代價が濟まされると、三人の姉妹が此部屋へ現れる。他に客のある場合は、勿論その客の組に依つて姉妹達みんなの出揃はないのは判りきつたことです。

マダムは滿面に愛嬌をたたへて、もみ手のシナを作つたりして見乍ら。

(どの子にいたしませうか？)と客の顏をのぞくのです。

この約束が取りきめられると、お客は否應なしに素つ裸にされて土耳古風呂式な蒸し風呂室に閉ぢ込められるんです。風呂から出ると待ち受けてゐた此家の長男が別室へ案內します。そこで、彼は大きなタオルで全身をすつかり拭き取つて吳れます。湯上りの氣持ちは格別なもので、精神が壯快になつて、長い航海の疲勞と旅情の寂しさを一時に癒して吳れます。そこへ先刻取りきめられた此家の姉なり妹なりが現れて、しとやかに笑ひをたたへて愈々問題の鏡の部屋へ案內すると云つた段取りなのであります。鏡の部屋は三角で、その中央にシャれたベットが安置され、香水、酒、煙草、レコード等とどこうりなく備へられてあります。ベットの底は昔運の車のついた四脚のものとは違ひます。子供の木馬の臺のやうな幅廣の薄い弓形になつて、その板底には厚いラシャが貼りつけてありますので、床の鏡張りを損ふやうなことはありません。かくして上も下も三方の橫も凡て鏡張りになつて居りますので、凡ての行動が同時に幾組かの人々の同じ行動となつて美しく撮されることに不思議はありません。

ハマに一夜泊りの外人で、此の經驗を得た客は何れもマルセイユ以上だと言つて滿足して歸ります。なぜなら若し普通の人々の誰れもが經驗するチャブ屋の御厄介になるといたしませうか。それこそ規定以外に散々しぼられ、その上、賣春婦特有の、あの不快なあばづれ根性に、だまつて我慢をせねばならぬと言ふ結果に陷るからであります。そうした不快な經驗を踏まずして、而かもチャブ屋に比し遙かに經濟的で、殊に變な說明ですが家庭的親切さが充ちてゐる――と言ふことが此家の營業的生命なのであります。

幸にして僕は、アメリカの或るシルク・マアチャントが日本を去るに臨んで、私に物語り、わざ〳〵紹介の勞をまで取つて吳れましたので、永年ハマに在住し乍ら、逆輸入されたと言ふ譯で、吾々談奇派をもつて任ずる者達にとつて極めて大きな恥辱の一つであると恐縮した次第でありま す。扨て、玆で僕の報告は終るのでありますが、無責任な遊蕩兒達のために、折角に荒されることを心から防ぎたいと思ふのであります。吾々のメンバーにして、若し御希望だとあらば、その有志のかたにのみ、特に御案內いたします。

一同の拍手に送られて、彼の長講一席は、これで終りを告げた。そこで筆者たるもの一言なかる可らずであるが、「實にひどい奴もあつたもので、親が客を引いて、娘の働きを現場で監視してゐるなんて、これが日本人中の一家族であるかと思へばうたた淚が出るのよ」である。因みに一言して置くが、晝のシケテンに代る夜の番が長男で……これは表二階の小さな窓から、するどい眼を光らせてゐるとのことである。――あきれて物が言へないとは蓋し此事を同ふのであらう。（第一回報告終り）

南歐 黄表紙綺譚（その一）

談奇黨編輯部譯

序論

南歐に咲誇る戀の花。明るい陽光と、清朗な空氣。そしてそこに生れてくる懐かしい樂天的アトモスフエヤーは、既に幾多の文學作品を通して僕たちはそれを知つてゐる。デカメロンの飜譯も數種類出たし、エプタメロンを始めその他多くの飜譯物もたいてい僕たちはひと通り目を通して來た。だが、こゝに紹介するものは何れも未だ一般化されてゐない極く珍らしい作品のみで、わが談奇黨の努力なしには永久に日本に紹介されることなき一粒撰りの逸品である。作者も年代も容易に判明しないこれ等の作品を、一つ一つ外國の原書で探すといふことは、それこそ並大抵な業ではない。

果してこれ等の作品が現代の文化に如何なる影響を及ぼすか、いまそのことを僕たちはこゝであれこれ云ひたくない。只、日本に於ても江戸時代に多くの好色的作品があつたやうに、他の國々に於てもかうした多くの作品があつたことを事實によつて示せば、たゞもうそれだけで雜誌談奇黨の存在理由は明かになると思ふのである。況してや、江戸時代の野卑低劣なスーハー式小説と違つて、こゝに集まる個々の作品は、人間の性慾生活に對する犀利な觀察があり、透徹せる批判があり、歌舞伎劇が包含する勸善懲惡的な匂ひすら仄見えて、思はず讀む者をして微笑ませる。煽情的ならざる好色文學の建設――ひたすらその方向へ進まんとする現下の日本文壇にも、これ等の作品は必ずや何等かの暗示を與へずにはゐないであらう。と言つたところが、文壇人で談奇黨なんて讀んでゐる人はゐないが………

眞珠裁判

國はどこだつて構はないが、兎に角三人の美しい女がゐた。どうしたはづみだつたか、ある時この三人の女が殆んど分秒の差もなく一つの眞珠が路傍に落ちてゐるのを見つけて内輪揉めを始めた。

サテ、お互ひの言ひ分を通したのでは、結局誰のものともならないので、パレモンの仲裁裁判所に持參して、誰の所有物になるか決めて貰はうとした。

裁判所の役人は、彼女たちの何れに對しても公平な立場を守りたいと思つたが、こればかりは三つに割つて分配するといふわけにもゆかず、困つた代物を持込んだものだと些か當惑の色が見えた。

そこで、このお役人の頭に浮んだ名案なるものが頗るもつて振つた思ひつきであつた。「それではお前たち三人のうちで、一番悲しいか、或は一番滑稽な不幸に出會つた者にこの眞珠を與へることにしやう。」

こゝに於て、女たちは愈々その體驗談を、物語らねばならなかつた。慾に眼が眩んでもはや恥や外聞のことを顧みてはゐられない。どんな物語をすれば、眞珠が自分の所有になるか言はゞ一種の試驗地獄であるこの難關を突破するには決死の勇が必要だ。

先づ一番年長者で、夫に捨てられた年増美人が次のやうに語り始めた。

「これはもう餘程以前のことで御座ゐますけれど、或る夜妾は惡夢に襲はれて眼を醒ましました。丁度その時は眞夜中に近かつたのですけれど、見渡す限りの廣い地平線がすばらしい月の光りに輝いてゐるのを見ました。それで夜が明けたのだと思つて、妾は家族の者や召使や、家の仕事などはそのまゝ打つちやらかして家を出たので御座ゐます。それは遠い所にあつたお寺にお祈りに行かうと思つたからで、丁度妾が果物市場の廣場を拔けて行きますと、大きな臺石の上にパロスの大理石像を見つけたのでした。その石像は見るからに逞しい立派な男性の石像で、おかしなことを言ふやうですけれど、妾にはすぐその張り切つた弓が眼につきました。妾は思はず惚れ惚れとそこに立ちすくんで了つたのですが、その容貌がまた妾の胸に喰ひ込んでくるやうな魅力を漂へてゐるのでした。かういふ人と心の儘に樂しむことが出來たらどんなに嬉しいであらう。實際お恥しい次第ですけれど、夫に別れて幾久しく空閨のわびしさを味はつてきた妾は、もう殆んど矢も楯も耐らない位にその石像にチャームされたのでした。そこで愚かにも附近に轉がつてゐた石を集めてきて、それを一つ一つ重ねてから、妾の軆が丁度その石像と抱擁できる位の高さに積み重ね、そうつと兩手を首に捲きつけて石像の頰に數限りもない接吻を與へました。そのうちに、もうそれが石像であることも忘れて了ふ位に妾の心は混亂してゐました。おゝ何といふ恥知らずの妾だつたでせう。そこが往來であることも、夜が明ければ多くの人通りがあることもすつかり失念した妾は、ついこの石像に妾の貞操を授けて樂しい契りを結んで了つたのです。けれども、それだけなら別に恥しいことも悲しいこともありませんが、どういふ天罰の報ひだつたのでせう。いくらもがいても妾の兩脚はその石像の腰から引放すことが出來なくなつて了つたのでした。あせればあせる程激しい痛みが局部に加はるだけで、妾はこの巨大な石像と交りをした儘顫へる腕でその首につり下つてゐるより他に方法はありませんでした。このあられもない姿を凡ての人の目に曝さなければならないことを考へると、妾はもう氣も狂はんばかりに懊惱し始めました。そのうちに曉の光りがさしそめて、人影はだん〳〵多く石像の周圍に群がりました。そしてさも珍らしい見世物でも眺めてゐる時巻きつけ、四つん這ひになつて、彼に乗馬の稽古をさせてゐました。かうして悪ふざけの最中に、夫が帰つて來まして、妾の體を滅多矢鱈にぶちのめしたのですが、こんなことが他にもあるでせうか？」

女のケロリとして語るこの莫迦々々しい物語は、一向に役人の興味を惹かなかつた。無言のまゝチラリと一瞥くれたゞけで、「もうお前たちの話なんか聴かなくともよい」と、プーンと膨れ面をしたまゝ眞珠は沒收する旨言ひ渡した。全く、女といふものは、夫の油斷を見すましてどんなことをするか分らない動物だといふことが、ハッキリと役人の頭に刻みこまれたゞけのことであつた。

マグニフイカット

これは餘り古い話ではないが、ロムバルディアに住んでゐた一人の老人が、若くて美しい女を妻に娶ることになつた。そして儀式の後、自分の家へ華々しく輿入させて、身體に膏を塗つたり、昂奮劑を採つたり、舐劑を服用したり、大いに若返つてこの花嫁を樂しませやうと愈々床入りといふことになつた。

しかしいくら懸命にカルタを切つても「鍅のついた棒」で、「二つの劒」を破ることは出來なかつた。老人は焦々してあちらを切りこちらを切つた。けれどもカルタの親が彼であると妻であるとに拘はらず、幾度くり返してもいゝ札は出ない。胸糞の悪いことにはいつもスペートばかり出て、妻に對して面目ないこと甚だしい。

第十九路軍の司令官みたいに、今度こそは敵軍全滅すると豪語だけはするが、いざとなるとまるで意久地がない。さては、この老人愈々旗色悪しと見てとつたか、彈丸のない鐵砲をだらりと腰にぶら下げて、下着一枚のまゝ、何思つたかいきなりシャンと立上つて、窓を開くや否や大聲でマグニフィカットを息をもつかずに歌ひ出した。

若い花嫁はこの狂人じみた老夫の行ひにすつかり度膽を抜かれてしまつた。いや花嫁ばかりでなくこの時ならぬ音樂には家中の者も悉く飛び起きて、如何なる事件が出態したのかと夫婦の部屋に馳けつけてきた。

のやうにそれぞれ大きな聲で何か囃したてゝは笑ひころげてゐるのです。妾はもう全身の血潮が頭上に逆流して、頰は火がついたやうに熱つて來ました。誰か助けてくれる人を心に念じてゐるのですが、哄笑と嘲けりの眞只中に悶々として晝頃迄この醜態を晒してゐなければなりませんでした。軈て街の醫師に救助はされましたが、此の出來事は國中の隅々にまで知れ渡つて、それ以來妾は石像の妻としてすつかり有名になつて了ひました。こんな恥しい、こんな悲しい滑稽な不幸が、世の中に二度とあるで御座ゐませうか?」

かう言つて、さも役人の憐れみを求めるやうに彼女は色つぽい眼付で役人を見上げた。

「ふむ!」

流石の役人も些か驚いた顏付で兩腕を組んだまゝ何か考へてゐた。すると、その隣席にゐた蓮つ葉らしい女が

「いえいえお役人樣、そんなこと位なんでもありませんわ。妾の經驗したことの方がもつともつと惡い不幸なことで御座ゐます」と、これ又眞珠に眼が眩んで、もつと素晴しい恥晒しをやらうと喋舌り始めた。

「妾の家ではカラブリアの男を使つてゐました。或る晩のこと、夫の不在中妾は彼と一緒に暖爐の側で四方山の話に耽つてゐました。暖爐には薪を一ぱいくべて、勢よく燃えさかる火の前で、彼はさも心地よささうに手足をあぶつてゐました。その時、ふと妾は彼の見てはならないとこうを見てしまつたのです。といふのも、ヅボンのボタンは外れてゐましたし、おまけに顏を出してゐるのですから、いかに見まいとしても見ないわけにはゆきませんでしたが、その餘りにも逞ましい姿が妾の心をひどく物狂はしくさせました。そして、つい妾はその押へ難い慾望を彼に訴へますと、此の馬鹿な男はかう言つたので御座ゐます。

「奥樣、これは馬に乘つて荷鞍につけるものですから、女の手なんかにや觸れさせませせん」

彼の言はうとしてゐることが何を意味してゐるか妾にはすぐに分りました。ですから、それを荷鞍につけてやらうと思つて妾が彼の側に近づきますと、馬には手綱がなければいけないといふのです。そこで、妾は頭のまはりに綱を

ところが老人の新郎がこんなに勇敢に、これほど元氣で嬉しさうに歌を唄つてゐるのを見て、人々はさてはマッザ氏が首尾よく Val Cava に入ることが出來たのだと思つて「いつたいどうしたといふのです。こんな氣狂じみた眞似は？また何の理由があつていま頃マグニフィカットを歌ふんです？」

するど老人の新郎は低い聲で答へた。

「ひどく工合が惡いのです。もうやがて夜も開けやうと言ふのに俺はまだ何もしてをらん」「では、それとマグニフィカットといつたいどんな因果關係があるのですか」「つまりその何ですな。」と老人は今度は元氣のいゝ聲で答へた。

「俺は俺の全力を注ぎ、凡ゆる方法を講じて雌雄を決せんものと試みた。だが俺の武器は古すぎて役に立たん。どうしても、此奴は帽子をとつて俺と俺の家内に敬意を表してお叩頭ばかりしてるのぢや。そこで俺が想ひ出したのは、つひ先だつてのこと、俺達の教區の寺で晩禱の時、オルガンを鳴してマグニフィカットを歌ひ出すと、皆は一齊に立ち上つたから、俺はふとこの療法を思ひ出して用ゐたまでのことぢや。他の方法では更に役に立たぬから、それで今朝はこの方法でどうやらシャッキリと立ち上りさうな氣がして來たんぢや。」

一同はこの馬鹿話をきいて開いた口が塞がらなかつた。

法師の無果花

プロヴァンスにロッコと呼ばれたモンペリエの或る坊樣が居た。彼は非常に貧しかつたので命をつないでいく爲には、田舍から田舍へ順禮をして彌撒をとなへたり、葬式に立合つたりして暮して行かなければならなかつた。ところが何か昔しに病氣の爲に以前から去勢してゐたので、世間の廣い傳へに從つて彼の睾丸を紙に包んで小さな袋に入れて持つて歩いてゐた。彌撒をとなへる時には必ず之を帶へぶらさげてゐたものである。

坊樣のロッコは或るプロヴァンスの貴族の禮拜堂附に雇はれる事になつたので、坊樣は好きな時に婦人に彌撒を稱へる他は何も用事がなくなつたのでいつも大變元氣で面白い愉快な話をして人を樂しませてゐた。彼が婦人達の相手をしてゐる時には婦人達の氣晴らしになるやうな樣々な面白い遊びを考へて一同を喜ばせてゐた。かうして彼は一同から大變に親愛をうけてゐたのであつた。

此の殿樣の家には彼の姉妹の一人の小さい娘がゐた。九つか十になる子供でジネブラと呼ばれてゐた。此の小娘は美しいおとなしい子供であつたので伯母も目の中に入れても痛くないといふやうに可愛がつてゐた。ジネブラはロッコ坊さんのするお咖嘶をきいたり、ふざけて遊んだりすることを非常に喜んでゐた。それで片時も側をはなれやうとしなかつた。坊樣の方でも此の娘を非常にかあいがつて毎日のやうに或る時は梨を、或る時は林檎を、或る時は胡桃を、或る時には櫻桃を、或る時には花を、それから又或る時にはかういふ物とかあゝいふ物といふ風に季節に隨つて何かしら小娘に與へることを喜んでゐた。いつも彼は懷中に果物をかくしておいてそのかくした物を小さい女の子が探しまはるのを見て酷く喜んでゐたのである。夏の一番暑い日がつゞく頃には（プロヴァンスでは暑さがとても嚴しいのである）夜暑くて寢られないので晝間の中に少し休息をしなければならないことがあるのであつた。かういふ日のつゞいた或る日坊樣のロッコが眠つてゐるとそれを例の少女に見られた譯である。彼女は早速靜かに彼の懷中を探つて何か果物を見つけやうとした。そこで彼の懷中の中にあつた小さい袋を見附け出したので少女は之を開いて坊樣の大切な物を包んであつた紙を取つて見ると、之が棗か乾した無花果のやうに思へたので早速此のおとなしい少女はそれを食べてしまつたのである。

坊樣が目を醒して見ると袋が開けた儘になつてゐるので彼は非常に落膽した。そこで直ぐに婦人達が集つてゐる廣間の方へ探しに行つた。

『何卒お願ひですから此の袋の中へ入つてゐた物を御取上げになつた方があつたら私に返して戴き度いものです。』

そして彼は誰も其の事を知らないといふのが分ると全く絶望したのである。

城の奥の方は彼の悲しみを見ると一體どういふ譯で何を

なくなしたのであるかを知らうとした。坊様はその譯を話してきかせた。之には婦人も事の意外に驚いたのである。そこでヂネブラを呼んできいて見ると少女は坊様の棗か無花果を食べてしまつたといふ事を白狀したので其處に居合せた人々は坊様一人を除いて何れも腹を抱へて笑つたのである。彼はこれが失くては彌撤をとなへる事が出來ないと堅く信じてゐたのである。

此の問題に就いては其の後に學問のある人から今迄自分が考へてゐたのは間違ひであると分つて、肉體の仕事から解放して下された神樣に深く感謝すると共に、いつも其の物を首からぶら下げてゐる心配がなくなつた事を喜んだのである。

兩手に花

昔、パヴィの大學に（私は殊に其の名を言はない事にする）一人の非常に頭のいゝ學生がゐて哲學の研究に耽つてゐた。彼は青春の花を身に飾る年頃であつたので、進んで愛の旗の許に身を委さうとしてゐた。彼は愛の餌食のやうになつて、非常な幸運に惠まれた或る市民の妻で非常に美しい夫人に凡てを捧げるやうになつてゐた。此の學生は巧みに身を處する事を知つてゐた爲に、此の町の人と大變親しくするやうに計らつたので、其の金持は彼を屢々午饗や晩饗に招待するやうになつて、同樣に彼は又自分の愛する其の家の夫人の親しい友達となつた。萬事がかういふ調子で進んでゐる時にそれから間もなく夫人に對して自分の戀を打明けて熱烈な思ひを傳へる事が出來た、もとより此の夫人とて木石ではない。肉もあれば骨もある人間であるので二人は遂に人目を忍ぶうれしい仲となつて戀の快樂を既に幾度も心の儘に味つてゐた。そして機會のある毎に二人は嬉しい會ふ瀬を重ねて人生を朗かにする事を缺かしてゐなかつた。併し之が度重るにつれて當然飽滿の狀態になつたのは云ふまでもない、そして若い男といふものは、目の前を通り過ぎる凡ての女を望むやうになるものである。好奇心の強いその學生は、自分の戀人を近親に當る若い未亡人に對して野心を抱いた。此の夫人は非常に男好きのする陽氣な性の女で彼は少なからず心を惹かれたのである。それで此の女も亦征服する事が出來るかどうかを試みやうとした。

先づ初めに彼は出來るだけ巧に愛情をこめた目を使ひ初めた。その夫人は大學生が此の家で非常に親しさうな有様を見て、夫にも妻にも可愛がられてゐるのでこれは何か親類筋に當る人であらうと信じてゐた。

そして此の學生が非常に教育があつて、立居振舞が勝れてゐるので彼女は彼に依つて愛されてゐるかも知れないといふ氣持は滿更惡いものではなかつた。それで此の家へ絕えず出入りする中に若者とは始終顏を合せたので彼に對して好意のある顏色を見せ彼に對して心の傾いてゐるといふ樣子をして見せた。併し彼女は心を用ひて此の家の主婦がそれに氣附かないやうに骨を折つてゐた。若者の方でもその氣持が分つてゐたけれども、危險に身をさらすやうな事はしたくないので、巧みに應對してゐた。そして秘かに語り合ふ事が仲々容易でないので彼はいつも目に物を言はしてゐた。それから間もなく彼は心の丈を打ち明けて愛に燃えた手紙を書いて、その夫人の手に巧みにすべりこませる事が出來た。夫人がその手紙をよむと彼に對する自分の戀は彼が自分に寄せてゐる思ひに較べて勝るとも劣るものでないといふ事を返事をした。併し二人だけで忍び會ふことは仲々容易でないと考へざるを得なかつた。何となれば自分の家には其の事の實行を不可能にする義理の弟があつたからである。

彼女はその手紙で何處で會つても何時も愼しく人の眼に見られるやうに振舞つて吳れといふ事を賴んであつた。そして殊にあの家の夫人の前ではひそ〳〵話などをしないやうに氣を附けてくれと書いてあつた。それは其の夫人に依つて義理の弟に知らされるやうな事があつたら大變だからである。

大學生は此の若い未亡人が自分と例の夫人との關係に就いて少しも疑つてゐないのを知つて嬉しかつた。そして彼は其の未亡人と樂しむ爲に必要な方法に就いて澤山の計畫をめぐらしてゐた。

かうした手紙が取交されてゐる中に、或る時其の家の主人が五六日の間パヴィを留守にするやうなことになつた。それで彼の妻は大急ぎで大學生を家に招いて晩餐を共にしたり、臥床を分つ日の來た事を知らせてやつた。勿論此の招待が喜んで受け入れられたことは言ふまでもない。

晩餐の時間にはまだ充分あつたが、大學生は夫人の所に出かけて行つた。夫人は彼の手を取つて甘い囁きに耽つてゐた。かうして二人が晩餐の時間を待つ間、快い陶酔の中に我を忘れてゐた時に思ひがけなく其處へ若い未亡人が訪問して來た。

『私は旦那様が御出發になつたといふ事をきゝましてさぞ貴女が御淋しくていらつしやるだらうと思つて夕御飯をよばれに上りましたのよ。』

『それはよくいらして下さいました』

暫く話をした後で大學生は云つた。

『それではこれでお暇致します。』

その家の夫人は席を立ち上りながら答へた。

『あらまあ、お歸りになつてはいけませんわ、夫は居りませんでも貴方は妾達と一緒に御飯を召上つて頂戴。』

晩餐の時間が來たので人々は手を洗つた。すると女中が食事を給仕して色々面白い話に時を過した。晩餐が終つた時も大分おそくなつてゐたが、此の家の夫人は學生に云つた。貴方はお歸りになる時此の方をお家迄送つて上げて下さいませんか、丁度貴方のお歸り迄の途中ですから』

學生は勿論喜んでお供をしますと答へたので、若い未亡人は急に嬉しさうにしてから云つた。

『いゝえ、貴女は夕御飯を御馳走して下すつたのですから今晩は御一緒に寢させて戴きますわ、御親切に甘へすぎるやうですけれど。』

『えゝえゝ宜しゆございますとも。』

と心の中では自分の戀人と過す積りでゐた嬉しい夜が代なしになつてしまうのを酷く不愉快に思ひながら相手の夫人は答へた。

彼も亦同様に切角樂しみにした計畫が少し變つたので不氣嫌にならざるを得なかつた。未亡人を送つ行けばもう一人の夫人の所へ歸つて寢る時間が少くなつてしまうからである。それで未亡人にはいさゝかの疑惑も抱かさないで二人の間だけで相談をする適當な機會を見つけたのでどうにかして二人が一緒に樂しむことの出來る方法を見附け出さうと相談をした。すると夫人は此の問題について若者に次のやうに語つた。

『それにはどうにかして三人一緒に私の寢床へ寢るやうに私の友達をすゝめる何か策略を考へ出さなくてはなりません。貴方も御存知の通り私の寢臺は大變大きいので四人以上の人間が樂にねる事が出來ます。私は先づ貴方がお歸りになつては嫌だといふ顏をしませう。その中に又いゝ考へが出て來るでせうから。』

そして三人は一緒にヂエルへの遊びを初めた。かうしてかなり長い間遊びに耽つてゐた後に大學生は急に叫んだ。

『一體一晩中こんな事をして遊んでいらつしやる御積りですか、もう寢床に行く時間だと思ひます。それに私の下宿は仲々遠いのです。』

そこでその家の夫人はこれときくと

『貴方は私が指圖をする通りになさらなくてはいけません。わたしの夫が家にゐた時と同じやうになさればいゝぢやありませんか。貴方は何時だつて上の御部屋に行つて御休みになりましたわね、だから今夜も矢張りさうなさればいゝぢやありませんか。』

それで云はれる通りに、上の部屋に上つて寢る事となつた。二人の夫人が寢てゐる間に大學生は一人の女中に前以つて。彼がしやうと思ふことを言ひきかせておいて、女達の居る丁度上の部屋へ上つて行つた。其の間に女中は竿で窓をたゝいた。學生は上の部屋で非常に大きな音をさせてまるで泥棒でも入つて來たやうな騷ぎをした。その家の夫人は之をきいて

『あら、どしませう、泥棒が家へ入つたのですよ』と彼女は言つた。

女中は主人の部屋へ息を切つて馳けつけて扉を叩いた。その間に學生は手に拔身をさげて叫びながら上から降りて來た。

『泥棒だな、命を取つてやるからさう思へ』

そして彼がまるで一人の惡漢を追跡してゐるやうに思は

せた。それから女達の部屋に入つて見ると學生さんが勇敢に劍をもつて追ひかけたので泥棒が逃げて行くのを見たと女中が言つてゐる所であつた。その他の女中達も皆部屋の中に馳けつけて來た。そして恐ろしさに顫へ上りながら、口々に泥棒が一人ばかりではないのを見たといふのであつた。

學生は二人の泥棒を追ひ拂つたが窓から往來に飛び下りこれたので追ひつく事が出來なかつたと言つた。問題の夫人はその時召使の戸閉りの悪い事に對して非常な立腹を示した。そしてまるで打ちすへでもしかねまじき權幕で散々に罵つたのである。夫のいつも命じて置くやうに窓を嚴重に閉めておかなかつたといふのである。

併し學生は色々として夫人の伴つて恐つてゐるのをなだめる眞似をした。それで終りにはやうやく若し學生が此の部屋の中に來て寢ながら番をして呉れなければ安心して眠られないといふ迄になつてのである。若い未亡人はそれは困るといふやうな風を見せたが、一方の夫人は言葉巧みに學生を賞め上げて之は立派な若者で非常にまじめな人であるから何も悪い事などなさる氣遣ひが絶對にないと言ひ張つたので、到頭若い未亡人も說きふせられたのである。そして尙此の夫人が附け加へて言つた事には若し此の人が人の道にはずれたやうな事をなされば此方は女が二人であるからそれを罰する事が出來るといふのであつた。それでもまだ若い未亡人は何彼と言ひ爭つては居たが最後には同意するより他はなかつた。そして相談の結果其の未亡人が寢臺の眞中に寢たらよいといふ事になつた。

三人が、かうして臥床につくと此の家の主婦は眠る時のいつもの癖としてすぐに大きないびきをかき初めた。これは眠くて耐らなかつた故であらう。之には若い未亡人もすつかり閉口して

『こんな耳の側で大きないびきをかゝれては どうして眠ることが出來ませう』と彼女は言つた。

すると大學生は大變靜かに彼女の側へ忍び寄つて、丸くてむつちりした乳房の上に手を置き何がら小聲で囁いた。

『これはもつけの幸ではありませんか、此の方を起さない樣にして勝手に眠らせておいたらいゝぢやありませんか。』

そして優しい言葉で彼が如何に未亡人を愛してゐるか、どんなに熱心に思ひを寄せてゐることとか、彼女の爲に永い間苦しんだ熱情がどんなものであつたかを說明した。そして彼は巧みに其の事件を處理する事を知つてゐた。折が折であるし、蒲團の中は暖まつてゐるし、幸ひ闇の中であるし、此の若者を矢張り愛してゐた若い未亡人は遂に彼に身を委せた。兩方非常に感激して永い間望んでゐた寶を手に入れる事が出來たのである。二人はいびきをかいてゐる夫人が目をさました時には既に之から後もまだ幾度も二人の快樂を重ねやうといふ事を相談してあつた。目を醒した夫人は自分の戀人をどうにかしたいといふ氣持でゐたのであつたが今の場合どうしてよいか分らなかつた。

此の時一方の女は余り穀物をつきすぎたので聊か疲勞を感じてゐた。何しろ暑くて耐らないので一方の夫人の方へ向き直ると

『ねえ、場所を變へさせて頂戴な、眞中に居ると暑くて仕樣がないし、それに此んな學生の側へねてゐるなんてどうしても氣がとがめるんですもの。』

『此の御寢坊さんが何か致しまして』と一方が訊ねた。

『此の人つたらまるでよく寢込んでゐるわ、ねたつきりで目を醒したことなんかありませんわ』と若い未亡人が答へた。

ところが豈計らんや車を變へずに既に三つの宿場を走つてゐたのである。

位置の取變は行はれた。そして問題の夫人は學生の側へ行つた。彼は間もなく未亡人がねてしまつたのを見すましてもう一人の方の寶物を幾度も占領する事が出來た。たつた今の前自分の戀人が何も知らなかつたと同樣に今度も一方の人に更に氣附かれない程巧みに、風車の中で麥を搗いた。そして朝になつた時非常に喜ばしく滿足し二人の夫人は起き上つた。

夫が歸つて來た時、或る晩夕食の時に其の妻はそれがまるで隣りの人の事でもあるかのやうに名前を變へながら一部始終の出來事を話をした、そして幾度も其の學生と笑ひ合ひ乍ら例の未亡人は有名なね坊であると言つてゐた。要領のよかつた大學生はかういふ風にして二人の夫人をなやました事を非常に得意に思つてゐた。

昭和情痴秘聞

陰獸倉吉物語

破琴莊主人

本篇は最近名古屋に於ける首無し事件として、社會の耳目を聳動せしめた、近世稀に見るグロテスクな犯罪で、こゝにその事實を、一篇の物語として發表したものである。既に東西の大新聞に發表されて、その概畧は未だ世人の記憶に殘つてゐると思ふが、見逃し難い好材料なので、切に諸賢の御愛讀を俟つ。

恐るべき色情亢進症が、遂にクラフトエビンクの云ふサデイスト行爲となつて、淫好と殺人淫樂とを併存する淫虐的慘殺にまで進むことは、フオイエルバツハ氏の示せるアンドレアス・ビツヘルの例に見る處である。

此の最も恐るべき例は、强姦、虐殺及び屍體寸斷等であつて、アンドレアス・ビツヘルは一處女を姦し、後ち之れを殺して、其屍を寸斷し戰慄すべき其兇行に就いて彼は次の如く自白して居る。

『予は女を裸體とし、後之を殺して、其屍を小刀をもつて、先づ乳房を切り、陰部を剔抉し、股、臂等、すべての肉を切りたる後、斧にて身體を切り刻めり、斯くして之を山上に運びて、豫て造り置ける穴へ隱したり、暫くありて之を開き見たる時、全身に振顫を感じ、肉の一片を切り取りて、之れを味はんと欲したり云々。』

上例は色情の異常亢進に基く淫虐的慘殺であつて、多くは色情倒錯症と混合して現はるゝ、變態性慾者の殘虐的行爲である。死體を細斷し、內臟を抉出して快感を買ふに至る、是等淫樂的兇殺行爲は獨りビッヘルや、ジャックや、ヴィンチエン・ヴエルチエニーの例等に見るのみでなく、それに匹適すべき慘虐事件が、最近に吾が國に於て事實として起つたのである。

○

時は昭和七年　春まだ淺き二月五日の明け方であつた。場所は、名古屋市西郊中村遊廓の大門を去る四丁の畑中にある、鷄糞置納屋の中から、首なしの女の慘殺死體が現はれた。

○

『名古屋中村廓に近き……鷄糞署納屋に慘死體……情痴に熱した中年男の犯行……若い娘の首を斬り離す。』と題された日刊紙の見出しは、色町の界隈に非常な驚愕と戰慄を與へた。笹島警察署と愛知縣刑事課の捜査の結果、その女の慘殺死體は附近の八百屋の娘と判明し、犯人はこれと情交ある、元製菓職人と推定され、直ちに東京、靜岡、大阪の各都市へ手配をし、市內には隈なく捜査網を張られた。遠からず犯人を捕へる見込はついたものゝ如く、原因は中年男の情痴に熱した狂亂的の犯行と見られて居る、首の所在はまだ不明である。…………これは當時日刊紙にイチ早く報導された記事の內容であつた。

○

死體は名古屋市中區米野町字戸崎地內建坪四坪の堀立小屋內に菰をかぶせてあり、銘仙花模樣の着物を着てをり、出刄庖丁で頸部から首を切斷した上、乳と臍と局部を抉り。死後三日を經たと推定され、異臭とその慘忍さは、目もあてられず、小屋内には兇行に用ひたらしき、出刄庖丁二本と、赤革の短靴と、白のメリヤスシヤツ及び大きな珠數が遺留され、小屋の西の溝からは東京市外龜戸町菓子屋松林堂内增淵倉吉宛の女の艶書と、女の寫眞入りの風呂敷包とがあつた。

殺された娘は、同町若宮裏、八百屋吉田鈴壽二女ます江（一九）で、十六の時から、お針子として通つた、師匠增淵みやの亭主倉吉（四四）と、一年前から關係があつたもの丶如く、十九の娘と四十四の男の變態的な性的關係が、この破局に至つたもので、現場及び附近には更らに取亂した跡がないから、一時は他で殺して運搬したものと見られ、從つて共犯者あるものと推定されたが、結局は同小屋內で殺されたものと斷定された。

容疑者倉吉は、群馬縣生れで東京で相當な菓子屋を營なんでゐたが、震災にあひ、大阪へ行き、更らに名古屋へ流れ込み、有名な納屋橋まんじゆうの職工長となり、中區日の出町玉垣方に借間して、妻みやに裁縫師匠をさせ、六年間働いて居たが、昨年の秋、妻みやが長わづらひの後死亡してから、借金に困り、家賃も拂へない始末になつたので、表家の同町甲惠下駄店の二階を間借りしてゐたが、その後、間もなく、納屋橋まんじゆう店も暇をとり、年末の暮れ近くに、ます江に荷造りを手傳はせて、東京へと稼せぎに行つた。

龜井戸の菓子屋松林堂に雇はれたのは、それからであつた。間もなく一月十四日に、ぶらりと名古屋に歸り、知り合ひの中區小針町の日の出餅、服部竹次郎方へ來て同居し、杉ノ町に店を出すといつて毎日出歩いてゐた。彼れ倉吉が行方をくらましたのは、二月四日の午前十一時に出たま丶であつて、日ノ出町時代からの知り合ひはいづれも『倉吉はおとなしい男でそんな慘忍なことをするとは思へない』と語つて居つた。

○

縣刑事課では、九日午前十時、搜査本部を笹島署に移し、これに德江、新田兩檢事、相澤豫審判事が加はり、容疑者倉吉の行方を必死に捜査したが、夜を徹するも、なほ的確な目星がつかず、或はどこかで自殺でもしてゐるのではないかと、その方面にも探査をつづけられた。大阪市天王寺區上本町七丁目大軌饅頭製造元、丸新舍方にゐる友人波多野をたよつて大阪に入り込んだ形跡があるとて、府刑事課並に天王寺署では同家の職人波多野巽を本署に連行し有力な參考人として取調べをつゞけた。

『增淵さんは私共が、名古屋市西區船入町納屋橋まんじゆう製造元に働いてゐた當時の知合で、私達は昨年當地へ參りましたが、增淵さんは昨年十一月頃に店のものと關係が出來て、東京へ行かれたときいてゐました。私は親族の葬式で名古屋に赴き、今歸つたところで、そんな殺人などゝいふ話はちつともきいて居りません。』云々。

又た、死體の出た、堀立小屋は同町居屋敷、中島宇三郎の所有で同家の長男幸一が一週間ぶりに同小屋に入り、最初にこれを發見したので、同家では發見現場の兇行を否定しながら語つた。

『むしろの下から、手が出てゐたといつて、息子が青くなつて來たので、行つてみると、二目とみられぬ死體です。小屋の中には血は流れてゐず、殺したり、抵抗したりした跡はないから、よそで殺して、もつて來たのであらうと話し合つてゐます。』

と現場の兇行を信ぜぬものゝ如くであり、又た小屋の附近の人々も、

『小屋の周圍にも、あばれた跡はありません、そしていくらなんでも人一人殺されるんだから、悲鳴が聞こえさうなものですが、近所で一人もこれを聞いたものがありません。』

と之れも現場の兇行を否定してゐる。

○

被害者の母親鈴壽は語る、

『ます江は高等小學を出てから、日ノ出町日ノ出餅さんの紹介で、増淵さんへ裁縫に通ひ、一昨年師匠がなくなつたのでやめて、親戚の下中村町木村傳二方へ、ミシンの稽古に行つてゐました。四日の夜、倉吉さんが洋服に赤靴で來て、世間話をして歸り、娘は五日の午後五時半、木村方を出たなり、歸りませんから、倉吉が連れて逃げたかと思つてゐました。その小屋へ倉吉がつれこんで關係をせまり、娘がはねたので意趣ばらしに殺したものと思ひます。娘と倉吉との關係はありません。ありもしないのに關係あつたものとされてゐるのが、ふびんでなりません。』

○

五日の夜半に兇行が演ぜられ、八日の午後四時に慘殺死體が發見され、十一日午後三時三十分に、『首なし事件の生首、日本ラインで發見さる、』と初號活字でデカ〳〵と日刊紙に報導された。女の首なし慘殺死體事件について、縣刑事課と所轄笹島署では、犯人増淵倉吉並に被害者ますゑの生首の行方について捜査中であつたが。十一日午後縣下丹羽郡犬山町地籍の木曾川の河原で生首のみが發見された。

それは同日の午後三時三十分に犬山町内田寺下四四番地船夫板津善吉が砂利採取に木曾川に赴き、その歸途犬山橋上流一丁御幸道路に沿つた河原で、通稱ダボ釣岩に、血痕の附着してをるのを發見し、犬山署へ屆け出で、山本警部補が急行して取調べると、岩石の下の窪地に頭髮の拔けた、顏面も識別出來ぬまでに滅茶々々になつた、生首が轉つてをつた。岩にはてん〳〵と頭髮が附着し、窪地の水は紅く染り、油ぎつてをり、他の窪地にニユーム製のピン七本岩石の上にロイド眼鏡の緣が落ち、その下には眼鏡の硝子が碎けて散亂してゐた。二三間離れた個所に男子の帽子の黑リボンが落ち更に櫻紙三枚と又たその附近に横三尺巾七寸位いの柳行李が一個轉つてをつた。

○

首なし事件の生首を、日本十勝地の名所である風光明媚な日本ライン犬山橋上流の木曾川磧に放棄して、何處ともなく行方を晦ました犯人倉吉の足取りをたしかめるため、笹島、犬山兩署協力して數十名の警官は配置された。犬山橋を中心に愛知、岐阜兩縣の河岸をくまなく虱潰しに捜査中、その日の正午頃生首の放棄してあつた現場から少し上流である、名古屋市上水道の取入れ口附近で被害者のピンらしきもの二本を發見した。それに力を得た捜査隊は更らに繼鹿尾、不老瀧附近から栗栖の桃太郎屋敷方面の木曾川沿岸を犯人は逃亡したものと推定して、捜査隊は同方面に主力を注いだのであつた。

吉田ますゑの生首は、同日深夜名古屋笹島署に運ばれ、同夜は同署の留置場に安置されて、翌日正午から、名古屋地方裁判所から出張した、德江檢事、藤田笹島署長、同署員及び被害者の姉すゞ江さん等が立會の下に、愛知醫大の教授小宮博士の執刀で細密な解剖が行はれた。生首は實に酸鼻を極めたもので、先づ鋭利な刄物で前額部の皮が、たち割られ、そこから頭の皮膚が剝がれて、毛髮は一本もなく、更らに鼻の中程から斬られて、兩耳、鼻口、及び下顎が取られ、双方の眼球は拔かれてゐて、一見如何樣にしても男女の識別困難となつてゐた。從つて被害者の生首か又は別のものかの見解も容易に下し難いが、わづかに離れてゐる、左顎にある、大きなホクロと別々になつてゐる上唇に依つて被害者と點頭かれるに過ぎなかつた。

此の解剖に依つて兩耳、兩眼球と舌と左の頸動脈とが紛失してゐる事が判つたが、何故に持ち去つたものか不可解であつた。要するに淫虐狂の共通的心理であつて、淫好と殘忍性とが互に聯結して現はるゝ精神的變質の病的行爲であらう。

右に依れば、容疑者倉吉は未だ鋭利なる兇器を持つてゐる事が判明した。若し警察が豫想してゐる通り、生存逃亡してゐるものとせば、何處で、どんな兇行が行はれるとも圖り難く、今後の不安は鬼熊以上になつて來ると云ふので恐怖と警戒と捜査に全力を上げられた。

同鑑定場で小宮教授は語つた。『絶對にまするの生首です、ギザ〳〵に打碎いたりするなど、隨分とヒドイ事をしたものだ。詳しいことは解剖の結果、兇器や時刻なども判ると思ふ』

又解剖に立會つた親戚の一人は、『まするに違ひありません。慘殺されてから、初七日で何にかの廻り合せでせう。午後一時には大學の方へ貰ひに行きます、出來ることなら、今日中にでも首だけの葬式を出すことに相談をして來ました。犯人はキツト逃走する爲めに、こんなにまで顔面を完膚なき迄にコナ〳〵にしたのでせう………』

○

陰慘な、そして怪奇な事件として世人を驚愕せしめた、女首なし事件は、エロかグロか益々淫樂症の狂態を深くせしめた。日本ラインの上流タボ釣岩の下で生首が發見されて以來、十二日早朝より笹島、犬山兩署が協力して、木曾川の兩岸から附近一帶にわたる山林地帶の大捜査を行つたが、犯人倉吉の遺留品と覺しきものは生首放棄の現場から少し距つた地點にピン二本の外にハンカチ、タオルの類が發見され、その後引續き大捜査を行つたが何らの手掛りもなく夕刻頃一先づ捜査を打切つて所轄犬山署に引揚げて、犬山山本署長、同山本司法主任、笹島渡邊司法主任、鈴木刑事部長らが凝議をなし、名古屋から出張した警官の一行は笹島署に引揚げた。

犯人増淵倉吉

犯人が日本ライン附近での自殺説は解消され、切り取つた兩乳房、局部、頭髮、耳などを持つて何れにか逃走してゐるものとの説が有力になつて來た。一方犯人の身寄りの者が岐阜市柳ヶ瀬附近と、岐阜縣本巣郡野田方面にあるからそれへ立廻つた形跡があるといふので俄然捜査の方針を變へた。又た中濃方面で人相酷似の者が出沒したとの噂に接した、縣刑事課では俄然强力犯係刑事を總動員して、稻葉刑事課長、藤田署長、渡邊司法主任、安井縣刑事課强力係主任など鳩首協議して、飛彈川の兩岸に沿つた古井、上米田象、山、川邊、下駈生等に主力を注ぎ犯人の足取りをつかむべく虱潰しの大捜査を行つたが、杳として消息は知れない。捜査本部では汽車又は電車で遠く逃亡を企て知人關係をたよつたものでないかと推察して更に手廣く捜査網を張り、陰獸逮捕に必死の活躍を續けた。

○

悪鬼の如く慘虐のかぎりをつくした、首なし事件の犯人增淵倉吉の行方については、次ぎから次へと、デマが飛んだ、木曾川上流左岸の岩屋觀音で休んだとか、足助街道に現れた怪漢が陰獸倉吉であるとか、亡妻の遺言により、迫間の不動樣に參詣した陰獸の足跡次第に判るとか、虛報は色々と傳へられた。

岐阜縣鵜沼村大安寺を約一里登りて、峠を越えた、岐阜縣加茂郡田原村地內迫間の不動明王に參詣したことを捜査の一隊がつきとめた。それによると倉吉は亡妻が常に迫間の不動明王を信仰參詣した事實があり、臨終の際自分の亡き後は、是非共一度は迫間の不動明王に參拜してくれと遺言したことがあつた。これによつて參詣したらしく人相服裝共に桃太郎屋敷に現れた時と同樣で、茶オーバーにゴムの長靴を穿き、薄茶色の帽子を目深にかぶり賽錢も投げずに何となく落着かぬ擧動で參拜して、堂守や參籠の人達とも話をせずに立ち去つたと云はれてゐる。

犯人倉吉が迫間不動樣に參詣した當時目擊してゐたものゝ話を聞けば、

『恰度十二日の晝過ぎでした、帽子を目深にオーバーの襟を立てゝ、ゴムの長靴をはいた怪し氣な小男が賽錢も投げずに參拜して落着く暇もなく歸つたが顏は全く土色で、常に何者かに脅えて居るやうな樣子が見え、氣が多少狂つて居るやうだと思つてました。兎に角不思議な男だと思つて居ましたところ捜査の刑事さんも見えていろ〳〵尋ねられましたが一々人相服裝ともよく合ふやうでした。』

岐阜縣加茂郡坂祝村小學校東の中仙道の松並木で、精米商の妻女が犯人と覺しき怪漢に出會ふて、恐ろしさの餘り逃げ歸つたが、更らに同時刻に右の小學校から一丁隔つた勝山の中村屋飲食店へ小箱を手にした小男が立寄り、一文の所持金もないが何か食べさせてくれと稱し、無理に密柑を五六個むさぼり、尙ほ駄菓子を手にせんとしたが、同家のものが叱責したので男は錢はなし、今夜も野宿しなければならんかと獨り言を云つて立ち去つたが、倉吉によく似てゐたと云はれた。

栗栖桃太郎屋敷、迫間不動明王その他勝山、今渡などに姿を現した形跡は確實であるが。今では警察必死の努力もむなしく何れに潜入したか杳としてその足跡を知ることが出來ず。或はその後、自殺したものではないかといはれ、いよ〳〵事件は迷宮に入らんとしてゐる折柄、亦々白晝岐阜縣太田署管内の加茂郡下米田村大字谷岡農長谷川力三郎方本宅の裏口から何者かゞ忍び込み、勝手のいかきにあつた、うどんの白玉に、戸棚の抽斗にあつた五圓札在中の財布を竊取し、再び裏の茶の生垣のもとに空財布を放棄して桑畑から田圃傳ひに逃亡したことを、野良仕事から歸つた力三郎夫婦が發見して大騒ぎとなつたが、當時力三郎の娘たま子は神經衰弱で奥の間に臥せつて居り、表の附近には十歳と五歳になる同家の子供が遊んでゐたが少しも犯人の忍び込んだことを知らなかつた。殊に同日は氏神の神明神社の大鳥居建設中で村人は殆んど全部が奉仕仕事に出てゐた爲め、怪しいものを見かけたものはなかつた。

デマか眞か……確かな犯人の足どりすら摑み得ず、當局は奔命に疲らされた。二月も既に過ぎて下旬に近き二十四日の夕方であつた。愛知縣東加茂郡足助町附近の足助街道で陰獸倉吉の人相に匹敵した窶れ果てた男の姿を見掛けたとて、足助署へ屆け出た者があつた。種々聞きたゞした結果、人影を見て慌てゝ山林中へ走り去つたこと、多治見方面から歩いて來たこと、その他の事情から十中八九まで倉吉と思はれる節があるので、直ちに縣刑事課へ報告すると共に、同署管内の山林中に潜んでゐるものと目星しをつけ、相場署長以下全署員を總動員し、附近の青年團員、消防組の應援を得て徹宵山狩を行つた。

必死的活動も何等その効を奏せず、二月も越へ月は三月となつた。エロ・グロを超越して、吾が國犯罪史上稀にみる慘虐極まる事件として世を驚かせた。娘の首斬り事件の犯人增淵倉吉の行方は更に、皆目判らず、犬山橋附近における警官隊二百餘名の山狩も何ら手係を得ず、ついに一時捜査を打切ることゝなり、絶望視さるゝに至つた。

○

事件發生以來　恰度一ヶ月目であつた。三月五日午後二時半ころ意外にも女の生首を捨てた犬山橋東詰木曾川河原無名岩附近から僅か二丁程離れた犬山橋々畔の田中屋支店の裏庭にあたる瑞泉寺山裾の石地藏附近の同町坂下井堀町森理三郎所有のバラック建て、三間四方の掛茶屋の空家から犯人倉吉の縊死體が發見された。最初の發見者は犬山乘船組合の船頭木納清八で、倉吉の縊死體は頭から頭巾の如く切りとつた女の髪をおつさはらにかむつて顔面を覆ひ、黑地の洋服に茶色のオーバーで、手袋をはめ、ゴムの長靴をはいた、犯罪直後に逃走した、そのまゝの服裝をして居り、切りとつた局部及び乳房は屋内冷藏庫に大切にしまつてあり、臍や遺留品を一纏めにして小さな風呂敷包にしてあり、あらゆる行爲がグロの極をつくされてをり、到底正視能はざる狀態であつた。

　發見された空家附近は幾度か捜査隊が往復してゐたが、用意周到の倉吉は空家の表戸その他の入口をこと〲く嚴重に釘づけにしてゐた爲め捜査隊も見のがしたものといはれてゐる。

殺された吉田ます江

　なほ發見した船頭木納清八は語つた。『丁度五日の午後二時半頃でした。私は空家の家主理三郎氏から賴まれて開店準備のため空家に行きましたところ、中から嚴重な戸締りがしてあつたので一寸驚ろきましたが、それでももと思つて力一ぱいで開けて入りますと、一人の洋服の男が女のばさ〲になつた髪の毛を頭から、すつぽりかむつて縊死してゐるので、ぞつとしましたが、すぐにてつきり生首犯人と思ひ犬山署へ急報しました。一時は全く腰が抜ける程だつた。』云々。

○

グロの極地を行く意外なる陰獸倉吉の縊死體に就ては、名古屋地方裁判所磯谷檢事の來犬をまつて、直ちに稻葉刑事課長、安井強力犯係長、山本犬山署長等立合の下に鬼氣迫る縊死現場に於て和田警察醫が檢視した。死後一ケ月を經過したと推定され、風呂敷で縊死してゐたが、既に死體は、ほとんど兩身紫色に變じて惡臭さへ發し、肌には殺した女ます江の赤の毛糸で編んだ襦袢を着てゐたのは、一しほ人目を引いた。なほ生首の皮をはぐ時に用ひた西洋剃刀も空家の椽下から發見されたが、女の髮の毛が二すじ三すじ、ついてをつたのも當時の凄慘さが一層強くしのばれた。

首なし死體發見の現場

倉吉の死體を調べたところ、洋服のポケットからは現金九錢と男持ち黑革蟇口（七錢五厘在中）及び女持ち赤革蟇口と被害者ます江の所持品らしきものと、豐川稻荷の黃色の財布を發見したが、何れも中は無一物であつた。なほ印鑑一個と合鍵十餘個石鹼箱男子用櫛などをも持つてゐたが、殊に注目すべきは、二月五日發行の夕刊を所持してゐたことで、これにはどす黑い血痕が附着してゐた。さらにチヨッキのポケットに殺鼠劑をもつてゐたことから察しても自殺を覺悟してゐたことが推定される。

倉吉の死因は要するに變態性慾的な後追ひ心中であつて淫樂的兇殺の一種でもあり又屍姦淫虐狂であるとも云へる、犯罪直後犬山へ女の生首を運んでから、例のボタ岩の上で惡鬼さながらの形相で、持參した西洋剃刀をふるつて女の髮の毛を剝ぎ、顏面その他の毛皮を剝いでから前記の空家に忍び込んで自殺をとげたものと想像されてゐる。

○

犯罪小説にすら見ることとの出來ない殘虐な行爲に一世を驚かせた、陰獸倉吉は別項の如く日本ライン犬山橋近くの小屋から縊死體となつて發見された。無殘と云ふか、奇拔と云ふか、あれ程の想像も出來ぬ慘虐な行爲を敢てした倉吉は、例へ自殺するにしても奇拔な死に方をするだらうとの世人の想像を裏切らず彼れ陰獸は死の直前までさんぐ愛翫したらしい二尺九寸からある被害者の丈けなす黑髮を頭から、スッポリと冠つて死んでゐた。然も一ケ月の長い間、ブラリとぶら下つて、哀れな被害者ます江の命日に、即ち彼の兇行記念日の五日に發見されたとは奇緣とでも云ふか妙である。『死んでゐるならこの近所』とそこは幾度もくも搜索をした處であつた。その中心にぶらり……

…ぶらりとぶら下つてゐたとは實に皮肉である。しかも『いよく最後』と警官二百の大搜查隊が大がゝりな山狩をしたその翌日にひよつこりと日本ラインの船頭さんに發見されたとは、いよくもつて皮肉である。

しかもその死體は情痴魔の名に恥ぢず、グロの頂點にぶら下つてゐた。可愛いくます江の肌襦袢の赤い毛糸であんだのを肌につけ、西洋剃刀で、生首からはぎとつた彼の女の髮を自らオッサワラにかぶつて、唐草模樣の風呂敷と腰繩とを結び合せてぶら下つてゐた。肌身離さずもちまはつた女の眼玉は二つとも信貴山の袋に入れて右のポケットに女の左の耳は左ポケットに大切にしまひこみ小屋にある冷藏庫の上段には女の乳房を二つとも、きちんとならべて安置してあつた。殊に傑作なのは娘の局部で、小屋に殘された一品料理の値段表に丁寧にはりつけて冷藏庫の中段に納められてあつた。局部は腐爛して眞白にカビが生えてゐた。エロといふか、グロといふか、世界犯罪史にも類を見ない、その念入りな錯亂ぶりには檢證の人達も啞然として、あいた口がふさがらなかつた。

彼はなほ自轉車のランプをそこに遺した。この弱い光りで、こつくと時間を忘れて夜なべの淫行をしたのであらう、巻タバコ朝日の吸殼が三本落ちてゐた。樂しむだけ樂しんで悠々とありつたけのタバコを吹かして『さて、死なうかな』と從容とぶら下つた光景はこれ等がすべてを物語つてゐる。中村遊廓附近で女の身體から戀愛の關係ある各種の部分を切りとり、日本ラインでは生首から毛髪をはぎとつた西洋剃刀は緣の下にかくしてあつたのも、彼の悠々ぶりを物語り、懷中わづか十六錢五厘、それに所持の毒藥等は彼の心境を語るものである。女の持ち物と自分の持ち物とをごつちやにして肌身につけたのも愛撫と、執着と、狂亂と、いろ／＼なものが錯雜した變態境がうかゞはれる、彼は岩の上、小屋の中、深沈と更け行く大木曾川の流聲をきゝ樂しみながら、如何な狂態の限りをこゝに盡したことか、サロメも及ばぬ死體の愛撫、べろべろと、いろ／＼なものをなめたであらうと思はれる、彼の舌と、唇は腐爛してぷんと異臭をはなつた。

　倉吉の自殺説は、高飛び説や、潜伏説と共に三つ巴になつて捜査本部で論じつくされたが、彼は皮肉にも其三説に忠實な始末をつけた。二月五日は舊正月の除夜立春の夜で生暖かい宵だつた。この夜彼は愛する娘を殺して生首をかゝえたまゝ、名岐鐵道で犬山へかけつけたものと推定される。この夜は舊正月の前だけに客が多かつたから名岐鐵道では氣づかなかつた。偶然か否か、彼は巧妙に足取りをかくして犬山に着き、名も知れぬ岩を傳つて暗黑の川端に思ふさま生首を愛撫し、『みたとこ勝負』で飛びこんだ小屋の中で、するだけのことをして死にましたと素直に跡を殘してゐる。

　柳橋の驛で買つたであらうところの五日の夜の夕刊『これは電車の中でよみました』と血だらけの跡で語つてゐる『いくらも步きません』と新しいゴムの長靴をはいて死んでゐる。『川端で密柑を喰べました。小屋の中では何もたべません』と死んでから物語つてゐる。『娘を殺してから後追ひ心中をする豫定でした』とこれもいろ／＼の持ち物で物語つてゐる。『みつかりやすいとこで死にます』といはぬばかりの場所をえらんだのに、その筋はとんでもない筋ばかり傳はつてゐた。倉吉のエロとグロとに張合ふ程のナンセンスを盡した。何にしても日本犯罪史上のレコードホルダーである。

○

世にも不思議なのは增淵倉吉の頭の中である、色情的感情及び觀念の異常に强盛なる、患者としては行動が理智的である。又た發作的に起つた色情的感動に依る狂的興奮としてはあまりに首尾がとゝのひ過ぎる。女の身體をいためさいなんで無上の悦樂とするサディズムをもつて解くには彼の平生と辻褄が合はない。ます江を極度に愛してはゐたが、その生前に彼女をさいなんだ跡はない。彼は女の髮をかぶつて死んでゐた、人並はづれて豊かだつた、ます江の髮は長いのが二尺八寸餘あつたが、それを皮ぐるみはぎとつて上野の亂の官軍のやうにかぶつて死ぬさへ情痴の極だのに、その皮には右の耳がまだくつついてゐたが彼はその耳が自分の鼻の上にくるやうに橫かぶりして、ぶら下つてるたのだから、何んともかともいへず、吹き出すにはあまりに物凄く深刻な愛惜のなやましさと、觀喜の極致とするにはあまりに突拍子な風景であつた。彼れは定めしげら〳〵と笑つたであらうが、それを發狂とするには戶締りを釘づけにした綿密さの解釋がつかない。この綿密さがあつたゞけに彼はあらゆる眼から逃れて一ケ月間、死の歡喜をむさぼつたのである。

おだやかで快活な男として彼は四十除年も過ごして來た。それがます江を殺すや否や俄然……眞に俄然傾向が大轉囘をしたのは過去の如何なる獵奇家も思ひ及ばなんだ人間の心理的現象であらう。『魔がさした』といふところだがそれではあまりに物足らない。もつとも彼は二十五、六歲までは製革職（皮はぎ）をしてゐた。そして昨秋に女房が學用患者として死んだ時には、愛知醫大でその死體解剖に立會つた、この二つの經驗が突然アタマをもたげて來たとも考へられるが、何のためにその生首や各種の肉片をもつて飛んだか、意識が溷濁し、妄覺が起り、色慾的快感を得る一種の精神病として、あへて倒錯的行爲をしたのであらう、それにしても、あせりもしよう、うろたえもしようがその焦躁と狼狽との中にも太く貫いて走るものは『惜しみなく愛は奪ふ』といふそれだ、可愛ゆくて〳〵てどうにもかうにもやりきれなかつたのであらう、そこに彼のアタマのいぢらしさと鬼畜も及ばぬ殘忍な行爲とが並び立つ、所詮、彼れは變態性慾以上の變態性慾に驅り立てられたのであらふう、單純な淫虐狂から淫樂的慘殺へ、それから屍好狂崇症へと亢進したのである、とまれ犯罪科學上にも好個の資料たるを失はぬしろものだ。

○

彼は御嶽敎を信じ、お不動樣を信じ、稻荷樣や觀音樣やいろ〳〵な神佛を信じた。最後まで肌身につけたものに豐川樣のお守と財布や、大和信貴山の袋をもつてゐた。

御嶽山へは度々のぼり『もう一度のぼりたい』ともいつてゐた、それ程の信心家だつたが女房が死んだ時、その身體を解剖に賣つて得た五十餘圓は勝手に費消して、女房の囘向はろく〳〵してゐない。こういふヤッだ、時々鬼になるといふ不思議なタチが今度もそのまゝに動いたのであらう、殺した女の肉片をもちまはつて愛撫するところは、何かの迷信も幾分手傳つてゐやう、彼の生立ちも餘程變つて居り、生國には身寄りもなく、生れてから十二年目にはじめて籍をつけたといふ男だ。

それ等複雜な情痴や愛撫や迷信やの相手になつた娘こそ、世にも憐れなもので、ます江は首もなく、女のかんどころは一つもなく、これこそ全くのナキガラで弔らはれた。『首がなくては方角がとれぬ、どうして極樂へ行くだらう』と母親が嘆いたといふが、これこそ悲しきユーモアだ。『首がないから目鼻がつかぬ』と警察でも笑へぬ冗談がとんだ『それでも手足があるからせめて手かゞり位は』なぞといつてゐる中に、ます江は初七日にやつと首を探してもらつたが、それは髮もなく眼玉も耳もアゴもなく、スンベラに鼻だけついてゐるといふ何とも申せぬ有樣で、『齒ぎしりするにもアゴはなし』とまたも悲しき冗談になるだけで、のんべんだらりと一ケ月、やつと命日になつて一通り揃へてもらつたが。それは情痴の舌に汚がされ盡して、靈は何處に今日まで迷つてゐたやら、娘十九の無殘な結果、世にこれほど奇妙にも憐れな女はあるまい。

ます江は倉吉にいどまれて、何と答へたか。駈落をもせまられたであらう、心中もせまられたであらう、殺される刹那まで何と思ひ、何と答へたか。これこそ全く『死人に口なし』で、せめて倉吉捕縛の後と、その自白に待たれたが彼も死んで、もうどこにも秘聞を探る餘地もない、哀れさである。

『心中するなら日本ライン』といふやうな情話的なものが、倉吉のアタマにひらめいたであらうが、小屋で殺して小屋で死ぬといふ倉吉の行動のまゝに小屋でほぐされ、小屋で揃つた死體の結末も數奇の極みである。

その死體の部分品が小宮教授の檢鏡の後、ます江の父親に渡たされたが、父親から署長に差出した諸書が、また世にも奇妙なもので、

請　書

一、人體の一部

但し毛髪皮つきのまゝ一束、眼球二個、耳二個、乳房二個、顎及びその附屬、陰部一個其他。

右正に請取申候也

昭和七年三月六日

名古屋市中區米野町若宮裏三一八

吉田鈴壽㊞

笹島警察署長　藤田太郎殿

とあり奇といふか、珍といふか、まつたく破天荒のもので永久に語られ、且つ殘るものであらう。

○

なにが彼れをさうさせたか、愛する情人を何が故に、あれ程の慘ごい目に逢はさねばならなかつたか。倉吉の口から其の眞相を聞かうとして逮捕に焦つた搜査當局の苦心も、また世人の好奇的な希望も當人の自殺に依つて一切が水泡に歸し。陰獸の淫行前後の心理狀態は永久に謎のまゝ葬られることになつた。

彼れは納屋橋饅頭本店に職長として雇はれ、非常に眞面目に働き、主人同僚らの氣受けもよく、此の事件が起きた時、同人が犯人だと聞いても信じられないといふ程、周圍の者からは素直な人間だと思ひ込まれて居た、被害者ます江の親達すら娘を訪ねて度々訪れる、倉吉をタダ親切な裁縫のお師匠さんの夫と目して、娘との關係の有無さへ疑つたことはなかつたといふ程、外面はそれ程おとなしい好人物型の人間であつた。

しかし倉吉は中區日之出町に居住中、一再ならず湯屋覗きなどをして警察の厄介になつたことがあり、死んだ女房に對しても始終ひどい淫行を挑んだといふなどの點から想像して、彼は極端な變態性慾者だつたことが肯ける。

それが昨年の秋妻のみやが死亡し、閨淋しさからます江と關係を生じた。同年の暮に同僚との些細な喧嘩が元で納屋橋饅頭の店から暇を取り上京して、龜井戸の菓子屋松林堂方へ雇はれたが、思はしい收入もなく搗てゝ加へて四十を越して初めて知つた、小娘の潑剌とした肉の香りが腦裡を去らず、一月十二日また思ひ返して名古屋へ舞ひ戻つて來たのであつた。

倉古が、ます江と別れて上京してから、また名古屋へ舞ひ戻るまでの間。僅かひと月足らずの間だつたけれど、四十男の灼熱の戀情は火と燃えて綿々の想ひを秘した文は、殆んど一日隔き位いに、ます江の許を訪れた。ます江もまた初めて知つた異性の情を忘れ難く思つてゐたのであらう、來る手紙に一々純情を罩めた返事を出してゐる。

『上京したが月給十五圓の仕事よりない、馬鹿らしいので宿屋でゴロ〳〵してゐる』と云ふ意味の手紙には『そんな贅澤を云つてゐては何日經つても仕事はありませんよ、十五圓でも遊んでるよりマシです。早く職に就かれることを望みます』と一度は男をたしなめてなか〳〵しつかりした所を見せてゐる。ます江も所詮は情にもろい世間並みの女だつたのだらう、切々の想ひを罩めた男の手紙が度重なるにつれ、感受性の強い乙女の血潮は躍動した。

今年の一月になつて男から來た、最後の手紙『十二日に名古屋へ行く、逢つて是非共話したいことがある』と云ふ倉吉からの手紙に對し『妾も是非お話したいことがあります。ミシンのお師匠さんからの歸りを待つてゐて下さい』との返事に、その歸り途を詳しく書き添へて送つた。當時のます江は戀しい男に逢える喜びで、その胸は小鳩のように慄はせてゐたことだらう、事實心のおけない友達に對してはサン〴〵惚け散らしてゐたと云ふのだから。

しかし醉ひ痴れるには餘りに短い喜びであつた。ます江に取つては魔の日であつた二月五日、それまでに幾度び男の腕に抱かれたことか、うるさい世間の眼を憚り、切ない想ひに胸を痛めた揚句、漸くにして相逢へた數度の逢ふ瀬も、それは一歩、一歩と最後に近づく死の媾曳だつたのである。

いくら奔走しても思はしい就職口はなく、戀しい彼女は二十四も年下の吾が子のような小娘である、娘の親としても、とても嫁には呉れまい。思ひ惱んだ倉吉は、遂に情死を覺悟したものらしい。倉吉に依つて人生の春を初めて知つたます江、斯かる場合の乙女の誰れもがさうであるように、ます江もまた男は倉吉一人とまで思ひ詰めてゐたのだらう、晴れて一緒になる望みも薄く、搗てゝその男は生活様式を奪はれたルンペンである。それだけでセンチ時代の十九娘が厭世心を起すだけの材料は澤山なのだ。男から持ちかけた情死の相談に快よく肯いたのかも知れない。

二人共死んでしまつた上に、何の遺書らしいものもないので、斷定は出來ぬけれど、ます江の死體發見現場である中村遊廓大門南の鷄糞小屋の模樣、卽ちます江が何等の抵抗もせずに殺されたと見られること、出血の具合から見て右の小屋が犯行現場であると斷定出來ること、其の他前後の事情から推して合意の情死と見られないこともあるまい。

更に推定の筆を進むならば、二月五日の夕方ミシン習ひの歸り途にます江と倉吉は人目を避けて落ち合つた、そして死に場所を探し求めた末、間もなくあの鷄糞小屋に吸はれ込んだのだらう、ます江の死體解剖の結果、胃の中の殘留物から見て、同人の死んだのは、同日の午後六時から九時までの間と推定されてゐるから、ミシン屋を出たのが午後六時、それから約三時間の中に殺されたことになる。

女を扼殺してから、己れも死なうとした瞬間、倉吉の腦理に恐ろしい變態的慾望が萠したのだ、どうせ死ぬのなら………忽ち陰獸と化した倉吉は、あの慘虐な行爲を敢へてしたのであらう。

○

彼れの生ひ立ちは、……群馬縣に本籍はあるが警察の調査に依つても二十四歲になるまで、はつきりした生ひ立ちが判らない。十二歲の時初めて役場へ屆け戶籍簿に載つたといふ點などから想像しても相當數奇な境遇の中に生ひ立つたものらしい。倉吉のタネ違ひの姉が高崎市請地町にゐることがわかり、倉吉の死體引取り方を命じたが、やつて來ない。ケタはづれの情痴ぶりにすつかり愛想をつかしたものだらう。彼の生涯は全く情痴に始まり情痴に終つてゐる。彼の母は三人の子供があるのに男と走つた、その不義の相手との間にできたのが倉吉であり。倉吉の女房は、これも又た大正十二年の關東震災の時に二人の子供のある仲の亭主を捨てゝ倉吉と共に走つたのである。

駈落によつて女房を得た彼れだけに、ます江との間にも駈落の相談がよほどまで燃えてゐたらしく、倉吉のボケットから出た遺書めいた走り書には『高崎でます江と世帯をもちたかつたが』とあり、ます江の親にあてた末投函の葉書にも『高崎で一所にくらしたいから』とあり、ちよつとのことで昭和のお半長右衛門ができ上るところを彼は日本情痴犯罪史上空前の記録と書き替へたのである。

倉吉の死體檢診によつて、彼は花柳病（軟性下疳）を患つてゐたことが判つた。ます江の遺體の都分品は根こそげ集められたが、大陰唇と小陰唇とが今日に至るもどうしてもみつからない。結局これは倉吉が喰べたのだらうと推定するより外に道がなくなつた。

調査の進むに從ひ、いよ〳〵出でゝいよ〳〵怪奇だが、しかもその行動にはいよ〳〵周到な彼の用意を警官に發見させてゐるから達者なものだ。縊るにも痛くないやうにと麻繩とつなぎ合せた風呂敷を頸にあてゝゐた。どこまでも綿密で取亂さず、しかも情痴の怪戯はズバぬけて徹底してゐるところ、正に一世を驚倒させるに足るものではあるまいか。

○

ます江の死體が發見されてからの捜査本部の活動もまことに、日本犯罪史をかざるものであらう。笹島署だけでも毎日平均四十人が、つきゝりになり、外に縣刑事課、犬山署、美濃太田署、多治見署、足助署等の人達が眼ばかりになつてかけまはつたのが二十八日間で、一千六百人になつたが、しかもこれらの人は夜勤、深夜勤を連續したのだから延人員は二千人を突破するであらう。晝夜不眠不休で働いて何の甲斐があつたのか、捜査費はまだ正確に計算されないが、警官の特別勤務手當、各地への出張費用、電報代等だけでも三千圓はとんでゐる。

倉吉犯行の後、彼をみたものは一人もない。犯行の事實は嚴然とあつて、犯行と同時にスッと足取が消えた。斯樣な犯罪はめつたにあるものではない。高崎だ、東京だ、市内潜伏だと飛びまはつたが、倉吉はとくに片づけてゐたから傑作だ。『空家で首をくゝつてゐるかも知れない』と名古屋附近一帶の空家といふ空家はシラミつぶしにしたが、肝心の空家は調べなかつたから世話はない。この事件は犯人逃走に關する限り極めて簡單なのだが、それを警察は複雜にしてかけづりまはつてクタビレ儲けをした。

『首はわかつたが局部その他がわからない』と他縣へ調べに行つた警官は『○○をたづねて何百里かね』と笑はれて來た。『栗栖の桃太郎屋數に現れた』『坂祝で菓子を食つて逃げた』『何とかのお不動樣に現れた』と。いやはやデマの飛んだこと、『少くも桃太郎屋敷のだけは眞物だ』と稻葉刑事課長が斷然いつたものだが。疲れてゐてはどんな情痴魔でもそんな藝當はうてぬ。水道取入口にオーバーがすてゝあつた。『それ投身した』と騷いだが、別物だつた。

『かうなつてはいよ〳〵首くゝつてゐる』と山狩りして稻葉課長は猿に追はれて逃げて來た。笹島署司法主任等三人は迷ひ兒になり、いばらで傷まるけになつて出て來た。『つかまりましたか』『ハイ兎が一匹』といつたのには吹き出さずにはゐられなかつた。

小牧に現はれたり、布袋や足助に現はれたり、ルンペン時代だけに種は豐富だつた。それどころか名古屋柳橋附近でテツキリ倉吉を捕へたのは小學校の訓導だつた。倉吉のぶら下つてゐる小屋のそばの板津自動車店の三歳の子供は每夜寢る時『ネヽちやんがをる』と恐しがつて泣いた。親達も不思議に思つたさうだが『巡査よりも赤坊の方がえらい』と犬山ではいつたゐるから世話はない。

それ程迷宮入りしたのも、つまり倉吉が小屋の戸締をしたといふ簡單な原因だけだ。小屋主は死體發見の三日前に通りかゝつて『戸締りが變だから』と表から板をうちつけた。五日はバカにぬくかつたので『もう春だから』と掃除に行つたのが發見の端緒だ、よくできてゐる。

この期間に五人組の血盟團が現はれ、井上前藏相から團男爵へとテロがはびこり、陰獸倉吉はこれに劣らず、エロとグロとの限りをつくし、警察は更に劣らずナンセンスの限りをつくした。

○

昭和情痴秘聞の主人公たる陰獸增淵倉吉は、恐るべき色情亢進症の患者であつた、それが生理的淫虐と病的淫虐とを併發して遂に屍奸狂崇症にまで進んで、慘虐の限りをつくして、悅樂の最高潮に亂舞した。德川家康の二男秀康の長子たる越前福井の城主三阿守忠長の淫虐も、かくまでの殘忍極まれる暴行は敢てなし得なかつたであらう。況んや殺生關白と謳はれた、豐臣秀次にしろ、武田信虎にしろ淫虐にして殺伐を好みたりとは云へ、かくの如きグロはなし得なかつたのである。

其他淫奸と殘慘性の歷史を繙ひて見ても、支那の淫虐君主として有名な夏の桀王と段の紂王あり、羅馬帝政時代のネロ帝あり、いづれも史上淫虐狂として有名であるが、倉吉も又たその中の一人であることを誰れが否定するであらうか。噫ア。（終）

猶太人の女と基督教徒

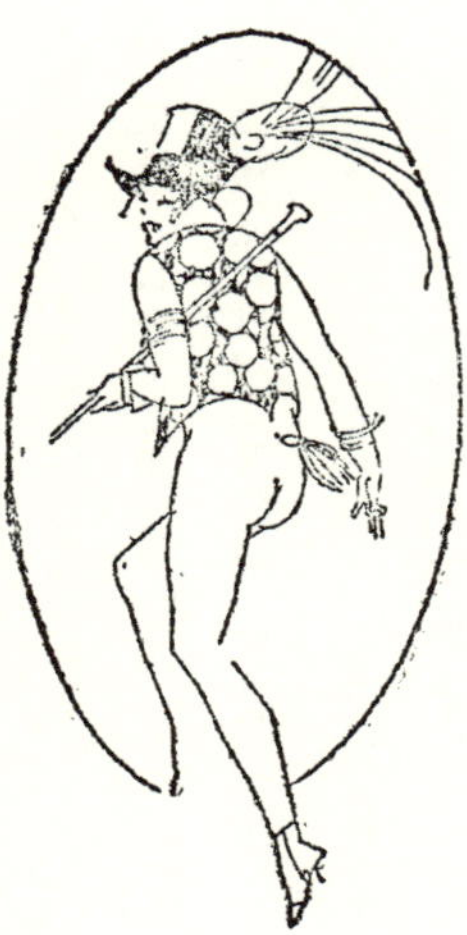

ピエトロ・フォルチニ作
花房四郎譯

皆樣も御存知の通り、猶太人の習慣として、金曜日の夕方になると、太陽が西の方へ落ちて行くと、彼等はサバトのお祭をし始める、そのお祭の間ぢうは、各自きそつて途方もないことばかりするのが例である。こゝでは我等の神も瀆すやうなことをすれば、それで立派なお祭だと思ふのである。

ボロオニユの町にゐたユダヤ人の幾つかの家族は、町の中でも一番富み榮えた人々の中に數へられてゐたが、その家に同じくボロオニユ生れの基督教徒の若い娘が女中奉公をしてゐた。この娘は貧しい身の上でこそあつたが、大變綺麗な感じのいゝ人柄で、一心に奉公を務めて僅の給料で滿足してゐた。

これらの猶太人の二人の者は、彼等と同じ種族の女は高くつくので、彼等の不良な慾望を滿すことが出來ないので、この若い娘に惚れたのであつたが、娘は、前にも言つたやうに、主人の望みなら何でも否とは言へないと思つてゐたので、お金の爲に身をまかせて了つたのである。といふのは彼等は基督教徒に對して惡辣なことをして、その儲けた金によつて大變金持ちになつてゐたからである。しかし彼等が娘に金を與へたのは、快樂の爲といふよりもむしろ、どうしてもそうしなければならない爲であつた。そして娘も彼等のなすがまゝになつてゐた。

この二人の猶太人は若く美しく、そして立派な體をしてゐたけれども、彼女は彼等と關係するのを不愉快に思つてゐた、それといふのは、彼等も亦他の總ての猶太人と同じく、いさゝか不足なところがあつたからである。彼女は彼等と關係しても更に快感を感じないのであつた、それは尼僧がガラスで出來たものの中に湯を一ぱいに入れて、彼女等の情慾をしづめ、出來るかぎりの滿足をする爲に使ふ道具よりも、物足りなく思はれたのである。

或る日、彼女はいままで行つてゐた罪からのがれて、自分が基督敎徒にふさはしいものとして神樣から見られるやうにならうと決心した。折良く部屋の中には、自分の主人の猶太の夫人達の一人が居つた、彼女は非常に美しい女で、病身な男と結婚して、貧弱な愛撫しか得られないといふ、憐れな身の上であつた――このことがその女を非常に愛嬌にしてゐた、――若い女中は猶太人の風習も、基督敎徒の風習もよく知つてゐたので、女主人と色々なことを長い間語り始めた。そして最後に彼女は、女主人に言つた。

『ほんとに、あなた方猶太人の奧樣方といふものは、まだほんとうの快樂を御存知ではありません、もしこれを御存知になつたら今まで知らないで居た、よいことをほんとにお好きになれるでせう。』

美しき猶太女は、基督敎徒の生活のどんなものであるかを、知らふとした、そして女中が言ふやうな、すばらしい快樂といふものが、どんなものであるか敎へてもらひ度くてならなかつた。

『どうしてこんな世の中に生れて來たのだらふねえ、妾達の宗敎の本に書いてあることによれば、こんな世の中に生れて來なかつた事が、ずつといゝとしてありますよ』

すると基督敎徒の女は言つた。

『妾は、學問がございませんから、あまりたいしたことは申し上げられませんが、しかしそれでも、あなた樣方が女として男と交りをする嬉しい心持を、さつぱり御存知ないのだといふことだけはわかります。妾も經驗がありまして實際を確めたのでございますが、猶太人の方はみんな、大事なことが一つ足りないのでございます。』

人の良い猶太女は、元來が非常に、好きな性分であつたと見え、自分の夫で更に滿足を與へられてゐないことによつて、この問題については非常な熱心を示して語り合ふのであつた。それで、何もかも知りたいといふ好奇心から頻りに、女中に聞きたがつたので

女中はかう言つて答へた。

『妾が今お話しました缺點といふものは、基督敎徒には無いことでございます、猶太人に缺けてゐるといふことは、女が交りをして感じる總ての快樂を、もう少しといふところで駄目にして了ふ呼吸です。これは尼さんや寡婦や、姙娠を望まない女等が使ふあれと同じ形をしたガラスで出來たものを、お使ひになつて見れば、よくおわかりだらふと思ひますが、丁度この器物のもの足りない感じが、猶太人の物と同じなのでございます、まあ、欺されたと思つて、だれか若い基督敎徒と關係して御覽遊ばせ。どんな猶太人でも、出來ないやうなよい心持を、お感じになれるでせうから。』

美しい猶太女は、これを聞いて、氣が遠くなるやうな心持がした、そこでどうにかしてこれを實地に行つて見たいと思つて、顏を火のやうにほてらせて、彼女は言つた。

『かうして私達が打明けた話をし合つたのだから、どうぞこれからも力になつておくれ、それがどんなに惡いことか知らないが、そんなに大きな差異があるといふのは、どうしてなのだか話しておくれ。』

『どうと申しましたところでこんなことをお話しするといふのは、大變むづかしいことでございます。しかし他なら

ぬ、あなた樣のおたのみではありますし、女同志のことですから、何でも皆お話が出來ます、ではお話し致しますが、妾の申しました缺點といふのは、割禮の結果によるものでございます、この切りました皮をお寺へ持つて行つて、をさめて了ふといふことがおありですね。』

『それはよくわかつてゐます、と猶太女が答へた、お前がたつた今言つたことは、それだけの原因だつたのかい。しかしその續きを話して御覽。』

女中は言葉を續けた。

『そんなことをなさいますから、折角感じられる快感を無くゝして了ふのでございます、我々基督敎の女は、夫婦の交りを致しまする時に、その物が前に出たり後に引いたりするものでございます、これはみんな、その物のおかげで、何とも云ひやうのない擽つたい感じを、とても言葉には言ひ表はせないやうな、たまらない快感が起るのでございます、妾はこれよりも、もつとよいものが感じられることは他にはあるまいと思います。』

女中が言葉巧みに猶太女にこんな說明をしてゐるうちに、猶太女は重ねて赤くなりながら鐵のやうに固くなつてゐる自分の膝を兩手で固く抱きしめて、はげしくゆすぶつた、そして女中の顏を穴のあくほど、眺めたのであつたが、彼女もまたそ、この話ですつかり昂奮してゐたのであつた。

それからと、女中は猶もつづけて云つた、あの心特のよい水が流れ出る時、幸福の爲に死んで了ひそうな氣がいたします、この瞬間の遊びの心特のよさと愉快なことは、總ての世界を忘れて、何にも考へることが無くなつて了ひます、ところがあなた方猶太人はこれと反對にまるで棒の先か、なんぞのやうで木つ切つぱし程の快樂も得られません、お話しゝたやうな譯ですから妾の云つたことを御信用下さるならば、若い基督敎徒と、それを試して御覽なさい。あなたは、もう結婚なすつてゐらつしやるのですから、戀のことに就いては御經驗がおありでせうが、この世に又とあるまいといふ快樂と喜びとをお試めしになるのは雜作もありますまい。』

この言葉が猶太女に異狀な影響を與へた、そしてすぐにも實驗して見やうといふ慾望が起つて來た、彼女は檻の中に入れられて、千年も過したやうな氣がしてゐた。そこで女中に向つてこう云つた。

『その經驗をするには、どう云ふ方法を取つたらよかろうか敎へておくれ、しかし妾が若者に會ふことが出來たら、お前の云つたことが本當かどうかためして見たいと思ふ、それで急ぐやうだけれど今夜にもお前が手傳つてそうしてもらへまいか、お前の言葉を聞いてこんな氣持になつたのだから、この氣持をなぐさめる爲に、お前が手傳つてくれなければいけないと思ふ』

女中は直に彼女に答へた。

『もし私が今夜、若い人を連れて來て、あなたと御一緒にねかしてあげたら何を御褒美に下さいます。』

『ほんとうにお前が言つたやうなよい心持であつたなら、私は何でもお望み通りのものをあげませう、そして私の持つてゐる着物のうちで一番綺麗なのをあげる約束をしてをきませう。』

『まあ結構でございますこと、』と女中は云つた。それならば早速だれか見付けて來ませう。しかし私がこんなことを致しましたのをだれにも見付からないやうに氣を付けてゐて下さいまし。そして、今夜は私が表の戸の鍵を持つてゐることをお許し下さいまし、そうしなければこの事はとてもむづかしいと思ひますから』

『何でもお前のしたい通りにするがいゝよ。』と猶太女が言つた

『それでは』と基督敎徒の女が答へた、『一時もぐづぐづしてはゐられません』

そしてすぐに彼女は、猶太女を殘して外出した。女主人はすでに牙を磨き、あれほど吹聽された、佳境に達する時の來るのを待ち遠しく思つてゐるのであつた。

猶太女がボロォニュに來たときから、ひどく愛してゐた青年のところにたづねて行くと、――彼はこの町で最も金持のよい家柄に生れた美しい青年で三十四歳位の年配であつた――女中はいきなり彼の側に走りよつて彼に言つた。

『私はあなたの召使ひでございます、あなたは私に何にも言葉をかけて下さいませんが、どんなことを申し上げに來たか御存知ですか、もしあなたが私に少し許り御褒美を下さいませば、あなたを御案內して、大變面白い目に會はして差上げます。』

青年は、彼女がだれであるか、どこから來たのであるか、更に見當が付かなかつた。

『面白い目といふのは何です、君が私のところへ來て一晚一緒にねてくれやうといふのですか。』

かう言つて彼は女中の醜いか美しいかといふことを見やうともしないで冗談を言つた。

『どうして、そんなことではありません、もつと、あなたのお氣に入ることがあるのです。』

と彼女は答へた。

そしてかう言ふ話を聞きながら、女中の顏を見ると、思つたよりも美しい娘で、華洒な體付きをしてゐたので、女の誘ひの言葉が嬉しくなつた。

『勿論喜こんでお引受けします、しかし、あなたがそんなにも保證なさる他の人といふのが知りたいものです。』

親切な娘はこれに答へて。

『もしお望みなら、今晚にでもあなたが愛してゐらつしやる猶太の婦人のお寢間へ御案內することが出來るのです。』

思ひがけないこの申し出できくと青年は、飛び上らん許りに喜こんだ。

『もし君がそうしてくれたら、私はお禮に貳兩あげやう。』

『私はそれをお出でになつた時に頂きませう。』

戀に燃えてゐた青年はこんな言葉を聞くと、その炎か胸の中で一層猛烈に燃え上るのを感じた。そして少しでもその火を消すには千年も苦しまなければならないかと思つてゐたのである。

『それでは今晩猶太の御婦人の家へ案内してくれることが出來ますか。』

『それはもうお安い御用でございます、私が家からこちらへ上つたのも、御案內をしやうといふつもりでございました。どなたが出入りなさらふと、私にまかされてあるのですから。』

その美しい猶太の女に對して、あふれる許りの戀の心を抱いてゐた青年は、眞實な氣前のよい戀人であつたので、早速財布に手をやつて底から一つかみの金を取出して若い娘に與へた、かれこれ四兩はあつたであらうと思はれる。

『當座の小使にこれだけ取つて置いて下さい。』と彼は言つた。『そして君が約束通りのことをしてくれたら、もつと上げるつもりだ、とにかく私をよく思つてゐて下さい。』

若い娘は、この青年が早速來てくれやうといふのがわかつたので、時間と、家の中に入る方法とを打合せして別れて行つた。

萬事手落なく取決められて、夜になつた時に、青年は女中の約束して行つた通りに、たづねて來た。女中は彼を愛する猶太女の居間へ案內して行つたのである。女の方でも彼と同じやうに待ち遠しがつてゐたこととて、彼を非常に手厚く歡待した、彼女はやさしく甘い言葉で長い間彼を愛してゐたことを打明けた。しかし自分は猶太人の女である爲に、基督教徒の婦人の樣に公の場所では、會ふことが出來ないと思つて、あきらめて居たといふのである。

『さう言ふ譯でございまして、私は自分の戀をお打明けすることが出來ませんでした』と彼女は言つた、『けれど私の戀は、打明けられないまゝに猶更つのつて居りましたことを信じて下さいまし。』

若い女はかういふ風に、一生懸命に言ひ譯をしてゐた、すると一方青年の方では女を扱ふことをよく知つてゐたので、色々に機嫌を取つて、自分の方でも彼女の爲に、どれ程惱んだか、とか、その他色々の世の中の戀人達が何時でも女を欺す場合に言ふやうなことを數限りもなくのべ立てたのである。やがて遂に彼等の話しの後に心持のよい接吻の音がして、二人は戀の戰に身をまかし始めたのである。二人はまだ第一囘の交接を終らないうちに早くも若い猶太人の女は熱烈な溜息をついて叫んだ。

『まあ、私達の掟は、何といふ惡い間違つたものなのでございませう、その掟のおかげで、こんなにもよい心持と、嬉しさを失はせてゐるのです。猶太人が大事なものの皮を切つて了ふといふのは、何といふ馬鹿げたことでせう、それは延した方がいゝのに、その反對のことをするといふのは何といふ考へのないことでせう。』

青年は女の言つてゐることの意味が少しもわからないので、彼女がこんなことをいふのは、猶太人の女として基督教徒に輕蔑されてゐるからだと考へた。それで彼は女にたづねた。

『あなたのいふ掟といふのは、一體何のことですか。』

美しい猶太女は彼の氣持を惡くさせては大變だと思つてから言つた。

『その譯は、一人の基督教徒の接吻が千人の猶太人の接吻よりも勝つてゐるといふ意味でございます、それでお願でございますから、これほどあなたのことを思つて居ります私を、どうぞお捨てにならないで下さいまし、あなたは私の體と私の總ての財産の御主人でゐらつしやいます、あなたは私の喜びのすべてでございます、そしてあなたお一人が私に命令する權利をお持ちなのでございます。』

そして彼女は、その他にも、どんな固い心でもやはらかくなつて了ふやうなやさしい言葉をさゝやいた。それで青年に又次の晩も來てくれると、約束をさせることが出來た程であつた。

彼とても、もとよりこの女を熱烈に愛してゐたことではあるし、その招待を受けるのに何の異存もある筈がなかつた。この最初の夜は非常な感激のうちに、二人は數囘にわたる完全な喜びを果し、小競合はその數を知らなかつた程である、そのために二人は互に胸を刺し違へて倒れてゐた。夜明になるすこし前、他のユダヤ人達にみつかつては大變なので、戀人の猶太女の後朝の別れのつらさを後にして、また來ることの約束をさらに繰返しながら、彼は暇乞をしたのであつた。

朝になつて陽が高く登つた時。猶太女は女中の功勞を賞するために、これほど大きな快樂を知らせてくれたことをよく禮を言つて、素晴しい衣裝を褒美として與へた。そしてその朝の間中、女中と樂しく話をしつゞけて疲れなかつた。それにつけても嬉しいのは青年の情けである。猶太女は何か贈物をしたいと考へた。彼女は早速服屋を呼びよせて黑いダマスの上等な布地でマントを作らせ、その裏には絹をつけ、上着には天鵞絨を用ひ、チョッキには暗赤色ズボンは薔薇色の絹といふすこぶる立派な衣裝である。彼女は戀人の身の丈を知らせて、かういふ注文をすると、『さあ。大急でこの布地を裁つて、今夜の十時迄に、すつかり出來上るやうにやつて下さい。寸法は今言つた通りですから、この服は明日の朝、私の兄さんにやるつもりですけれど、夫には內證にしておいて下さいよ。』

服屋は、深くも問ひ尋ねることなく。大喜びで、贅澤な注文を引受けた。彼は早速布地を買つて仕事にとりかかつた。どう安く見積つてもこの仕事で十兩以上の儲けのあることは確實であつた。彼は仲間うちの商人のところに行つて、その店にあつた一番立派な布地を選んだ。思ひの外に仕入に費用がかかつたので、彼は小僧をやつて金をとり寄せた。何にも知らない服屋は、かうして立派な材料を使つて、仕事に精出したため、約束の時間迄には全部仕立上つてゐた。そこで彼は夫人のところへ知らせておいて、出來上つた服を持參した。すると注文した方でも、殊の外によく出來たと喜んで、彼女は服屋の請求しただけの金を支拂つてすぐに歸らせた。

夜はふけた。その暗闇を幸に、二人の戀人同志は、約束通り一緒に會つて、互に戯れと抱擁のかぎりを盡して、世界が一つところに寄るやうにたのしみを與へ合つた。それで夜をこめて鶯(フイロメエル)の聲ばかり響き渡つた。
猶太人の家に行つてゐるところを人に見られないために、青年は朝になると飛び起きて、前の日と同じやうにして歸つて行つた。夜が全く明けはなれた時、美しい氣前のよい猶太女は、大きな籠に持たして、その中に薔薇色のズボン、蝦色のチョッキ、天鵞絨の上着、外套などを入れて、その上から金絲で刺繡した立派な布で包んだ。籠の底にもこの外にも、これもまた金絲と眞珠のぬいとりのある美しい下着の一揃ひと、精巧な細工を施した櫛と、美しい手巾とが箱に入れてかくしてあつた。それからまた別に、金銀細工の豪奢な櫃の中には、下飾をつけた黃金の鎖がはいつてゐて、鎖だけでも九拾兩はしやうといふ代物、これについてゐる黃金のメタルは中央に金剛石、そのまはりには八個の紅寶石が鐙めてあつた。價格に見積つたら二百兩以上はするものであらう。猶太女の贈物はまだこれ丈では盡きてゐない。ダイヤモンドとルビイとをはめた美しい指環が二つあつて、その各々が八拾兩はするのである。猶太女はこれらの品々をみんな籠の中に入れて、この上からさらにむさ苦しい布で覆をしたのは、その中にこんなに貴重なものが入つてゐると思はせないためであつた。それから彼女はこの籠を女中の頭の上に載せて若い戀人のところに屆けさせることにした。

人のよい女中は二人の戀人の間を巧く立廻つて、兩方の命令をきいて、兩方から利益を擧げてゐたので、もちろん喜んでこのやうな贈物を屆ける役目を引受けた。彼女は青年の邸に到着して面會を求めた。

彼が何の用かと出て來ると、女中は持つて來た籠をさし出した。彼は何が入つてゐるかと好奇心を躍らせながら上の覆の端をめくつて見ると、前に述べた立派な布に包んであるものが入つてゐるので、他の人の眼を惹かぬやうに、すぐに覆を元の通りにして、自分の居間に運ばせることにした。そこで彼は駄賃として、女中には拾兩ほど與えた。これはいつも用事の取次をしたり、何かの贈物を持つて來たりした時に勞をねぎらふ心付を與へることになつてゐたからである。そして女中と別れるときに、くれぐれも女主人に彼のお禮を傳へてくれといつて賴んだ。若い娘は、思ひがけない大金をもらつて喜んで女主人のところに歸つて行つた。そして主人には、贈物を受取つた彼がどんなに喜んで、優しい言葉を言傳けしたかを復命した。

猶太女は彼が籠を解いて見たかどうかを尋ねて見た。すると女中はあの人は內容をすぐ見やうとしないで、たゞ上の覆の端を一寸めくつて見ただけで、すぐに布を元通りになほして、何か恐がつてゐるやうな樣子で、御自分のお部屋へ運ばせたと報告した。

女主人は靑年の用心深いことを感心した、彼は賢明で信賴するに足りる人であることが明である。大低の思慮のない男ならば、戀する女から何か贈物をされれば有頂天になつて、『これは己に惚れてゐる女が贈つてよこしたので己はこれこれの物を返禮にやつた』などと會ふ人ごとに吹聽して見たくてたまらないものだからである。

『しかし、それはちつとも驚くに足りないことですよ、』と彼女は付け加へた、輕率なまねをする若い戀人といふものは、頭をめぐらすことをしないのですぐ人にわかつて了ふものです、人間も三十過ぎないと分別盛りの年頃といふ譯にいきません、それだから、自分の戀人を選んではならないと思ふ、無分別の爲に引起す災難は別としても、その戀の命が短いものにきまつてゐます、そういふ人達の頭がいつもぐらぐらして次から次へ移つて行くこと許りしか考へて居ないのです、三十過ぎた男は、それと反對にある女に惚れたとなると、その戀を一生涯つゞけてゐるものですだから私はお前の話したやうな用心深いことを聞くと、誠にもつともだと思ふのです。』

猶太女は、その女中と一緒にこんなことを論じ合つてゐた、それから彼女は、女中に向つて幾つ位の人が好きであるかをたづねた、女中は主人の意を迎へて、勿論それは三十過ぎの人であると答へた、なぜとならば、その年配になると、男は經驗がつむと同時に、女を喜ばす方法もよくわかつて來るものだと言つて、猶太女が贊成したやうな、その他の理由を色々述べた。

すると猶太女がかう言つて結論を下した。「お前の言つたことは、みんな本當のことです、そして私は神に誓つても言ふことが出來るけれども、これからは私の夫では決して滿足することが出來ないでせう。」

本篇の主人公たる青年が、自分の居間で一人になつて、だれも見てゐる人が無いといふことを確めた上で、箱を解いて見ると、その中に入つてゐた品物が、一つ一つと目の前に現はれて來た、彼が驚いたのは、小さい箱の中に、黄金や寶石がいつぱいにつまつてゐたことであつた。彼はこんな立派な贈り物を貰つて夢ではないかと驚いた位である。しかし、これは本當のことであつた。彼はまた箱の中にすつかり入れて、全然これを秘密にして、だれにも話さなかつた。彼がその次に愛する猶太女に會つた時に、厚く禮をのべて、こんな贈り物を貰つては、まことに恐縮であつて自分には必要の無いものであるから、これからこんな心配をしてくれるなと言つた、何となれば彼は總てのものよりもこの女を愛してゐたからである。

二人は猶一層厚い抱擁をかはすのであつたが、これをくはしく書くことは、とても筆の力では及び難いのである。彼女は非常に戀に饑へて居たので、青年の接吻だけでは滿足が出來ずに、彼はまた新しい贈り物を送らうとした（これはまことに、た易いことであつた、彼女の夫は、ボロオニユ中で一番金持なユダヤ人であつたから）二人の戀人はとても他の戀人達では味ふことが出來ないと思ふやうな、大きな喜びをもつて、いつも夜明けまで、過して出かけなければならない時が來ると青年は、別れををしみながら着物を着て、戀人の家を出るのであつた。

年若い妻は、悲しさをこらへて、あとに一人殘されるのであつたが、床から起き上ると、前に言つやうに贈り物をしたいといふ氣特があるので、彼の爲にそれを準備することになつたのである。彼女は、一つの壺と銀の盆と、六つの茶碗と、一對の食鹽入れと、一ダースの肉叉と、それだけの數の匙とを贈ることにした。これらはみな純銀の食器であつた、そしてこれらの品物は、他所の人に貸すのだと夫に信じ込ませてあつた。彼女は、この品々を美しいショオルと立派な絹の布につゝんだ。何れも美事な織物で、色々な色の縫取りがしてあつた。彼女は小さい包みを作つてこれを人足に運ばせて、女中を附き添はせることにした。かうして二人を青年のところにつかはしたのである。

幸福な戀人はその包を自分の居間に持つて來させ、人足に金を拂つて女中を女主人のところに歸した。それから彼は包を開けて見ると、美事な銀の食器が入つてゐるのを見た。彼はこれを總て箱の中に仕舞つて、猶太女が彼に對して示す狂人じみた戀に驚いてゐた、彼の本當の戀は增す許りであつた。世界の中に、彼女の外の女は無いとまで思つて、長い間これを樂しまふと決心したのである。

ある夜、彼女と共に、一晩を過した時に、彼は言つた。

『私は今あなたの戀が、私に見せてくだすつたほど強いかどうか見せて下さい。私が信じてゐるほど、私を愛してくれてゐる證據を見たいものです。』

この言葉を聞くと、自分の年よりも、彼を愛してゐた夫人は、ため息をつきながら彼に言つた。

『まあ、今さらそんな水くさいことをおつしやつて、ひどいと思ひます、あなたは世界中で私が愛してゐる、たゞ一人の方ではありませんか、私の命も、私の死も、總てあなたのお心次第です、どんな事をしろとおつしやるのだか、みんな言つて下さいまし、私がこゝに居りますのは、あなたのお言葉通りになる爲でございます。』

すると青年は答へた。

『よろしい。言ひませう。我々が長い間何物をも恐れずにこの戀を續けて行く爲には、あなたが基督敎徒になることです、さうすれば、私達の年の續く限り、一緒に居ても、何の心配も無いし、私達の樂しみを、だれも邪魔しに來る者は無いのですから。』

この申し出では猶太女にとつて、好ましいものであつた。彼女は、五六日うちに必ず彼を滿足させるやうに約束をした。そしてこの時の來る迄、二人は愉快に暮して行かうといふことになつた。

猶太女は、早速自分の持ち物の、あらゆる貴重品を集め始めた。寶石や、指輪や、金鎖や、首飾や、腕輪や、その他金目なものが澤山あつた、それに夫に知られないやうに、ためて置た金を全部取出して見ると千五百兩以上の金額になつた。彼女は又夫に氣付かれないやうに、夫からも澤山の金と、寶石とを取上げて、これをすつかり一つの荷物にして、ある夜彼女の若い戀人がその臥床を覘ちに來た時に、彼女は言つた。

『私達が樂しみを始めます前に、一つお約束をして頂かなければならないことがあります。』

『どんな約束でもしますが』と青年は答へた。

『きつと、お約束を守つて下さると言つて下さい』と猶太女が言つた。

すると青年は一刻も早く、完全な戀を味ひたいので、いはれるまゝに約束した。

色々の話をした後て、二人はまた例の樂しみに沒頭した。そして青年が別れて家に歸うとする時、猶太女は彼に小さな包を渡したがら言つた。

『これを持つてゐらつしつて、お入用の時にお使ひ下さい、私を可愛いゝと思召したらどうぞ採つて行つて下さい。』

青年は決して女の言ふことを斷はらないと約束してあつた、そしてその中に入つてゐるのを知りたかつたので（多分これはハンケチか何かであらうと思つたのである）別れをつげるとその包みを持つて行つた。

彼が自分の家に歸ると、それをあけて見た。すると非常に高價な品物が出て來たので滿足ではあつたが、ひどく驚いて了つた。彼はまたこれを自分の長持の中にしまつた。それから數日過つた時、遇然にボロォニュの町に一人の法主の代表者が來た。彼はこの町へ威儀をとゝのへて、乘込んで來て、どういふ交渉があつたのか、私は知らないけれども數日の間滯在してゐた。ところで丁度この折にボロオニユの町では、何かの大祭日の祝賀を催さなければならないことがあつた。そこで法主の代表者は、自分の偉さを一層よく示すために、法主代理の彌撒を執行しやうと考へた。この大祭日には法主代理の臨場が一層の光榮を添へると言ふ噂に猶太女は、この時こそ自分の望みを實現して、公然と基督敎徒に改宗する時が來たと思つて、この日その決心を實行するつもりであつた。

彼女はひそかに、青年のところに使をやつて、その日の朝法主代理の手によつて、洗禮を受けるつもりであると言つてやつた。

青年は、分別のある男であるので、一人の信心深い坊樣のところに會ひに行つて、事情話して猶太女を改宗させたいとたのんだ。彼女自身もまた、法主代理の手によつて親しく洗禮を受けたいと望んでゐることを話したのである。

このことは、坊樣にとつて是非ともしなければならない神聖な仕事のやうに思はれた、そして、この女の魂を救ふことを誤まらないやうに法主代理のところに直に出かけて行つた。そして一人の猶太女を改宗さることに就て相談して大祭日の朝、彌撒の後に彼の手をわずらはして、洗禮を授けてもらい度いと申し込んだのである。法主代理はこの坊樣の貴い計畫を喜納することを忘れなかつた、そして幾分の虚樂心も手傳つて異儀なくこれを承知した。それでも猶太人達の防害を恐れて、この計畫は祭日迄、秘密にして置くことゝなつた。

いよいよその日が來て、儀式の順序は滯りなく進んで、猶太女は、洗禮の準備を始めた。彼女は自分の持つてゐる着物の中で、一番立派な着物を着て、たゞ寶石だけは澤山つけてゐなかつたが（それはみんな戀人にやつて了つので あるゝ）かういふ身裝で、夫には知らせずに、女中と共に家を出て、ボロオニユの貴婦人達のうちで、彼女が親しい交りを結んでゐた友達の家へたづねて行つた。彼女はどういふ譯で、基督敎徒に改宗するやうになつたかを、打明けてその人達にお寺に連れて行つてもらへるやうにたのんだ。

その婦人達はこんな計畫を聞いて非常に驚いた、彼女達は奇蹟に會ふやうな想ひをした。彼女が考を變へないやうに貴婦人達は早速猶太女を連れて、お寺へ案内した。そしてそこに入つて行くと、祭壇の前に跪いて、祈禱を始めた、彌撒のはじまるのを待つてゐる間、總ての人は、猶太女が居るのを眺めて驚いてゐた。何故ならば、猶太女は決してお寺に來ることが無かつたからである。就中、男達は何か譯があるのだらうと非常に興味あることに思つてゐた。洗禮のことは絕對に秘密になつてゐたからである。

人々はお互に猶太女が何の用があつて來てゐるかを、たづね合つてゐた。しかしだれも、滿足な答の出來る者は無かつた。その中に法主代理の付添ひの一人が、猶太人の女が今朝基督敎徒になるのだといふことを洩らす迄は、事の眞相を知る者が無かつたのである。この噂は直にボロオニュ中に廣まつた。そしてどういふことの間違いであつたか、猶太人の耳にもそのしらせが傳はつて、彼女の夫にも自分の妻が、寺へ行つて洗禮を受けるのだといふことが、早くも傳つたのである。

このことを知ると夫は狂人のやうになつて騷ぎはじめて、大急ぎで使の者を妻のところにやつて、金や着物や寶石等を望み通りにやるからと言つて、その計畫を飜させやうとした。勇敢な夫人は一遍思つたことは、だれが何と言つても變へない性質であつたので、夫の命令でも彼女の心を挫くことはできなかつた。そして彼女の返事はかうであつた『夫のところに歸つて言ひなさい、あの人も基督敎になつたらいゝでせうと』

この返事を聞いた夫は、狂人のやうになつた。しかし、その間に時刻は進んで彌撒を唱ふ時が來た。そして色々な儀式でそれが終つた時に、法主代理の手によつて、厳かに洗禮の式が擧げられた。

總ての人は儀式の有樣を見やうとしてゐた、そしてお寺の中はいつぱいの人で、前に出ることも、後に退ることも出來ない位であつた。大僧正が自分の僧服をぬぎ捨た時に猶太女に對して、大法官の手によつて、四百兩の一時金を渡してこれで基督教徒の面目を保つて、正しい生活を送るやうにと命令された。すると多くの人々も金額を競つて、彼女に與へるのであつた、彼女は何も求めはしなかつたのであるが、貴族達は皆善良で女の身の上に同情した爲で、その日の朝彼女は八百兩以上の金を與へられたのである。しかも彼等は猶太人達と異つて、金を得る爲には全世界からでも盗まうとして努力するほどの吝な者は一人も無かつたからである。

それから猶太女は若い戀人との關係を人に知られたくなかつたので、彼の家へいきなり行かずに、尼僧の修道院に行つて住んだ、ここには靑年が訪ねて來て面會することもできるのであつた。

ところが、彼女の夫は前々から病身であつたのが、今度の悲しい出來事で苦しんだ爲に間もなく彼の魂を祖先のアブラハムに歸してしまふこととなつた。猶太女の父親は、自分の娘が寡婦となつたので、基督教徒になつてしまつたが、あまりみじめな暮しやうをされると、家名にもかゝはるといふので、五百兩の金を送つて不自由なく暮せるやうにしてやつた。

若い女は、全部の金をまとめてこれを戀人に贈つた、彼は女の良人が死んでしまつてゐるのと、戀する女が自分に對して並々ならぬ誠心を運ぶのを知つて、これを正式に妻とすることを延ばしてゐることはできなかつた、そこで彼女を修道院から出して、結婚と披露の式が公然とお寺で擧行されて、その式の後で彼は女を自分の家に入れた。

二人の戀人同志はその後、永く添ひ遂げて、世間の夫婦に見られないやうな、仲睦じい生活をしたといふことである。　（終）

編輯室から

そゞろ歩きの女のスタイルが眼につくころである。森や林や公園の樹陰に若い男女が囁き合ふのが無茶苦茶に忌々しくなつてくる時節である。

春は新郎新婦にとつて嬉しい時節かも知れない。そして恐らく三毛猫やブルドッグにも嬉しい季節であるであらう。

されど、春は我々にとつて只倦惰い以外のなにものでもない。春よクタバレ。――とまァ一度は他人の反對も言つてをきませう。

×××

例によつて內容の一つ一つの批評はこゝではいたしません。この次には一寸目先の變つた料理で、サッパリした春らしい氣分を味はひたいと考へてゐます。

どうも店頭雜誌のやうに、あれこれと盛澤山に出來ないのが遺憾ですけれど、數ばかり多くても仕方がないと諦めてゐます。

×××

尙ほ、熱心な讀者から各地方の珍らしい新聞記事や、珍聞、傳說、寫眞等の御寄贈に對しては心から感謝します。すぐに御禮を出すつもりでゐても、つい忙しかつたり他のことに取紛れて失禮してゐます。この欄をかりて厚く御禮申上ます。

本號の口繪の一葉なども、讀者からの寄贈になるもので、我々はその御好意を無にしないために、今後もつとめて誌面を割いてその喜びを讀者と共にする考へです。

×××

それから、出版方面に關する問合せが近來とみに增えましたが、問合せの場合はすべて返信料を添附して下さい。

雜務に追はれて忙しい中から御返事を書くのですから、切手を買ひに行く手數だけでも省かして頂き度いと思ひます。

昭和七年三月二十九日印刷
昭和七年三月三十日發行　【非賣品】

發行編輯印刷人　鈴木辰雄　東京市牛込區市ケ谷見附 市ケ谷ビル內

印刷所　長利堂印刷所　東京市麴町區飯田町四ノ四一

發行所　書局 洛成館　東京市牛込區市ケ谷見附 市ケ谷ビル內

編輯雜記餘錄

愈々春が來ました、と云つて今更春が來て嬉しい年頃でもありませんが、寒い時の編輯は實に辛い。

定價を一圓にしました代りに今月からは相當馬力をかけたつもりです。口繪の御札守は中々の珍品でせう。あはてないで落着いて判讀して御覽なさい。正解者には御褒美をあげてもよろしい。伊豆の下田の性器崇拜研究倶樂部の御土産です。同倶樂部には絕對非賣の珍品が山と積まれてゐるさうですから、我々も一度見學に行きたいと思つてゐます。

卷頭の「リンの玉雜考」は談奇黨會員の寄稿ですがなか〳〵の珍品でせう。もつと長くて、もつと豐な內容があつたのですが、頁數の都合で多少削除しだことを筆者並びに讀者に御詫びします。

平井蒼太氏の「鮑とり」は、あくぬけのした素晴しい文献だと思ひます。この種の文献にこれ以上のエロを求めるのは求める方が無理で、筆者のリリカルな筆法と共に捨て難い味はいがあります。

妙竹林齋…即ち花房四郎氏は飜譯やら、黃表紙綺譚に忙殺されて、あのユニークな隨筆を貰ふことが出來ませんでした。爺くさい名前とモボのやうな名前を備へた彼氏は、例の談奇秘話の中に巨彈をカツ飛ばすそうです。

この通信を編輯雜記餘錄とした理由は、第何回通信といふ通信文を挿入することは、郵便規則に違反になるからです。御諒承下さい。

次の仕事もドシ〳〵進行してゐますから、その方はその方として、來月號の會費は至急一圓御拂込願ひます一ケ年全額拂込の方は、今月から每月二十四錢の不足額を頂きます。

漸く仕事も半ば近く達しました。ヘナチョコ出版屋ならもういゝ加減に屁古垂れてゐるのでせうが、我々はいま漸く脂が乘りかけて來た位ひです。あとの半歲こそ、我々は更に馬力をかけるでせう。

世は春です。醉つ拂つて溝に頭を突込んだり、戀人と野合して交番に引張られるやうなダラシのないことをしないで下さい。

珍書こそ愛好すれ、わが談奇黨員はみんな品行方正のやうですから……

談奇秘話の代金未拂込の方は至急御拂込願ひます

尙ほこれはわが洛成館の仕事ではありませんが、吾々の親愛なる同志大木黎二君が、今回談奇派の畫家として有名な伊東晴雨氏の變態版畫集を刊行するさうです。餘りにアブノーマルなるが故に、常に不遇であるこの惠まれざる畫家の變態畫集こそ、吾々談奇派の同志には親しみ深いものだと思ひます。賢友大木のために、又われらの同志晴雨氏のために、我々は一部でも多く、この畫集が諸君の手に入ることを希望します。

會員諸賢

洛成館編輯部

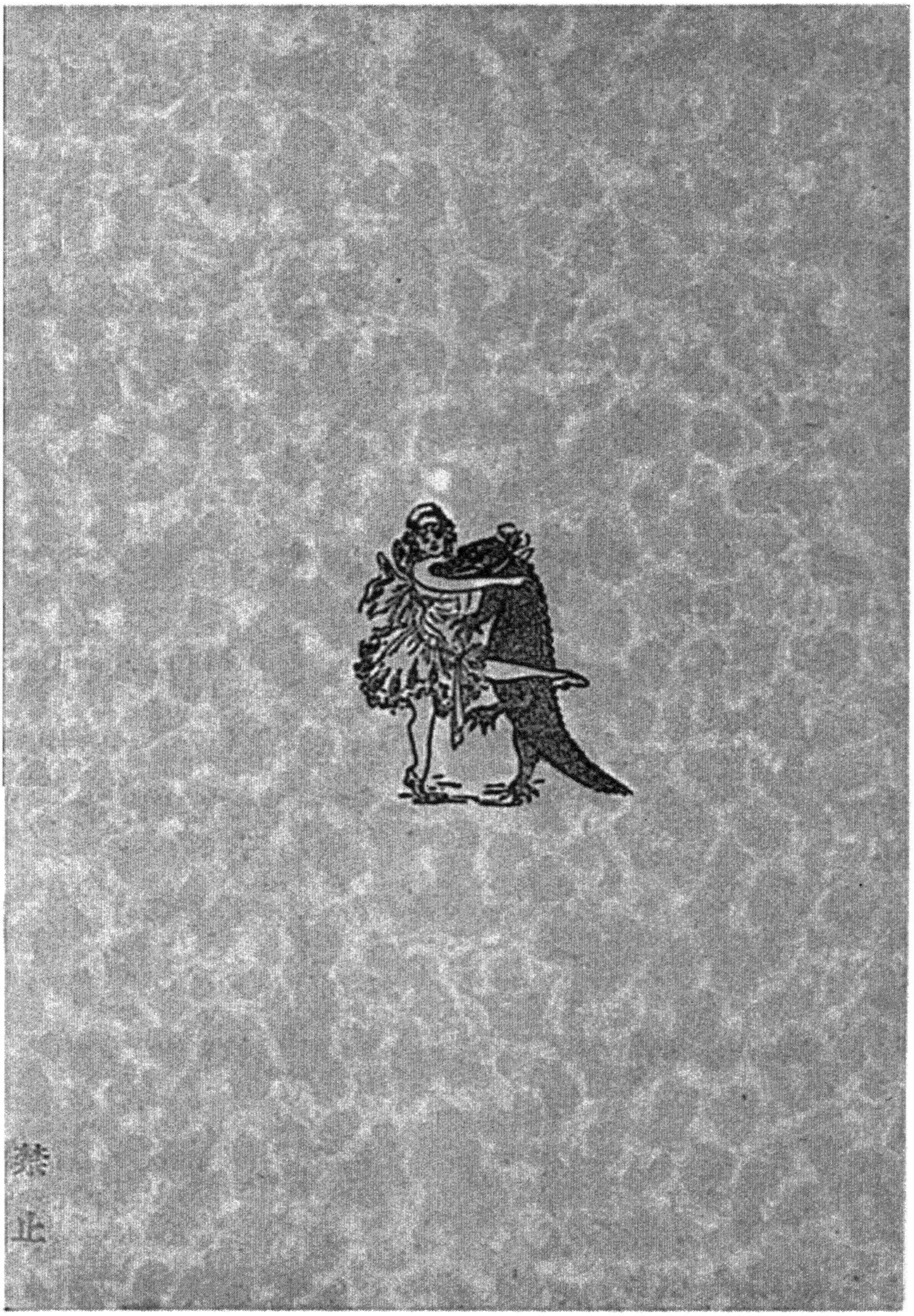
禁止

『談奇党』

（臨時版）

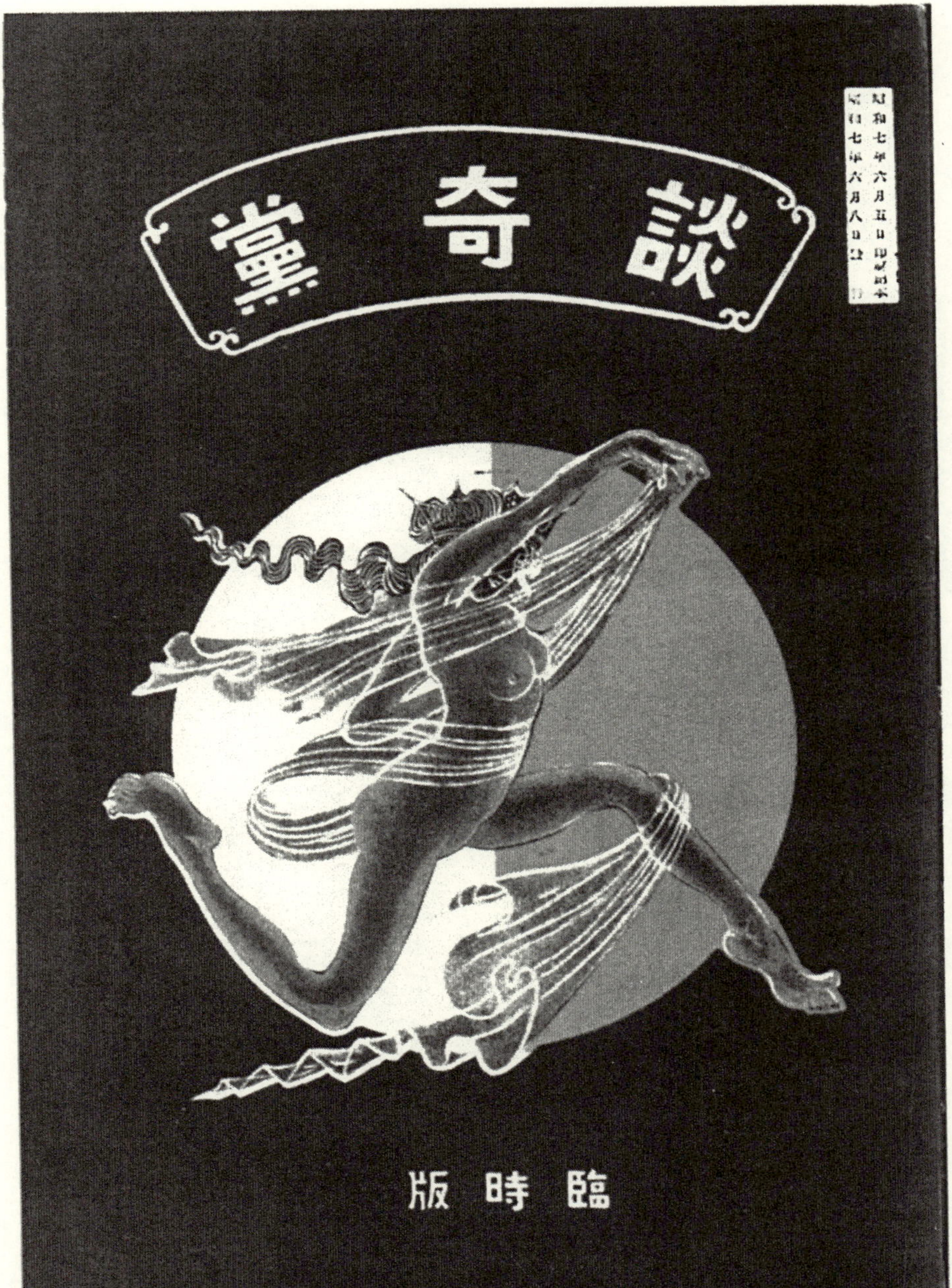
昭和七年六月五日印刷納本
昭和七年六月八日發行
談奇黨
臨時版

談奇黨臨時版

目次

『談奇党』 臨時版（昭和7年6月）

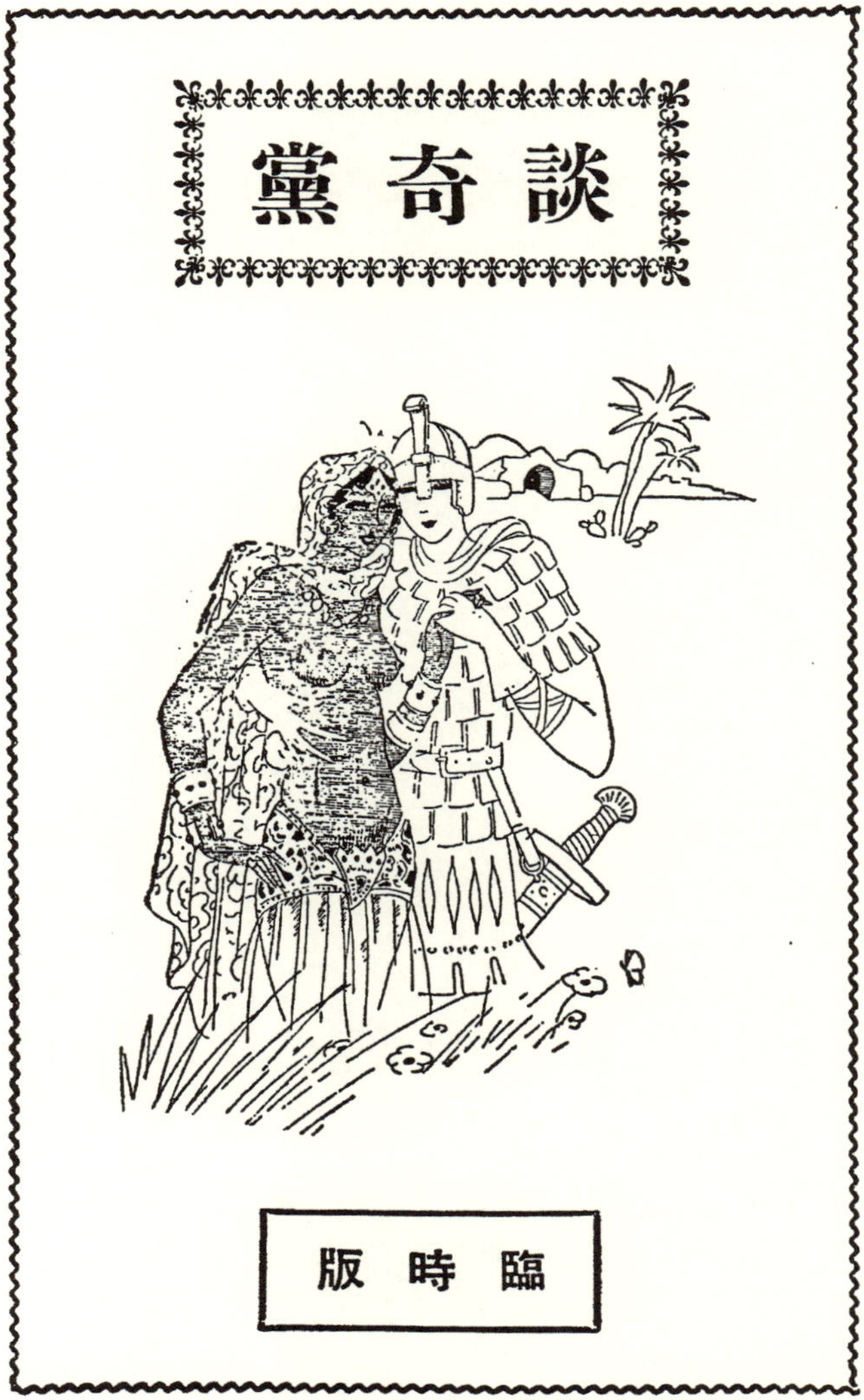

力　魅　の　胸

鎌倉時代の遺物

ムーラン・ルージュの女のグロ趣味

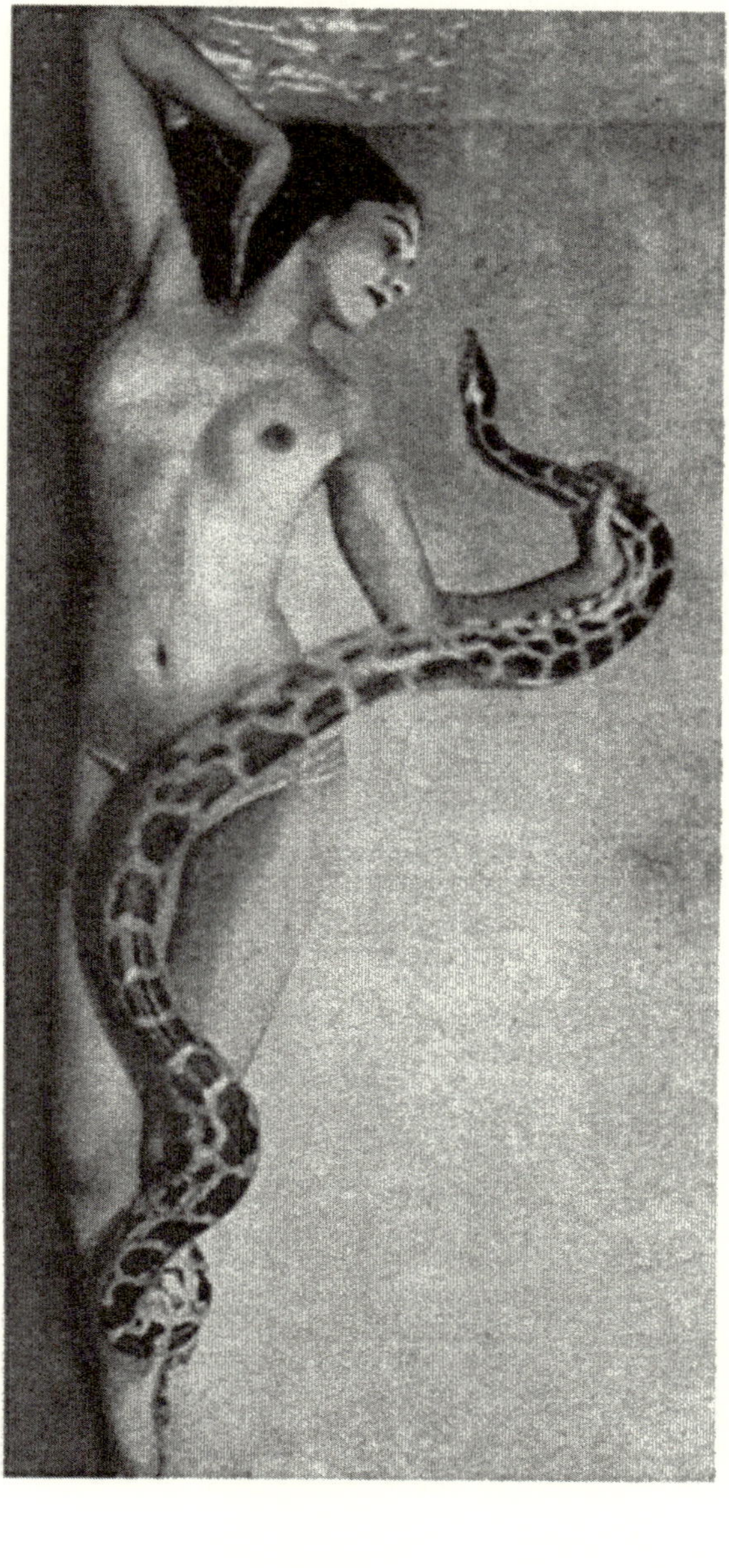

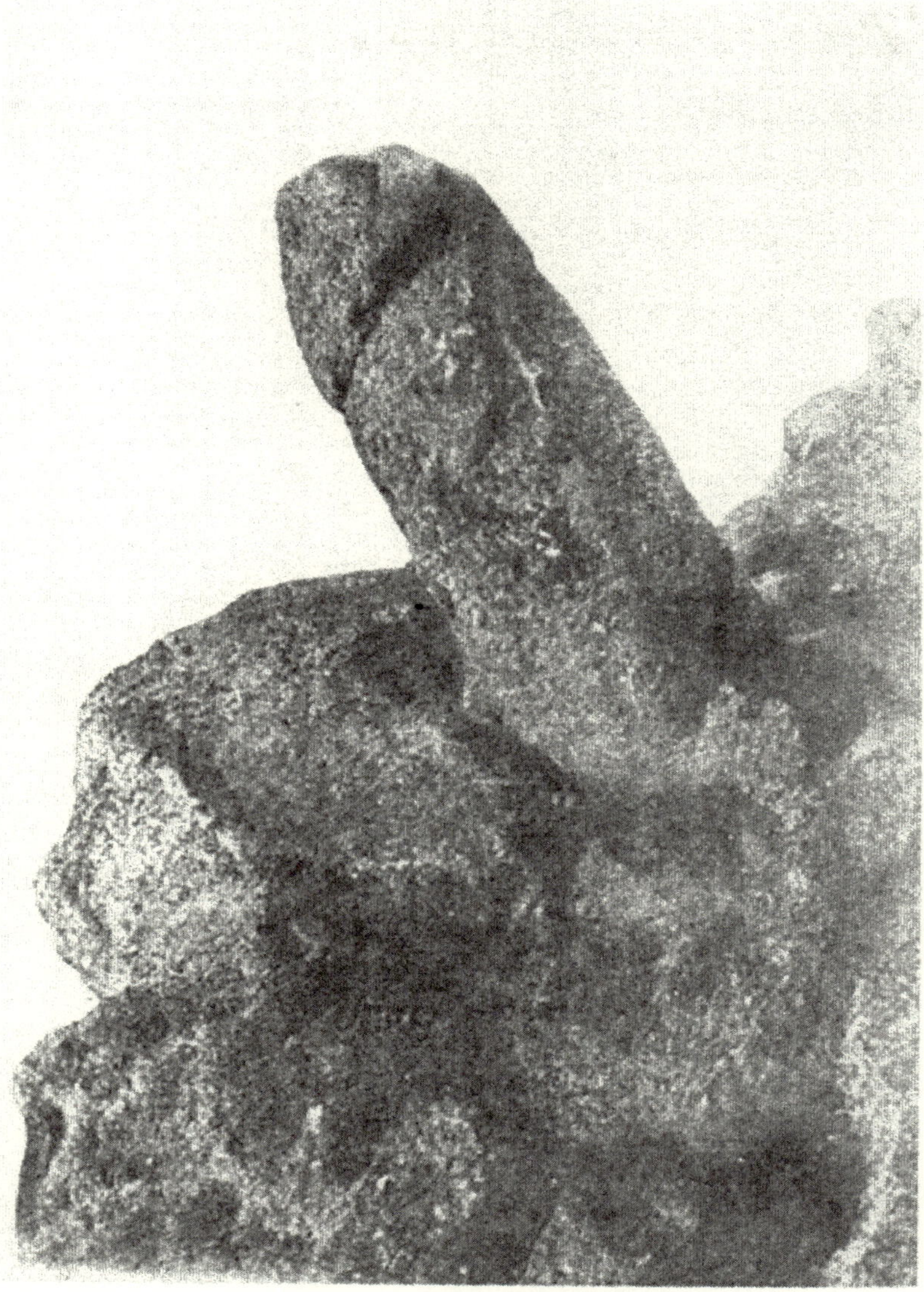

魔石と呼ばれてゐる奇石

姦夫の征伐

強姦撿察法

ドクトル アルフレット・タイロル原著
談奇黨編輯部譯述

强姦の總論

數多い犯罪の中でも、强姦は人間の醜悪なる行爲の最も代表的な憎むべき罪惡である。從つて、世界各國ともこの種の犯罪に就ては何れも極刑を課してゐるが、如何なる大事件と雖もその眞相の公表、又は裁判傍聽を禁止されるから、こと苟くも强姦事件に關する限り、第三者は容易に事件の眞相を掴むことは出來ない。と、同時に、この種の文献も亦極めて稀である。

我が國の刑法第百七十六條によれば

十三歳以上ノ男女ニ對シテ暴行又ハ脅迫ヲ以テ猥褻ノ行爲ヲ爲シタル者ハ六月以上七年以下ノ懲役ニ處ス十三歳ニ滿タサル男女ニ對シ猥褻ノ行爲ヲ爲シタル者亦同シ

尙ほ同第百七十七條に

暴行又ハ脅迫ニ依テ十三歳以上ノ婦女ヲ姦淫シタル者ハ强姦ノ罪ト爲シ二年以上ノ有期懲役ニ處ス十三歳ニ滿タサル婦女ヲ姦淫シタル者亦同シ

とある。

然らばいつたい強姦とは如何なる性質のもの、如何なる行爲であるか。

我々は先づそこから出發して筆をすゝめやう。

有名なメディカル・ジョリスプルデンス（審判醫術）の著者アルフレット・スハイン・タイロル博士の言に依れば

強姦（レープ）とは肯んぜざる婦女をして強て交接せしむるの謂なり――とある。

もし、ほんの少しでも肯んじたらそれは最早強姦ではない。

強姦罪の判定の容易に出來難い點がそこにある。だからこそ、平素は缺席ばかりして女の尻ばかり追ひ廻す若い法學部の學生も、強姦罪の講義となると、缺席者は殆んどなく、實に微に入り細に亘つた奇問が百出するといふから、之が公開の席場でゞもあらうものなら忽ち猥褻罪でふん縛られる。學徒となると有難いものだ。

そこで我々も亦學徒になつたつもりで、アルフレット・スハイン・タイロル博士の著書によつて、強姦撿察法なるものを詳細に聽くことにしやう。

我々の想像するところでは、强姦罪が法廷に持出されて黑白を爭ふ數は、實際に行はれた數の十分の一にも充たないであらうと思ふ。いつたい女といふものは、貞操觀念と羞恥心と、それから虛榮心とを天秤にかけたらどれが一番重いであらうか？

これ又我々の想像する所では、遺憾ながら貞操觀念はその最下位に屬するであらう。

そこに强姦された者の悲しき泣寢入りがあり、又その數がいかに夥しいかも容易に我々は首肯することが出來るのである。

もし口でだけ肯んじなくて、實際の行ひがさうでない場合があり、又はその行爲に極めてデイリケートな經緯があつて容易に判定し兼ねる場合があつたと假定せよ。それこそ女は最も恥しき行爲を明るみに持出された上に、泣くにも泣けない答辯をテキパキとやつてのけなければならないのだ。

いかに男勝りの女と雖、强姦された數分間の前後の經緯を、さう〳〵簡單に述べられるものではない。もし、少しでも下手にまごついたことを答辯して犯罪が成立しなかつたら、終生ぬぐう可からざる傷手を蒙つた上に、更に泥の上塗りをする甚だ損な役割だからである。

タイロル博士の著書によれば、往時は、强姦を犯せし者を罰するにはカストレーション（斷睪の刑）を以てしたといふ。

なる程、睪丸を切斷して了へば、二度とさうした不埒なことは出來ないであらう。思ひ切つた處刑ではあるがいゝ方法だ。

やきもち燒の妻が、夫の局部を切り探つたといふ珍聞は屢々耳にするところだが、グリッフス氏の說に從へば、この刑法の今尙存在するところがあるとの事で、北亞聯邦のビルジニア及びミッソリー地方に於ては、黑人が白人を强姦した場合は、ダンゼン黑んぼの睪丸を切り取つて了ふとのことだ。但し、白人が黑人を强姦した場合はさうでないといふから、甚だ得手勝手な法律ではある。

英國の古法では强姦罪を處罰するに死刑を以てした。日本でも江戸時代には獄門晒首なんて物凄い處刑であつたのだから別に驚くほどのことはないが、强姦罪を終身懲役にする國は現在でもある。

一八四七年――一八四八年のイギリスの議會に於ては、强姦罪の死刑が廢止されてゐるが、この法律が改正されると、この種の犯罪が改正前の九割の比例を以て增加したといふから、人間といふ奴の意地の穢さが窺はれる。

さて、强姦の罪が一旦明るみに持出されると、醫學上の證明を要することは、今日世界各國同じであるが、大抵は原告人の述べるところが明白であり、僞原告人ある時は當然醫術上の證明を要する。

アモース博士の言に從ふと、巡回審廷に於て强姦の犯罪を糺問したところ、その眞犯なる者は十二のうち只一つであつたさうで、他は悉く僞告であつた。

スコツトランドに於ては、この僞告が殆んど稀で、その理由は强姦事件が一度司直の手に移ると罪跡の有無、犯罪の虛實に嚴密な探偵をするからだと云はれてゐる。

日本の法律では十三歲以下となつてゐるけれど、先方では十歲以下の兒女を姦する時は、その女子の諾否を論ぜず罪の輕重を問はない。何となれば十歲以下の少女にありてはよし承諾ありとも法律上の効なしとされてゐるからである。

醫術上の證跡

タイロル博士は言ふ。

強姦を撿察するところの醫士は、その職掌至つて易く、啻にその婦女の年齢如何を審察せば蓋し十分に盡せりと。

凡そ醫士が強姦を撿察して、その證跡を得るにあたつて據るべきもの四つあり。

第一　陰門の周圍にある強姦の痕跡

第二　被犯人或は犯罪人の身體にある強姦の痕跡

第三　被犯人或は犯罪人の衣服に血痕又は精液痕の有無

第四　そのうちの一人又は双方に淋疾或は黴毒の有無

かくして是等の證跡は左の事情に於て、各變換することがある。

兒女の強姦の場合

國法上に於て完全と見做す處の強姦――若し己に強姦を遂げたる者ある時は、必ず兒女の多少之に抵抗すべきを以て、その陰具の破傷如何を溯原すべし。なぜならば、凡そ児女の強姦をなすときは、身體に青紫斑を生じ、血液の流出、或は陰門の綻裂なきを欲するもなき能はざるを以てなり。

大人が児女を強姦するを得べきか否かといふことは最も難問であつて、従來、法廷に臨みて之を檢視せる醫士は大抵みな、其能く強姦すべからざるを述べたり。凡そ國法上に於て、強姦の犯罪如何を確定するは啻に陰莖突入の證跡を要するのみ。昔、ルッセンなる者を審問せし時その判決せし所によれば、突入淺くして處女膜（ハイメン）を破傷せずと雖も、法官の指揮に依てその被告の囚人は終に刑に處せられたり。

この審問は一千七百七十七年のことであるが、それから數年の後、ゴルネー・ビー氏は強姦罪の成立に就て「陰莖の突入その處女膜を破傷するに足らざる場合は、國法上に於て完全の強姦となすべからず」といふ説をなし、數多の法官がこの問題に就いて大いに議論したことがある。

然し、今日に至つては

「國法上に於て强姦と認むべき陰蒸の突入は、必ずしも處女膜を破傷せずして爲し能ふことあり」といふ說が一般的に認められた。

陰唇を破傷することなくして、大人の陰蒸が兒女の陰道に全入す可からざるは理の當然であるとは云へ、その痕跡なきを以て之を檢視する醫師にその罪なしと言はしむべからず。何となれば、國法はその全入たると半入たると、或ひは又暴入たるとの證跡如何を問はず、己に陰門に突入すれば其の强姦たるを免れざればなり。

以上は、兒女に對して强姦した場合の所論で、タイロル博士は、陰蒸突入の證據に關しては更に次のやうに述べてゐる。

「今を去る數年前、ある一つの强姦事件を審問したことがあるが、その犯された兒女は年齡僅か十歲ばかりで、强姦された證據は暸然として殘つてゐた。この時、これを檢察したる外科醫の說によれば――その陰門の周圍には著明なる强姦の痕跡はある。然れども十歲以上の女兒を强姦して陰蒸を突入することは實際なし能はざるところである――と云ふ理由に依つて其罪を問はないことに決定した。

されども、次の審問はこれと同一の事件であるが、その犯された女は年齢が少し多かつた。一千八百四十三年三月、中央刑事審廷に於て審問されたもので、この幼女は年齢十四歳にして被告の强姦人はその實父であつた。

この事件でアダム氏といふ人は犯罪後約二日間を經てから彼女を檢察したのであるが、陰門の周圍には一つの傷痕もなく、又その處女膜も破傷してゐなかつた。そこで、アダム氏は「これは强姦を犯せしものにあらず」といふ斷定をしたが、もう一人の醫士は「余は强姦されたるものと信ず」と云つて爭つたが、被告の囚人は强姦たるの罪を免れたるも、その脅迫の罪を發見された。然しアダム氏は「强姦とは陰莖の陰門に突入するの謂なりとすれば、之を行ひて已に情慾を達したるものを云ふなり。然るに、この審問の事件に於ては一つも陰莖を突入したるものと認む證跡を明示すべきものがない」と言つてゐる。

又、一千八百四十一年スコットランドの高等法院に於て之と同じやうな事件が起つたが、この時被告の辯護人は

「陰莖全入の證跡なくば以て强姦と爲すべからず」と旺んに辯明したが、裁判官のメードウバ

ンク侯爵は

「たとへ陰門を通過して陰道に突入せし明證なしと雖も、被告の犯罪の證跡は十分である」と斷定した。スコツトランドの法律に於ては、その突入の深淺を問はず、婦女を強姦するものはその罪を免れなかつたからである。

これによつてみると、強姦罪に於ては、全入か半入か、已に情慾を遂げたか遂げなかつたかといふことが、いかに重要な問題であるかゞ窺はれる。

更に同裁判長は

「凡そかくの如き事件に於ては、被犯の女子幼稚にして、精液排出の證跡なきものは其の突入の淺深を示し、又はその處女膜に抵觸せしか、或は之を通過せしかを明かにするを要しない」とキツパリと言ひ放つて處刑した。

強姦の痕跡

強姦の犯罪に於て、一つの傷跡もない場合とか、一度傷を受けたるも時日が經過してその爲に裂傷が消滅するやうな場合は往々ある。今日でこそ異常なる科學の發達に伴ひ、血液檢査その他の方法に依つて、それらの鑑識は容易にできるやうになつたが、タイロル博士が强姦檢察法を書いた當時は、時日の經過した裂傷の消滅による弱姦の痕跡を探ることは容易ではなかつたらしい。

タイロル博士は言ふ。

幼女の陰部に一つの痕跡もなく、强姦の疵傷もない時は、檢察醫士は他の醫員をして、その强姦の證跡を發見せしめなければならない。

陰門の周圍に全く强姦の痕跡のないものと雖も、凡そ檢察醫士たる者は、その見る所を以て强姦の犯否を述べなければならぬ。而して强姦なるものは國法上に於て必ずしもその痕跡あるを要せず、且つ强姦犯罪の證據は啻に檢察醫士の明示する所のみに依るものではないと雖も、最も早く之を檢察せし時、陰門の周圍に一つの痕跡をも見ざれば、それで以て强姦を犯さないことを確言することが出來る。然しながら、被犯の兒女又はその母の告訴する所に依つて醫士が急卒に粗漏の檢察をするやうなことがあつたとすれば、容易にこれを僞告する輩が出ないとも限らぬ。

若し何等かの器具を以て陰部を破傷したる痕跡があるとしても、之を以て直ちに强姦の證據とするやうなことがあつてはならぬ。何となれば、往々金錢を得んが爲に、故らに幼女の陰門を破傷して僞告するものがあるからである。かうした事件の虚實は、其の疵を一目して器具の破傷する所たるを明確にしなければ、醫師の證する所よりも却つて世間一般の證する所に從はなければならぬ。

處女膜なるものは必ずしも幼女の陰門に存するときまつてはゐない。往々、潰傷のために之を敗壞することあるを世人は最も記憶すべきである。だから、處女膜が破れてゐたから知らぬ間に誰かに强姦されたなど丶考へることは早計である。

凡そ强姦の時幼女の之に抵抗すると否とに拘はらず、陰蕋の爲に甚しき破傷を蒙ることは言ふまでもないが、ドクトル・チーベルス氏が印度地方の實驗に依ると

「幼女の强姦は大抵甚烈の破傷を受けざるはなし、殊に一千八百五十三年及び一千八百五十五年に於ては强姦の爲に陰道を破傷せしもの甚だ多く、强姦の糺問六十六件のうち五十二件は罪

證明白にして皆刑に處せられ、且つその半數は被犯の幼女十二歳以下なり」と報告してゐる。

そのうち十二歳以下の幼女にして陰道の下部を破傷さるゝ事その長さ半インチの甚しきに及ぶものあり、又僅か六歳にして强姦されたる爲に處女膜並びに陰道會陰の破傷して遂に大患を釀せし者あり、甚だしきに至つては死に至りし者もあると云ふ。

又、强姦を僞告して金錢を貪らんが爲に、故らに器具を以て幼女の陰部を破傷する者ある事は前にも述べてをいたが、チーベル氏の言ふ所に依れば

「印度カルコタ土人の風俗を實視せる宣教師某氏の言に從へば、幼女の父母たる者多くは器具を以てその陰部を傷め、甚しきは松實(まつかさ)を突入して之を破る者また少からず、又木片を以て戯に幼女の陰部を破傷して鮮血を迸發せしめ、竟に强姦の罪に坐せしものあり」と云つてゐる。

又、一千八百四十年四月、ドクトル・ブラッデー氏はベルリンの醫學社究に奇怪なる强姦事件を報告してゐる。それは生後僅かに十一ヶ月にしかならない兒女を强姦して死に至らしめたもので、陸兵一大隊がテンプレモールに向つて進行してゐた時、ホームといふ一兵卒がマリーハールといふ婦人が抱いてゐた生後十一ヶ月の兒女を見てこれを抱き去り、凡そ半時間ばかり

姿を見せなかつたので、その母なるマリーハールはそちこち尋ね廻つて、漸く彼の一兵卒のゐる所を探しあてた。すると、彼の兵卒はこの嬰兒を草原に寢かせてその上に跨り、右手にて嬰兒の下着を披き、左手には鮮血が粘着してゐた。これを見て驚いた母親が、顏色變へて馳けつけると、彼の兵卒は彼女に向ひ

「この赤ン坊は急病を發してひどく出血した。」と言つた。

殆んど失神しさうになつた彼女は、この痛ましい愛兒を抱いてテンプルモールに行き、果して病氣による出血か否かを確かめる爲に醫師の診斷を乞ふたが、どういふわけか醫師はその診察を拒絶した。そこで、彼女は泣く泣く嬰兒を抱いて我家に歸り、翌朝沐浴させやうとした時始めて強姦された痕跡のある事を發見した。そこで、彼女は直ちに告訴の手續を取つたが、立派な證據があるので裁判官はすぐさま外科醫の檢察を求めた。然し、兒女は殆んど生なきものゝ如く、氣力全く沈衰して間もなく息が止まつてしまつた。それは、この赤ン坊が強姦されて約二十時間を經た頃であつた。醫師が陰部を檢察すると、陰門陰道は悉く破裂して甚だしく炎爛の狀を呈し、會陰の裂傷はもとより、大小兩陰唇から挺孔の膜皮に至るまで分裂し、傷は陰

道の孔端より子宮にまで及び、腹膣に通ずる一大孔穴となつてゐるのを發見した。

けれども、後にベルリンのワイルド氏なるもの、この事件は強姦でない事を力説し、と同時に彼女の陰部の重傷は、その時兵卒が少し醉拂つてゐたので、戯れに指を差入れたから出血したのだと斷定した。

然し乍ら、ワイルド氏のこの説は何等一兵卒の無罪の理由にはならなかつた。なぜならば、若し女子を破傷する者ある時は、指を以てなすも、陰莖を以てなすも、被犯者を死に至らしめたのではその罪惡に厘毛の差異も認められないからである。

又、一千八百五十八年一月に、十七歳の男子が僅か七歳の兒女を強姦し、陰部を甚だしく傷付けた。そこで彼女をゲース氏の病院に運んで應急手當を施したが、その時は強姦されて約半時間を經過してゐたが、外科醫のヒックス氏が之を檢察したところ、處女膜は全く破壊し、陰道は裂けて會陰に及び、その長さ一インチ八分の一に達してゐた。余も亦親しく衣服に粘着した血液を檢分したが、多量なる出血にも拘はらず苦痛の症狀なく、體中にも只一つの疵傷すらなかつた。更に膿液の射出も認められず膣炎の患もなかつた。而も容貌麗はしくて健康なるもゝの如く、犯された後ち約四十八時間にして彼女を檢視したところ出血は止み、其分裂の狀は甚だ明かにして陰道より膿液の流出もなく、更に陰部の炎症を發する不安もなかつた。

ヒックス氏は犯罪の後其の男子を檢視したが、彼は既に嚴密なる監視の下に衣服の着變へすらしてゐなかつたが、彼の陰部にも衣服にも血痕らしいものは少しもなかつた。惟ふに、彼が彼女を犯さんとするや、忽ち女が號泣し始めたので十分にその情意を達することが出來ず、彼女の陰道を裂くや急に陰莖を拔出したものと思はれる。出血は多分その後流出したものであらう。これは最も注意すべきことで、かくの如き事件はその時の實狀を審かに檢視する必要がある。なんとなれば立派に無罪の證明がなし得られる場合があるからである。

ドクトル・サウエル氏の報告に依れば、氏はあるとき五歲にして强姦されたる兒女を檢察した時、その陰門は腫脹してゐたが處女膜も陰道も少しの破傷なく、只、多量の出血のみがあつた。これは處女膜の多血質より起るもので、直ちに犯人をも檢察すると、彼の陰莖には少しの血液も附着せず只衣服の前部に二三滴の血痕のみが發見された。

又、强姦されて直ちに陰門陰道が破裂しなくても、時日が經過するに從つて破裂し或は炎症を起す場合がある。而も脫疽となりて遂に生命を斷つ樣なこともあるが、殊に虛弱なる幼女に於ては斯かる例が極めて多い。只、檢察醫の特に注意すべきは、往々幼女の悪性なる水癌を視て、直ちに以て强姦されたる者と誤認することのなきやう心がくべきである。

以上の外、局部の裂傷の實例に就て多くの報告があるが、今度は他の檢察法を拜聽する事にしやう。

陰道より膿液の流出する場合

幼女が膣炎に罹り、陰道より膿液を流出せしために、その兩親たちが誤つてこれを强姦された徵候だと認めた場合は往々ある。

嘗つてかうした事件のために數人の人々が辛うじて强姦罪から免れた事件があるが、ドクトル・ペルシバルの著書メディカル・シエックスにはその間の消息が詳細にのべられてゐる。

又、一千七百九十一年二月、イギリス、マンチエスターの病院に四歲の兒女が陰部の脫疽によつて入院してゐた。全身がひどく衰弱して間もなく死んで了つたが、彼女と並で入院してゐた十四歳の少年はその爲に犯罪の嫌疑を蒙むるに至つた。依つてランカシャーの裁判所に呼び出されて糺問されたが、双方檢察の結果少年は無罪放免となつた。

兒女の陰門より膿液が流れて鵞口瘡のやうな潰瘍を發するのは、多く膣炎のしからしむるところであるが、或ひはその人の不潔によることもある。殊に六七歳の少女にありてはさうした例が最も多い。かくの如き疾病あるを奇貨として、往々純良無垢の人に寃罪を蒙らしめ金錢を捲きあげる者のあるのは、眞に憎むべき行爲である。

かうした場合には、處女膜が完全であるかどうか、陰道會陰が破裂してゐるかゐないかを檢察して、強姦の成否を確かめるものである。

若し粘膜炎症を發して全く赤色を帶び、膿液の流出が多量なればそれは強姦された結果であり、ドクトル・カプロン氏の記すところに依れば、幼女の陰門より膿液の發出するをみて、誤つて寃罪を無辜の人に蒙らしめた二つの實例をあげてゐる。

又、ケストペンの報告にも、九歳の幼女が陰道より多量の膿液を流出した爲に、彼女の兩親たちは、必ず強姦されたるものと誤認し、裁判所に告訴したけれども、檢察の結果膣炎なる旨を宣告された——とある。

又、ハミルトン氏がメヂカル・プレッスに記載した記事によれば、十九歳の男子が六歳の少女を强姦し、取調べに際して强硬に否定したが、彼の陰莖を検視したところ包皮の周圍に黴毒の腫點甚だ多く、又その少女の陰部を檢察したところ大小兩陰脣の內面が黴毒のためにすつかり剝脫されてゐるので、糺問の結果遂に自白し處刑された——とある。

一千八百五十三年ワィルド氏はこれとは全く正反對な冤罪の報告をしてゐる。

それは或る紳士が二名の兒女を强姦し、その爲に惡疾を發したからといふ理由で、兒女の親達から告訴され、遂に法廷に呼び出された。

そこで、檢察醫が兒女の陰部を檢視すると、陰道の內皮少し剝脫して膿液が流出してゐるのに陰部には强姦された痕跡がなかつた。檢察した醫師の言ふところによれば

「かくの如くなつてゐるのは强姦された結果によるものではあるが、膿液の發出するのは蓋し無病なる男子の指と摩擦したものであらう」

こゝに於てかの紳士は無罪になる確證は得られなかつたが嫌疑を多少薄弱にすることだけは

出來た。そして、紳士の陰部を檢察したところ別に淋疾も黴毒の徴候もなかつた。

ジョーガン氏、チミルチール氏を始め他の檢察醫師も「この兒女は疾病のために斯の如くなつたもので決して強姦された徴候は認められない」と確言したものであるが、兒女の陰部が多少でも剝脫してゐるのは、彼の紳士が陰部に強姦の痕跡を殘さないやうに交接したものかも知れぬと言ふので、法廷に於て尙も無罪の明示を控えてゐた。

もしこの儘で事件が推移すれば、紳士は當然寃罪を免れなかつたのであるが、原告人が陳述する所の時日と場所にあたつて、かの紳士が他方に在りしことが明白になり、遂に放免せられた。

凡そかくの如き場合に於ては粗漏の糾問をしてはならぬ。もしその爲に寃罪の被告人を危地に陷入れる場合があるからである。だから、無實の罪を免れんと欲すれば、被告人はその時日に於て他に在りしことを確乎證明する必要がある。

若し兒女が眞に黴毒淋病に罹るを見ば、卽ち惡疾ある者の爲に強姦されたる證據ではあるが之を檢察する醫士たる者は、その所見を述べる前に、必ず詳かにその流出する膿液は眞に淋疾性のものにて普通の炎病質のものでないことを確かめてなく必要がある。

ドクトル・ルャン氏の報告する事件を見れば、或る時二名の兒女各々淋疾の感染するを見たがその原因が分らない。そこでよくよく調べて見たところが、一人の兒女の方は、淋疾にかゝつてゐる婦人の使つた海綿を以つて兒女の體を洗つた爲に感染したといふことが判明した。かゝる場合もある事故、淋疾を患ふ被告人を犯罪の證據となし、辯辦の餘地なからしむる事もあるものなれば、凡そ醫師にして强姦の檢察をなす程の者は檢察の精密なるを鑑みて充分に戒めなければならない。

陰部に强姦の痕跡なく、啻に膿液の流出する事があつても之のみを以て强姦の證據となすやうな輕率はよくよく愼しむべきであらう。

一千八百四十三年九月、英國中央刑事審廷に出訴した原告人は十三歲の兒女であつたが、その陳述に、口を極めて抵抗したけれど終に被告人の爲に强姦せられた——といふ意味の開陳をした。そこでメルリーマン氏は原告人が述べた强姦の日より二三日經て彼女の陰部を檢視したところ、强姦の證據とすべきものはあれど確乎たる所見を述べることが出來にくいやうな狀態であつた。

同氏の外に彼女を檢察した醫師は

「この女は久しく淋疾にかゝり八九日以來余が自から其治療に從事してゐる」と述べ、又他の醫師は

「被告の囚人は淋疾に感染してゐる」と確言した。

けれどもメルマーリン氏は「この兒女を檢察せし時その淋疾に感染してゐなかつた」と述べ陪審は原告人が開陳することを信用せず、遂に被告の囚人が放免されたといふやうな事件があ る。

少女の强姦を論ず

前章の幼女强姦の實例に就ては、タイロル博士は尙幾多の記述をなしてゐるが、殆んど大同小異であるから、我々はその先を拜聽しやう。

幼女と少女の差はあつても、強姦罪の處罰に於ては殆んど變るところはないのであるが、博士の言によれば、國法上よりその性質を分解すると、多少の相違があるとのことである。

即ち、承諾の上十歳乃至十二歳の女子を和姦すれば重犯の罪科があるが、十二歳以上の婦女と和姦した場合は國法上より其罪を問はれない。但しこれは日本の法律ではないことを御承知願ひ度い。

婦女にして既に此の年齢を超過する者は、強姦せられんとする時は、必ず多少の抵抗をする力をもつてゐる。だから告訴した場合に、強姦されたことが若し眞實であるならば、その陰部の周圍に強姦の痕跡がなければならない。又、身體の何れかの部分に多少の疵傷がある筈だ、といふのである。

實際、強姦に依る交接はその大部分が暴烈な行爲なるが故に、その告訴にして僞りなければその處女膜は當然破傷すべきで、この時處女膜に何等の破傷を見ないといふことは、それこそ稀有の例外といはなければならぬ。つまり、處女膜が極めて倭小であるか、それともずつと奥深いところにあるかのどちらかである。

凡そ此の年齢の少女は、その突入の深淺如何を問はず、强姦の爲に必ずや身體のいづれかを傷害されることは明白であるが、英國の法律に於ては、强姦の罪を斷ずるに必ず陰門突入の證據あるものは理の當然とされてゐる。

又、强姦の事實を明白ならしめる爲には、大抵婦女の陳述する所に從ふのを常とするが、婦女の身體にある暴行の痕跡に就ては最善の注意を拂ひ、その形容、位置及び廣狹を審視することをゆるがせにしてはならない。何となれば、强姦の僞告をなす者は、自からその痕跡の位置を確定せず、世間のありふれた强姦の例にならつて、その受くべき傷の位置を推測して陳述するからである。又、その爲に却つて僞告であることを發見される場合も多いのであるが、若し陰部に挫傷ありと陳述したりした場合は、その爛れた色によつて、强姦されたと陳述する時日の眞僞を明かにしなければならぬ。

タイロル博士のこの用意周到な觀察は全く敬服すべきものがあるではないか。日本などでは强姦されても之をひた隱しに隱さうとする傾向があるのに、されもしない强姦で金をゆすらうとする强か者が、彼地に於ては可なり多いと見える。

更に博士は言ふ。

凡そ婦女と和姦する時に、それが餘りにも暴力的な行ひであつたから怪我をしたなどいふことは滅多にあるものではない。だから、和姦か强姦かの區別は陰部の周圍を檢察すれば大抵判明するものである――と。

例へば、處女膜の破傷、陰道の破裂、凝血の發出、陰門の炎脹、その他身體衣服等に附屬する血痕の如き卽ちこれである。

だから、これを檢察する醫師は、よく注意して陰部その他身體の各部にある疵痕を見て、その時日を鑑別考究しなければならない。告訴の眞僞を明斷するには往々これによるところ頗る多いからである。

又、此年齡期の婦女は陰道より粘膿液の流出によつて、その爲に處女膜を破壞する者が多い此の疵は膣炎より發し、又猩紅熱に罹る者もあるから、その實因を求むるには、實に至精至密の鑿穿することを怠つてはならぬ。

處女の强姦を論ず

愈々我々は本舞臺に出た。

兎に角、幼女少女の場合に於ては、和姦は極めて少いが、青春期の女となると、只、簡單に女の得手勝手な陳述ばかり聽いてゐられないし、和姦であつたか、强姦であつたか、之を審く人も最も骨の折れる所であり、それこそ紙一重のところで、事件が强姦か和姦かに決定されるものである。

第一、處女といふそれ自身が現代では頗る曖昧なもので、精神的には處女のつもりでも、肉體的にさうでなく、疾ふの昔に處女を立派に卒業してゐる者が甚だ多いのである。

淑女だのマドモワゼルだのと威張りくさつた顏をしてゐたところで、婦人科の先生や、流經劑を賣つてゐる家の玄關先では、ヘナヘナと縮まつて了ふ賴りない處女が幾十パーセントあるか、それこそ如何なる統計學者と雖もこればかりは解りつこないのである。

だからこそ、タイロル博士のやうな謹嚴そのものゝ人の口からさへ

「吾輩は玆に處女たるの徵候に付て少しく辯論せざるべからざるものあり」と眞向から切り下して來た。

從つて、強姦事件など起つた場合でも、對手が處女となると、幼女や少女の場合と違つて非常な手數がかゝることは當然である。

先づ、處女とは稱してゐるものゝ、果して彼女には只の一度も交接の經驗があつたか否か、妊娠したことがあつたかないか？

處女膜が完全無瑕であつても交接した經驗がないと斷定することが出來ないといふのだから凡そ其の厄介さ加減は理解出來よう。何となれば、處女膜に何等の破傷なくして妊娠する例があるからだ。

一千八百五十八年六月に刊行されたニユーオルレンス・メデイカル・ガゼツトに掲載された記事によれば、處女膜を破裂せずして胚胎せしものが二件ある。その何れも止むを得ずして之を剖披したといふ。

又一千八百五十九年四月米國のジヨーナー・オブ・メデイカル・サイエンスにも同じやうな

事件を掲載してゐるが、その理由は、處女膜の強堅倭小なるが故に、その半ば陰道を閉塞してゐるからにほかならない。

これとは反對に、胚胎することなく處女膜が强堅未裂なるものがあれば、これはその婦女に交接の經驗がないことを推知できる。又、處女膜は膣炎のために破れることもあれば、處女膜の疾病のため破壞し、生れながらにして之を具有せざる例すらもある。

だから、最初の一囘の交接に依つて處女膜を失ふ者もあれば、又さうでない者もあり、これらの判斷には醫師も明確な意見を述べることが極めて困難である。

只處女膜の存在と、婦女の分娩とが兩立しないことは言ふ迄もない。けれども、處女膜を破壞せずして姙娠の始めに流産することはあり得る。

曾て胚胎したことが有るか無いかといふことは、その女の榮譽に重大なる關係があるばかりでなく、いかに處女の假面を蔽つてもこれは仕方がない。

一千八百四十五年印度のボムベイで起つた事件は甚だ珍なるものであるが、當時ボムベイ駐在英國軍隊の一副外科醫某氏は、

「自分は土人の女某とは今日まで屢々契りを結んでやつた」と、甚だつまらない吹聽をやつたものだ。ところが、土人とは雖名望家の娘ではあり、殊に婚約者のある結婚前の事とて彼女は奮然として憤り、直ちにその僞證なることを證明するために之を軍務裁判所に告訴した。

そこで、裁判所の方でも捨てをかれず、直ちに彼女の要求を容れて陰門の檢察を行つたところ、處女膜に何等の異狀がないと云ふので副外科醫の某氏は直ちに懲戒處分で免官になつて了つた。一寸した冗談からつまらないボロを出した代表的なものであらう。

その時もう一人の檢察醫は次のやうに述べてゐる。

「彼女の處女膜は半月形にして横に陰道に密着してゐる」と。

然るに、餘程口惜しかつたと見えて、免官になつた外科醫は不服の申立をした。その理由として二つの異議の陳述をしてゐるが、

第一　彼女に對する檢察が不充分である。

第二　たとへ處女膜があらうとも、それで交接しなかつたといふ證據にはならない。

矢つ張り醫者は醫者らしい不服をいふものだ。けれども、彼氏の要求は結局容れられなかつ

た。

老年だとか、極めて虚弱なる男子は處女膜を破裂することなくして能く交接し得る例はあるが、かうした強姦事件などがあつた場合は、陰部の檢察のみでは容易に鑑別し難い。が、いづれにしても、處女膜の位置、形容が尋常一樣で、完全未裂なものであれば、もうそれだけで未だ陰莖を突入されたことがないものと見て差支へない。

一千八百五十三年、六十四歳の有婦の老人が、ある女と姦通したといふ疑ひを受け、大いに名譽を傷つけられたので之を法廷に告訴した。被告人の證人は數名あつたが、兩人の姦通を目擊した事があると云ひ、原告はこれを飽く迄否定した。そこで、對手の女の陰部を檢察する事になつたが、少しも陰莖の抵觸した痕跡がなく、因て原被兩者が對審の上「處女膜の存任すると否とを以て、處女であるか、處女でないかを判ずることは出來ない」と宣告せられ、陪審も遂に被告人の述べるところを是とした。

スコツトランドに於ては、醫師が檢察したからにはかうした證據があるとも國法上に於ては其の效がない。

エヂンボルフ裁判所の法官トライネル氏の記すところによれば、或る時一人の婦人が、その夫と某女と姦通したといふ理由で、離婚の訴訟を提出した。被告人である夫は、身に覺えがないといふ理由で之を拒絶し、その證據として對手の女を法廷に呼び出して貰ひたいと述べた。そこで女を出廷せしめて糾問すると、彼女は、絕對に姦通した覺えなく、既にドクトル・シムプトン氏の檢察を受けた旨答辭した。そこで被告人の夫は又

「それならシムプトン氏をも玆に臨ましめて審問し、其の檢察せし形狀を詳かにし、果して彼女が處女であつたら姦通の罪跡なきことも直に證明されるわけだ」と辯明した。

然るに法廷の法官は之を拒絕し

「被告人の發議せる所の證據なるものは、是只所謂醫士の空說に依るのみで、若し實地の經驗ある醫士をして之を論ぜしめ、たとへその目擊する所をして同一ならしむるも、亦其の說の相異なる事あるも未だ知ることは出來ぬ。且つ此の法廷に於ては強て某女を再度の檢察に付す可からざるを以て、被告人の發議せる所の證據は不充分にして、裁判上に於て許すべからざるのものなり。」

そして、陪審が不文律に依つて姦通の罪あるを述べた爲に遂に罰金五十磅を課せられたが、これ實に一千八百六十年二月十一日のことで、數年の後某女は全く處女であることが明白になつたといふ。

嫁婦の强姦を論ず

强姦の痕跡も、被犯者が人妻となると更に一層その鑑識が困難になつて來る。第一に人妻には處女膜なんてものが、十中八九迄あらう筈がないのだ。第二に、强姦の爲に陰部に疵傷を蒙るなんていふことも極めて稀であり、稀であると云ふ理由は、嫁婦は交接の常慣者なるが故である。

從つて、幼女や少女の場合に於ける抵抗と違つて、そこに悲慘な痕跡をとゞめると云ふやうな例が極めて乏しく、醫師の檢察によるよりも、その實狀と婦女の述ぶる所に從つて判決するを常とする。

老練熟達の法官、ある時余に（タイロル博士）語つて曰く

「自から強姦せられたと陳述する所の人妻あらば、其の陰部に暴行の痕跡が有るか無きかを鑿穿せざるべからず」と。

その法官又ある時曰く

「嘗て人妻を強姦せしもの二件ありしが、いづれもその嫁婦は力を極めて之に抵抗せしも、遂に之を防ぐ能はずして十分に強姦せられたり。而もその陰部に何等暴行の痕跡を止めず、其の一つは該犯人が嫁婦を俯伏せしめ其の頭を抑壓し、其の兩股を離間して背後より強姦せしものなり。又他の一つは該犯人が嫁婦を寢床の上に横はらしめ其の頸を押へ、其の兩股を離して遂に其の春情を遂げたるものなり。後ち九時間を經て老練なる外科醫をして檢察せしめたるに、其の陰部に於ては一つの疵傷なく、その手足頸部は抑壓されたる爲に僅かに數點の挫傷ありしのみ」と。

かうした甚だ他愛のない、まるで強姦だか和姦だか見當のつかない例もあるのである。手足の僅かな挫傷位ひは婦人の誤魔かしだとも見れば見られぬことはない。なぜなら、手足に挫傷がある位拒絶したものなら、無論局部の方のみ安全無瑕であるといふ筈はないからである。つまり嫁婦の場合と、少女の場合とではその結果、痕跡に於て雲泥の差があり、十分に強姦されたなどゝは餘りに滑稽じみた陳述ではないか。

此の二件は何れも同一犯人で、その嫁婦は二人とも之に抵抗しなかつものと見ることが出來る。凡そ強姦と名がつく以上（人妻の場合）數人が力を合して全く婦人の抵抗力を失はしむるか、又は酒類を以て酩酊せしめるか、或ひは痲醉劑でもかけてその感覺を失はしめて行ふ場合の他は、陰部に何等の疵傷を蒙らしめずしてその情慾を遂げるなどいふこと、絶對にあり得べからざることである。

その法官は最後に余に曰く

「凡そ嫁婦をしてその兩股を離間せしめなば、陰門も自から開發するが故に、陰唇に何等の疵傷を留むる事なく、容易く陰莖を挿入せしむる事は理の當然なり」と。

これまことに實際を誤らざる確言なり。とタイロル博士は言つてゐる。

簡單に兩股を離間させてをいて、それで強姦されたなどいふのは、そもそもいふ方が間違つてゐるので、女郎がお客から強姦されたと訴へ出るよりもつと他愛のない話しだ。

斯の如く、强姦の告訴をなして敗訴となるもの大低みな承諾如何の一點によるものである。而してこの承諾のことたるや毫も檢察の醫師の職分に關係のないことであつて、その交接の虛實と、疵傷の有無とを明確ならしむるを以てその本分を盡したものとするのである。

陰部並びに身體に疵傷挫傷があり、而して嫁婦の擧動を推せば、それが承諾であるか否かの區別は大抵判別出來る筈である。故に强姦は醫士の證する所卽ち醫術上の證據を以て直ちに法律上の證據と同一の効力を有するものと思うてはならぬ。

强姦の成否

强姦事件を法廷に告訴する者ある時、その實否を糾明するのはこれ陪審の職分であつて、檢察醫の職分ではない。該犯の實否は原告人の證する所と證據人の證するところに依つて之を決斷すべきであるが、若し醫師の明示する事なくば法官が之を認めることが出來ない場合は云ふ迄もなく之を指示すべきである。

兒女、痴愚、狂亂及び虛弱の婦女は別問題とし、强壯長年の婦女を强姦するといふことは實際容易いことではない。酒類、又は痲酔劑等に依つて對手の感覺を失はしめてこれを行ふ場合は別である。

然し、強姦の方便として痲酔劑を用ひたり、酒類によつて婦女を酩酊せしめ、その感覺を失はせて之を行ふも、その罪は厘毛の差異もあらう筈がない。

このことは我が日本の法律に於ても

刑法第百七十八條に

人の心神喪失若しくは抗拒不能に乗じ又は之をして心神を喪失せしめ若くば抗拒不能ならしめて猥褻の行爲をなし又は姦淫したる者は前二條（強姦罪）の例に同じ

とある。

然し、此の場合世人が最も注意すべきは、俗にいふ美人局の悪埒な手段に陥入らぬことである。悪埒な婦人にかゝると、往々にして此の第百七十八條の例に乗ぜられて酷い目に會はされることは有勝なことだ。

外國の探偵小説などでは、痲酔劑を用ひて婦女の貞操を奪ふ場面（シーン）は屢々出て來るが、イーヅルやコロ、ホルムの蒸發氣は最も多く用ひられる。

曾てアメリカの歯科醫ベール氏は、一人の婦人患者から全く思ひがけぬ貞操蹂躙の告訴を提出された事があつた。

彼女の言によれば

「醫師ベール氏は手巾をもつて妾の顔を蔽ひ、その爲に忽ち感覺を失つたが、その際に乘じて強姦されました。」と訴へた。

けれども、彼女が陳述したその日その時刻には、ベール氏は己の家にゐなかつた。つまり不在證明(アリバイ)によつて寃罪を免れる事が出來たのである。

それから、痴愚、狂人、又は先天的な不具よりして前後を忘却し、人事を辨へざる者と交接する者も亦その罪強姦に均しとされてゐる。一千八百四十六年九月、イギリスに於て痴愚の婦人と交接したものがあつたが、彼女は平素の行狀が至つて貞固なることが明白となり、その犯人は終に處刑せられた。プラット氏はこれに就て

交接を挑む際に男よりするにせよ、女からするにせよ、その交接の時に當りて婦女が前後を

忘却し人事を辨へざれば強姦の罪たるを免れず――と言つた。

又、一千八百五十六年英國のノーサムフトンの裁判所に於て、酩酊せる婦人と交接せる者を糾問したことがあるが、その法官は老練博識を以て鳴る人であつたが、その判決に際して「自から泥醉して毫も抵抗することの出來ない婦人と交接したからとて、直ちに法律を以て強姦罪となすに付ては未だ明斷し難いところはあるが、さればと云つて又之を以て全くその罪を恕すと云ふ理由もない」と宣言して、強姦罪だけは免れたが重犯（フエロニー）の行跡があつたと云ふかどで罰せられた。

又、凡そ婦人が尋常の睡眠をして知覺を失つてゐる時、之と交接するを以て強姦となすべきか否かといふ問題は、未だに確定した說を聽かないが、ある時、睡眠中に強姦されたと云つて警察署に屆け出でた者があつた。

そこで、警察では直ちに手配して該犯人を捕へて糾問したが、豈計らんや對手の女は娼妓でその告訴も全然嘘僞であることが判明し、男は直ちに放免された。

普通の睡眠の場合でも決して強姦が出來ないときまつてはゐないが、法律上に於て強姦と認ゐるのは常外の睡眠又は昏睡狀態に陷入つてゐる場合にのみ限られてゐる。

米國ヒラデルヒヤの病院に在職してゐるドクトル・レウス氏が或る時余に語つたことがあるが、一千八百五十三年ロンドンに於て一人の少女を檢察したところが暴烈なる子宮病を患つてゐた。この少女は或る日親しい男友だちの某と長途を遊歩し、ひどく疲れて家に歸り互ひに一杯のビールを傾けて熟睡した。そして全く知覺を失つてからその男のために強姦されたことを告訴したのである。又男もその事實である事を告白し、彼女の擧動にも何等疑ふべき點がなかつた。そして、處女膜の破裂も未だ幾許も日を經てゐないので、その告訴の僞りでないことだけは事實であつた。

又、これと同じやうに、磁石質の電氣を以て強姦の方便とし、婦女を熟睡せしめて姦淫した場合はどうであらうか。

ある時十八歲の少女が某醫師に就て磁石質電氣の治療を受け、その後四ケ月半を經て自分の胚胎してゐることを覺り、その醫師を被告として之を法廷に訴へた。こゝに於て法官は内科醫と外科醫とをしてその胚胎の時日を確定せしめ、確石質電氣のためにその感覺を失ひ、それで強姦せられて果して能く胚胎するものか如何かを鑑定せしめたところ、その二人の醫師は之を檢察して、その胚胎は今を去る四ヶ月半を過ぎてゐないことを述べた。

又、一千八百三十一年ホツソン氏はこの磁石質電氣の爲に睡眠する者は如何なる苦痛に遭遇するとも之を知覺せざるものなり。故にこの少女に於ても自から強姦されることを知らざることは明かである。――と述べてゐる。

更に一千八百六十年にバリーに於てデペルチース氏も亦之と同一のことを主張してゐるので磁石質電氣が婦女を無感覺狀態に陷入らしむることは愈々確實になつた。

更に又、普通の睡眠から醒める時、即ち半ば知覺を有するとき強姦された者があるとしたらどうであらうか。

一千八百五十四年のことであるが、一人の婦人、結婚して既に六年を經過し、子女併せて三人の子の母親であるが、或る夜夫の外出した留守、それも夜中の二時近くになつて、一人の男が彼女の寢床に入つて彼女と交接した。勿論、彼女は自分の夫が歸宅したのだと思つたのである。然るに交接を終つて枕席の人を見ればそれは夫にはあらで、全く別の人であつた。そこで直ちにこれを法廷に告訴し、事實の明白に依つて陪審も亦その犯人の有罪なるを述べた。

このときクロードル氏と云へる人は法官に對して、その罪が果して强姦罪になるか否かを決定する爲に暫らくその判決を猶豫されたいと願つた。睡眠半醒の間に於て、果して婦人の默諾なくして能く交接することが出來るか否かといふことは、未だ確乎たる明瞭な說を得ずといへども、敢て精神學上より之を論ずる程の事ではないであらう。

强壯長年の婦人に對して强姦は出來ないといつても、卒倒するか又は恐縮して爲す所を知らないやうな場合は强姦することは出來るであらう。(この例は、日本ではデパートに於ける萬引婦人に對して、某デパートの店員が否應なしに數名の婦人を穢した實例がある。對手をすつかり恐怖萎縮せしめて情意を遂げたのであるから、承諾ありとはいふものゝ强姦と同罪である)

有名なる法官余(タイロル博士)に語りて曰く

「平素品行方正にして疑ふべからざる婦人が强姦せられたる時、その抵抗の極めて微弱なるを疑ふ。」

又曰く

「廉直正行の婦人にして若し强姦せらるゝ事ある時その抵抗の少きが故に往々不當の裁判をなすことなきにしもあらず」

事實、さういふ場合はあり得ると思ふ。中には、强姦された本人は告訴を差控へてゐても、その事實が世間に漏れて止むを得ず面目のために告訴するやうな場合すらあるではないか。又犯人の方から發覺して始めて己の妻が强姦されたことを知る悲しき夫も世の中には往々にしてある。

然し何れにしても、對手を恐怖心に萎縮せしめて婦女を交接する者は、たとへ對手の婦人の承諾ありとも、決して强姦の罪の口實となすことは出來ないのである。長年の婦人と雖、强壯暴烈の男子に抵抗することは到底出來ないし、殊に對手から兇器などで脅迫され、止むを得ず對手に身を委ねても、それらは決して承諾とはいひ得ない。

ワルトン氏は强姦の證據を檢察するにあたりて、醫師の注意すべき條項を左の如く示してゐる。

A

第一　感覺を失はしむるより起る服從
第二　所爲の性質をよく知らざる爲に起る服從
第三　人を誤るより起る服從
第四　恐怖心より起る服從
B　被犯婦女の行蹟如何
C　被犯婦女が事實を掩蔽する事
D　交接の充分不充分
E　被犯女子の幼稚なる事
F　被犯女子の陰具の不熟成

右のうちA第二の「所爲の性質の知らずして交接せらるゝ」例は世の中に多く、胚胎してその理由を問はれてもその故を知らなかつたといふやうな無邪氣な實例さへある。

强姦證跡の消失

凡そ成熟せる婦女を檢察する時、必ず注意しなければならないことは、その强姦の痕跡である。なぜならば、長年の婦女に於ては、强姦された直後にこそ明瞭な證跡があつたとしても、それは忽ち消滅するか、でなければ曖昧になる懼れがあるからだ。とりわけ交接を屢々行つてゐる嫁婦などの場合に於ては、非常の疵傷を受けない限り大抵は强姦された後二三時間、長くて四時間も經過すると、陰部には何等の證跡も留めないからである。

これが未婚の女子の場合に於ては、その甚だしき疵傷は一週間餘も尙ほ明瞭にその證跡を發見することを出來る。

强姦の證跡が消滅して了つたのでは、その犯罪の虛實を確言することは既に檢察醫の權外となり、世人の見る所と實狀とに依つて判斷しなければならない。

或ひは陰部以外の疵痕に依つて强姦を企てた形跡を想像し得る場合はあるが、然しそれは强姦の確證にはならない。

强姦と姙娠

以前は、眞正の强姦に依つて女が姙娠する場合があるかどうかといふ點に付て可なり議論せられた。

强姦せられても姙娠すると云ふ說と、和姦でなければ姙娠しないと云ふ說は鋭く對立して互ひにその主張を讓らなかつたものである。

從つて、姙娠でもした場合は、たとへそれが眞正の强姦によるものであつても、强姦の告訴が取上げられなかつた事實すらある。

現今でも、男女の交接に於て女子が何等の快感を意識しない場合は姙娠しないと信じてゐる者が多い。

然し、事實は全く反對である。姙娠は婦女の知覺を有すると有せざるとに拘はらず、又、子供を欲すると欲しないとに拘はらず、婦女の子宮が姙娠するのに適應な時機であつた場合にはたとへそれが强姦であらうと、和姦であらうと、苟くも男子の精液が婦女の陰部に流入されたら必ず姙娠するといふことが明白になつた。而も陰莖が婦女の陰部に全入しない場合に於てすら尙ほ且つ姙娠せし實例があり、カーリントン氏の說く所によれば、

「曾て强姦の爲に姙娠し、終にその男子と結婚するやうになつた女があるが、交接の時日を審かにして之を起算したところ二百六十三日を經て分娩した」と報告してゐる。

顯微鏡檢査の證跡

法廷に於て醫師が强姦の檢察をするにあつては、被犯の婦女及び犯罪人の衣服に附着する汚點をも審視しなければならない。なぜなればそれらの汚點が强姦證跡の一部分をなすことは必定だからである。アメリカに於ては强姦の糾問をするのに斯うした證據を引用することはないが、英國の法律に於てはたゞ陰莖突入の證跡があればそれでよく、敢て精液まで排出したか如何かは問題にされない。けれども、汚點の檢視は强姦犯罪の虜實を決するに極めて有力な材料である。

陰莖の突入なくして精液を排出し、その汚點を衣服に留める場合は必ずしも絕無とは云へないが、法律上に於ては、被告人の衣服に精液の汚點など見ば殆んど完全な强姦と見做すであらう。然し、自分の考へる所では、婦女の陰具を檢察した上でなければ完全な强姦と見做すことは出來ない。なぜなれば、衣服の汚點のみを檢視して被犯者の陰具の檢察を怠れば、萬一被告人に寃罪を蒙らしむる場合が絶對にないとはいへないからである。

けれども、それらは全く千に一、萬に一つの場合であることは勿論で、被犯の婦女の衣服に精液の汚點を認めれば强姦の告訴に於て大いに役立つことは言ふ迄もない。

一千八百四十三年十一月二十七日、スコットランドのエヂンボルフに於て幼女の强姦を審判した時など、被告の囚人は淋疾に罹つてゐたから、ドクトル・グードシール並びにシムプトンの兩氏をして被犯幼女の裙裾と被告人の衣服を檢察させたところ、幼女の裙裾に附着してゐた黄色い汚點があつた。而も一種の臭氣を帶びてない、又薄色の汚點を調べると精液の浸痕らしいので、之を水中に浸漸して溶解するとこれ又一種の臭氣を發し、高度の顯微鏡を以て檢視したところ精虫の集合重疊するを見たとの事である。そこで被告人の汚點を檢視したところ全く同一のものであつた爲に被告人の罪跡卽座に明白になつた。そして十四年間の治外謫放の刑に處せられた。

精液の汚點

褌とかズロースなどに附着する精液の汚點は、分析術を以てしてもその眞僞は容易に判り難い。精液が麻や木綿に附着して乾くと、その狀恰かも蛋白の汚點が乾いたやうで、その麻や木綿はその爲に堅くなり、汚點の周圍は少し透明になつて來る。それを蒸溜水の中に浸すと一種の粘白液となる。

オルフラ氏の發見によれば

精液は蛋白と異なり之に溶解したる硝酸を注射すれば黃色を發することと更に甚だしい。若し精液の汚點ある裙裾を中溫の湯中に浸せば、たとへ幾多の時日を經ると雖もその固有の臭氣を失ふことはない。

然し、顯微鏡を以て精虫の附着したる裙裾を檢視するといふことは却々困難である。殊に汚點の部分が擦耗されてゐる時は全く檢視の方法がない位である。

フランスの檢察醫師たちは口を揃へて

一、精液の汚點ある褌褶は之を多量の水中に浸し數時間を經て之に中温の湯を加へ、アンモニアを入れるべし」などゝいつてゐるが、こんなことをして精蟲の檢視などしたら、精蟲は却つて壞滅する位のものだ。

自分が精蟲檢視の最も正確なるものとして是認してゐるものはベルリンのドクトル・ブラネツク氏の檢視法である。その方法によれば、つまり裙裾の浸痕ある部分を切りとつて之に八九滴の蒸溜水を注射し、約十時間位を經て玻璃の圓柱を以てその水分を壓出する。そして顯微鏡を以てその水を檢視すれば明かに精蟲の存在するを發見する事が出來る。この場合二百倍の高度の顯微鏡でもその形を見る事は出來るが、頭尾の區別を見やうとするには三百四十倍の高度にしなければならない。コプラネーク氏は常に三百倍の顯微鏡を用ひてゐるといふ。

精蟲の體は平薄誘明にして卵形である。其の尾は尖角の形をなす。クールリング氏の說によると精蟲の長さは一インチの五百分の一乃至は六百分の一だといつてゐるが、自分の見た精蟲はその長さ一インチの六千分の一で、その尾の長さは全體の五倍に達し尾と軀と併せ一インチの一千分の一に近かつた。

精蟲は精液の中に生ずる一種固有の動物で他の液の中に存在することはないが、幼童老人又は長い間陰嚢の病にかゝりたる者の精液中には生存しない。そして九十八度の溫熱を失はない時は之を精液外に於ても幾時間は活動してゐる。然し、尿又は酸素等を加へると直ちにその活動は止んで了ふ。

ムルレル氏の說によると、精蟲が婦女の陰部に入つてその生命を保存しその自在に活動する時間は七八日間に及ぶと云つてゐる。

精液が射出して裙裾に附着し、時日が經過して全く乾いても尙ほ精蟲を發見することが出來る。然し、勿論生命は失つてゐるから活動力はない。

ブラネツク氏はその時日の長短に依つて之を試驗したが、第三日目より一ケ月、三ケ月、四ケ月、六ケ月、九ケ月を過ぎても明かに之を見ることが出來たと云はれ、十二ケ月を經過しても尙ほその形態だけは認められたといふ。然し一ケ年を經過して僅か二つしか完全なるものは見られなかつたといつてゐる。

ドクトル・バイヤル氏は旣に六年を經過せる汚點の中より精蟲を發見することが出來ると報

告してゐる。

婦體より得る顯微鏡檢視の證跡

强姦事件に於て、時月を經てゐない交接の實否を判別するのには、必ず婦人の體を檢視しなければならぬ。なぜなれば、交接後未だ時日を經ざるものは陰道の粘液を檢察すれば直ちにその虛實を確定することが出來るからである。若し粘液の小量をガラスの上にをき、水を以て之を溶かし、顯微鏡を以て之を檢視して精蟲の存在を發見すれば、それは交接後まだ幾らも時日の經過してゐないことを立證するものである。

ドクトル・バヤードル氏は、交接後三日の後、何等淋疾などなき數人の婦女の陰道を檢察したところ其の粘液中に皆な精蟲が存在してゐたと報告してゐる。

かゝる證跡は、强姦の告訴などあつた場合に、その眞僞を判別する最も緊要なことである。然しながら、精蟲は白帶下のために亡滅し、更にその陰道の粘膿中に一種の小動物を生ずる事もあるから、顯微鏡の力に依らなければ正確な檢察は出來ない。これらの小動物をドンネ氏は膣蟲と稱してゐるが、膣中はその體精蟲よりも大にして尾は精蟲よりも短い。然し精蟲と膣蟲を識別するのに餘程綿密に觀察しないと往々混同し易いから、檢察に不熟練なるものは膣蟲を精蟲と見做して了ふのである。

血痕の檢視法

褌褶に附着する血痕だけでは强姦の證據となす事は出來ない。强姦の僞告をなす者などは殊更に褌褶に血痕を生ぜしめたりするからである。

曾て或る婦人がその幼女を一人の少年に强姦されたといつて告訴したことがある。そこでドクトル・バヤールト氏は直ちに彼女の陰具を檢察したがそれらしい傷痕は一つもなく、その褌褶の血痕を檢察したところが、それは外部から塗りつけたもので、まるで膏液でも乾かしたやうな狀態であつたから、直ちに僞告であることを看破された。

又、一千八百五十九年グラスゴウの巡審法廷に於て强姦の僞告事件があつたが、一人の證人は、被犯の婦人は血を金錢で求めて身體と衣服とに附着せしめたと證言した。そこで嚴密に檢察したところ果してその通りであつた爲に彼女と彼女の夫とは密謀の罪科に處せられた。

死體强姦の證跡

婦人の死體が遺棄されてあるやうな場合には、往々强姦されたらしい形跡があるが、さて醫士が之を檢察するとなると、その判定は容易ではない。少女、未婚者の場合は直ちに識別出來るが、嫁婦などの場合に於ては、たとへ陰道や衣服に精蟲を發見しても、對手が死人である以上强姦であつたか和姦であつたか知る由もない。從つて身體又は陰部の疵傷に就て所見を述べるだけで、他はその時の實狀によつて推定する他はない。

國法上の關係

强姦の犯罪に關する英國の法律はジョージ第四世の第九號の法令となり、その第八章に凡そ交接なるものは陰莖突入の證跡あるのみを以て完全となすとある。けれどもこれだけでは決して詳盡なりとはいひ難い。

某法官の説く所によれば

處女膜の破裂するにあらざれば完全の交接となさずとあるが、これらの説明に從へば交接を二つにけてゐ分る事になる。一つは陰莖の突入陰唇に達するも、他の一つは陰莖の突入陰道に及ぶもの。そして、陰唇に達して陰道に及ばざるものは强姦にあらずして尋常の暴行なり――といふものゝ如し。

けれども法官は大抵これを區別することを許さないで單にその律例の語意に從ひ、處女膜の破裂を以て陰莖突入の確證としてゐるやうであるが、處女膜は陰莖突入せずとも破裂する場合があるのだから、突入如何の問題は陪審が全局の事狀によつて之を決すべきものであらう。

米國に於ては處女膜の破裂、精液の排出の如何を問はずたゞに陰莖突入の證據だけで完全の强姦と認めてゐる。

婦女が男子を犯す場合

自分の見聞した範圍內では、英國では此の罪科の明文を知らないが、フランスで昔から往々婦女が男子を强姦して刑に處せられた例がある。

一千八百四十五年エキザビールといふ十五歳の少年を十八歳の婦人が强姦し、その罪跡が明らかとなつて十年間の禁獄に處せられてゐる。

又、一千八百四十二年には同じく十八歳の女が十一歳と十三歳の二人の少年を强姦した。この時被告の少女を糾問したところが、彼女はこの二人の少年を野原に誘ひ出してその春情を達したと告白した。そこで、檢察醫が少女の陰具を調べたところ、彼女の陰道は先天的に不具で、大人と交接することは到底不可能な程陰道が縮少し、止むを得ず二人の少年を犯したと告白したが、彼女には既に黴毒もありそれを二少年に感染せしめ、遂に十五年間の苦役に處せられた。

尙ほ佛國の刑法には

凡そ七歳以下の幼童と交接する者はその强たると和たるを論ぜず男女共に同罪なりとある。

鶏姦論

わが國では男色に對して別に法律的制裁はないやうであるが、英國では男女の別を問はず鶏姦行爲には嚴罰を加へることになつてゐる。鶏姦は天理に反く性的行爲とされ、而も鶏姦の犯罪は被犯人の承諾を得ると得ないとに拘はらず、陰莖突入の證跡を得れば直ちに完全な犯罪として處罰される。又、双方承諾の上で之を行うた場合は双方同罪を言ひ渡され、被犯人を以てその證人とすることになつてゐる。

一千八百四十九年八月ジャマイカ島のキングストーンに於て、睡眠してゐる少年を鶏姦したと云ふので終身懲役に處せられた男がゐるが、その證跡は只被犯人の陳述のみで斷定されたといふことである。

以前は鶏姦に對する極刑は死刑まであつたが、女王ビクトリヤの第四號及び第五號の法令によつて、その死罪だけは廢止されたが、それ以來法廷でこの事件を取扱ふ數が著しく増加し、就中その僞告が男女間の强姦事件よりも遙に多くなつたといふことである。

さて以上で强姦檢察論は終つたが、タイロル博士には尙ほ和姦檢察論もあり、その二つとも明治十一年に鳥越未譽至氏の手で翻譯紹介され、內務省に納本して再刊までしてゐることをこゝに附言しておく。

强姦事件は日本にでも年々相當の犯罪がある筈であるが、裁判公開禁止の事件は、それを發表する事を禁ぜられてゐる爲に、日本にこの種の文献が一つもないのは殘念である。

現代 色道禁秘論

妙竹林齋

序　論

母穴より出でゝ墓穴に入る迄、その僅かな生涯を勞苦と煩悶とで終ると云ふことは、幾度考へ直してみたところで實に莫迦々々しい話ぢや。所詮、われらの行手に樂土はない。もしあると思ふなら、ファッショの仲間入りでも左翼の仲間入りでもいゝから、お氣に召す方へ進まれたがいゝ。そこには秋霜の彈壓がニコ〳〵顏で待ち構へてゐて、いとも結構な俗人離れのした世界へ案内して吳れるぢやらう。

只斷はつてをくが、いかなるまかり間違ひがあらうとも、女に好かれやうなどゝ考へてはならぬ。

女に好かれることによつて、男一匹どれだけ損をするかを考へてみるがいい。

第一、獨身者には勉學と勞働の妨げとなり、ありもしない金をありがまましく見せ、神經過敏でしわんぼうの癖に、氣前のいゝところも見せなければならぬ。

又、妻子眷族のある輩は、より一層外部の女を遠ざけるべきである。女房子供に碌なサービスもせぬぶんざいで、やれカフエーの女給がノーズロの股をいぢくらせたから五圓のチップを奮發するの、變な所を撫でゝ臭れたからお召の一反も買つてやるの、いやはや、そのトンチキ間抜サ加減ときたら、話しに聽くだに憤飯に絶えぬ。

そしてあげくのはてに、安價な圓宿ホテルのダブル・ベッドに白兵戰を演じ、遂に敵をヘトヘトにさせたはいゝが、赫々たる武勳とはこと違うて、翌夜ひそかに花柳病專門の病院をくゞるとは、いつたいそれが男子の本懷なのか？

「なに、近代病の一つだつて？」

チエッ！冗談も休み休み云ふもんぢや。淋病や梅毒が近代病で、骨疼き、半身不隨が未來病か？

さうした輩に較べると、年がら年中女に嫌はれる人間は果報な者ぢや。

垢のついた衣服も苦にならず、紙のやうな下駄も氣にとめず、八方籔睨みの面相で、悠々天下の步道を闊步してるるではないか。

にも拘はらず、世の中には何とまア女に好かれやうとする愚物野郎共の多いことぢやらう。

女に惚れられて果報者面をしてゐる愚聯隊どもは、死してあの世に行つても浮ばれつこはないのぢや。あの世で浮ばれない野郎どもが、此世で浮ばれるなど〻は沙汰の限りで、如何にすれば女に嫌はれるかを日夜怠らず研究するがい〻。

さうすれば世の中の悪風俗は一掃され、思想は純化し、金はうぢや〳〵溜り、女のヒステリーはゐなくなり、老若男女いづれも恵比須様がうどんでも召上るやうな晴々とした世の中が出現することぢやらう。

それからもう一つ忘れてならないことは、衆目の見たところ美人といはれる程の女は、これ悉く遠い無人島へでも島流しにして、見るに耐へないやうな醜婦ばかりをハビこらせてをくとい〻。

なまじつか美人なんていふ奴が、肩で風を切つて歩くから世の中がうるさくなつてくるのぢや。

どうせ俺なんかもう此世では若い女から惚れられる心配かないのぢやから、人さまの妻君がいかに醜悪な御面相であらうと、光風霽月の穏やかな氣持で娑婆にお暇することが出來る。

かうした俺の心境を知つてか知らずにか、此間も友人が面白い文献ものを持つて來てくれた
見ると女よけ七ヶ條として

一　衣服は垢のつきたるに限るべし。しらみは多きをいとはず
一　歯をみがくべからず。ひげ剃るべからず。ぢゞむさきこと專一なり
一　金錢をきれいに使ふべからず。但しみえぼうを言ふことは苦しからず
一　女とのやくそくはいつも守るべからず
一　酒の上にはいつも腹を立て、無理を云ふべし。萬一三味線などたゝきやぶることある
　も張かへ代など出すこと無用なり
一　常にきざな當こすりを云ひ又はかげ口をきゝて人のいろごとをさまたげ、そのほかあ
　くたい憎まれ口遠慮なくたゝくべし
右の條々相守れば女にすかるゝことあるべからざるもの也
とある。
いかなる聖賢君子の格言と雖も、末法濁世を救ふの氣慨これに勝るものはよもあるまい。一

讀して感歎これ久しうし、再讀して歡喜自から胸にあふれるものがあるではないか。

俺は元來屁理屈と負け惜みが何よりの好物で、自分では滅多に口にしないが、人の口から漏れる嘘八百の出鱈目と屁理屈を聽くと、胸がすつきりとなごやいでくるから不思議ぢや。雅量の狹かつたケチンボの兩親に比べて、われながら感心せずにをれぬ。

さて、さつきの女よけ七ヶ條の次を見ると妻難除七ヶ條といふのがある。

たとへその妻が己の氣に入らぬ面構へであらうとも、天地神明に誓つて守る必要がある。少し修養すれば、これしきのこと位はいと容易く實行出來ることで、いやしくも亭主關白の身でありながらなどゝ、愚にもつかぬ見榮坊は男子の面目としてゞも排擊しなければならぬ。

一 なにごとも嬶大明神の仰せに從ふべし

一 嬶大明神を主人の如く敬ひ日々夜々のおつとめを怠るべからず

一 女尊男卑を守るべきこと

一 嬶大明神の尻の下に敷かれ小使に不自由するとも不服を云ふべからず

一 浮氣を嚴重につゝしむべきこと

一　遊女その他の女に近づくべからず
一　あらゆる妻の自由行動に對しては男らしく一切沈默を守るべし
右の條々を心得堅く之を實行すれば婿殿の無事安穩は終生保證さるべし
ほんの僅かばかりの心がけで、家庭が常に平和であれば、人生これより愉快なことはあるまい。

而も今や時局重大、世界各國の鋭き對立が噴火山上に爆發せんとしてゐるこの時この際、色つぽい女に圍まれて酒池肉林の榮華に耽らうなどゝは、それこそ言語同斷、不屆仕極、その罪科は獄門晒首の嚴罰を以てするも尙ほ飽き足らぬ思ひがするがどうぢや。

なに！斷然反對ぢや。

よろしい。われ等の意志に反する者は抗爭せよ、我等は飽迄これを膺懲する。いまや不肖妙竹林齋は、老ひたりと雖も風俗改正實現期成同盟の盟主として、將又淫風撃滅の鬪將として、勇氣凜々、その輝かしき方向轉換に際して、千古不磨の一大指導理論を、八方撫斬型の筆法によつてシャベクルであらう。又、シャベクラねばならぬ。

けれども、過去のエロの發展を批判究明することなしに我等の指導原理は生れぬ。だから、撫斬型の筆法に多少エロの場面が展開しても、それは俺がモウロクしてゐるからではないことを判然とことはつてをく。

風俗改正實現期成同盟の事業

この同盟は、女に嫌はれやうとする者、又は嬶一人を大明神の如く崇めて他の女など振向きもせぬもの、女に喧嘩を吹きかけたり、街の眞中でも側に美人が通つたりすると、敏速活潑にオナラでもぶつ放す位の勇氣ある獨身青年をもつて構成する。

もち論、婦人の加盟は絶對におことはりする。女に惚れられたり、あらぬ浮名でも立られた時の氣苦勞には、もう俺は、過去數十人の女に振られたことによつて、つぶさに辛き體驗を嘗めてゐるからぢや。

それから準同盟員として、失戀した男女の一群、未亡人、やもめ等の一團もこれに屬してゐるが、淫風撃滅の趣旨に則り、二度とこの世で嫁に貰ひさうもない女、婿に所望されさうもない男、幾百回戀をしたところが、必ず磯の鮑で終りさうもな者ばかりであることは申すまでもない。

準同盟員に婦人を加盟させることは、直接われらのこの榮ある事業に參與させないからである。又、色が黑くてチンがクシヤミでもした時のやうな容貌の持主に限り加盟を許すことになつてゐるから、千に一つもエロ問題の間違は起らぬ筈である。

今やこれらの一團が相集ひ、不肖妙竹林齋指導の下に全國的な淫風撃滅の猛運動を起しかけてゐるのぢやが、われらの聲名が一度び同好の士に發表されるや、同盟に參加を希望する者夜に日に繼ぎ、流石ものに動じぬ妙竹林齋も只阿然として爲すところを知らぬ有樣ぢや。なかには血書血判で加盟を希望する者もあるが、最近の手紙にも

謹啓

今回はからずも友人の所にて拜見しましたが、愈々風俗改正實現期成同盟が結成されました由、小生は奴手をあげて贊成致します。小生は最近結婚したばかりの下級サラリーマンですが、現在の妻は小生五ケ年間の樂しい、又苦しい戀愛生活によつて最後のゴールに入りし者

にて、世界廣しと雖も彼女の他に女なく、又、彼女と他の女とを較べると恥かし乍らいづれも雲泥の相違ある如く思はれて、たとへ一夜と雖も琴瑟相和せざるはなく、從つて外泊するなどいふことは小生の最大の苦痛であります。けれども、時には惡友たちに誘惑されてカフエーやバーでエロ・サービスのお償作に預かり、又は淫風極りなき魔窟などに誘はれますがその度ごとに小生はさながら虎穴に入るが如き思ひにて、家庭にある愛妻のことを考へると酒の醉ひも一時にさめ、全身泡立つやうな惡感を覺ゆるのが常であります。只、友人知已より妻のろだとか、カマボコ板だとか批評されるのが辛くて、夫こそ眞に否々ながら足を踏み入れてゐましたが、咋冬のつびきならぬ破目にて、闇に咲く花と一夜の契りをこめたばかりに恐ろしき淋毒に感染し、尿はつまり、攝護腺炎を起して尻の穴はつぶれ、愛妻には頭髮を掻きむしられ、胸倉をとつちめられて振廻され、加ふるに一日の勞苦を一瞬にして忘るゝ妻との樂しき床上の戯れは、それ以來ピタリとボイコットされて、泣くに涙なく訴ふるにすべなく、爾來悶々たる日を送り來りたる爲にや強度の神經衰弱症に陷入り、惡病は完全に治癒したからもう大丈夫だと、日に幾度か哀訴歎願すれど、女神の如き愛妻は未だにその秘密の扉を開かず、この儘にてはこの若さにインポテンツとなり、生涯不具者同樣の身になるのではないかと、ちかごろではすつかり性的誇大妄想病にとり憑かれ、時には妻の面前にて自殺の恰好だけでも見せたら、或ひは我が要求を入れるだらうと、くびくゝりの眞似も二三度やつてみましたが、妻の「フン」と嘲笑つてゐる態度につい〈ナ〈ナと拍子拔けがし、恨みをのんで思ひ止りました。これみな社會の淫風が一個の完成せる人間を臺なしにしたと云ふべく、この惡風潮剿滅に邁進される貴會の企てはまことに時代の要求に叶ひたるものと思ひ、又、貴會に入會して今後絕對に惡の巷に出入せぬことを誓約すれば、必ず愛妻の機嫌もなをつて、又、以前のやうに情痴の限りを盡させて吳れることゝ信じますから、なにとぞ〳〵哀れなる一人の人間を救ふと思召して入會加盟御許し下さるやう、こゝに血書を認めて懇願致す次第で御座ゐます。

まア、ざつとこんな種類の手紙が日に何十通となく來る。

エロの好きな人間なら兎も角、淫風擊滅をモットーとする鬪將が、毎日々々こんな通信文を讀む苦勞のほどは、それこそ行者の修業に勝るとも劣りはしまい。なかには念の入つた奴があつて、一儀の狀況、最高調の感興、快感の相違までいろんなことを言つてくる奴がある。

殊に、わが同盟の性煩悶相談部は、まるで職業紹介所につめかけたルンペンのやうに、老若男女が群をなして押かけ、さすが鐵壁の稱ある石部金吉の同盟員も、いゝ加減クタ〳〵になるやうな質問を發せられるが、この難事業はなか〳〵一朝一夕では完成されない。ながい〳〵、それこそまるで夢でも見てゐるやうな氣持で奮鬪しなかつたら、それこそあべこべにいつ實現同盟がぶち壞されるか知れないのだ。

いや旣に魔窟の暴力團、花街のお先棒、その他政黨關係やいろんな方面から、風俗改正實現期成同盟叩きつぶしの魔手がのび、われ〳〵の體はモーゼル銃やブロウニング短銃の的になつてゐるのぢや。

だが、わしはその位のことには驚かん。

わが同盟の事業はいろ〳〵あるが、天下の浮氣男の摘み喰ひ根性を消滅させ、それから平助野郎を誘惑するすべての浮氣稼業の女をノック・アウトするのが大眼目である。

待合がなくなつていちばん困るのは、風俗研究家でもなければ、珍本蒐集家でもなく、今をときめく待合政治家どもぢやらう。

此間もわが同盟の秘密調査員の報告によれば、さる役所の大官連が築地あたりの一流料亭に宴をはり、上海の動亂や北滿の騒動など空吹く風とばかり、藝妓數十名を身邊に侍らせて大騒ぎをやらかし、彼等の口から出る俗歌たるや、實に風教を害すること甚だしきものがあつたとのことぢや。

調査員は彼等の口から出た都々逸とやらいふものを二三銃記して來たが

支那(すな)といふのにむりからいどみ

妾しや日本(二本)で苦勞する

などゝいふのがあつたが、かりそめにも一國の政治に參與する者が、國民こぞつて献金に餘念なき折、かくの如き呑氣な唄を歌つてゐるのぢや。

いつたい風俗取締りなんていふものは昔から得手勝手なもので、江戸時代でも大名たちは、自分では數十人の愛妾を代りばんこに制御してゐる癖に、しもぐの民が少しでも色がゝつた行ひをすると、「不義はお家の法度」とかなんとかいつて嚴罰に處した。

今日でも上流階級の人々は、やれ十六ミリのエロ・フィルムだとか、××クラブとか云つてインチキ會合を催したりしてゐるが、これが下層の民のことゝなると、凡ゆる機關を動員して檢擧することに腐心する。

わが風俗改正實現期成同盟は、さうした片手落な不公平はやらないで、對手が如何なる貴顯紳士と雖も斷じて容赦はしない。と云つて、別に脅かして金でもゆすらうなんて、さもしい根性はないから意を安じたがよからう。

わが同盟の秘密調査部では、エロの花が咲くすべての場所に便衣隊をはりこませてゐる。そして、凡ゆる浮氣男の行ひを調べて、獨身者ならその父兄たちに、妻子のあるもなら彼の妻に「あなたの主人(又は御子息)に氣をつけろ」と無名で忠言を與へてゐる。

これが原因となつて、夫婦のぶん擲り合ひも往々あるらしいが、多少の犧牲なくして事業の完成を期すわけにはゆかぬ。

全國の秘密調査員からの情報によれば、料理屋、待合などで醉つ拂ひがドラ聲張り上げて唄ふ猥褻なる俗歌の種類が、實に千句以上も集まつてゐる。

而も、社會的に地位あり、名譽ある人士が、頭に鉢卷かなんかして平氣の平左で高唱してゐるが、これなど實に怪しからん。只、けしからんといつたゞけでも分るまいから、こゝにその代表的なるものを數種類並べて見やう。われ〳〵は一刻も速やかに、かゝる野卑なる猥歌をこの世からノック・アウトせねばならん。

先づ宴席で必ず出て來るのが例の都々逸ぢや。

「アラ、向うの方から出さうなもんぢやが……」とか何とか吐しをつて、妙に人をケシかけるあの態度からして俺は元來氣に喰はぬ。

わしとお前は硯の水よ
　すればする程濃いくなる

何でもないといへば、別に何でもないか知れぬ。けれども、一たびこの唄が、はち切れさうな太り肉の年増藝妓の咽喉から、轉ぶが如く滑るが如くに出て來る時、果して何人が只硯と水との因果關係と解する者があらう。

更に甚だしいのになると、

あまりしたさに墓場ですれば

ほとけばかりでカミがない

などいふに至つては、實に大膽不敵と云はふか、傍若無人と云はうか、さうした料亭の近くに居住する者は、迷惑の沙汰どころか、聽いてゐる方で思はず知らず顔が赤くなつてくるぢやらう。

單に都々逸ばかりではない。下手な鴨緑江節などが出て來る頃になると、酒宴もいよ〳〵酣となり、蕩節の蠻聲をはりさげて

世の中に　不思議なものがアノ三つある

宿屋の娘はアリや泊めたがり

風呂屋の娘はヨウコラ入れたがるヨウ

傘屋のマタ　チヨイチヨイ

娘はさしたがるチヨイチヨイ

悪くとる方が悪いとは云ふものゝ、これがどうして善意に解譯できるであらう。

アラ刺づくし

毛虫毛で刺す　蜂ア尻で刺す

藝妓女郎衆は金でさす

素人娘はヨゥ情でさすよう

うちの又チョイチョイ

ワイフは無料で………

狂人や泥醉者にはなる程冷靜な判斷力はないぢやらう。が、それにしても、群衆の眞只中、花散る櫻樹の下で平氣でこんな唄が歌はれてゐるのだ。恥を知れ、恥を知れと云ひたくなるもの、豈只わがはい一人のみならんや。

それから又數年前、ストトン節とかいふものが流行した當時、まだいたいけな路傍のわらんべ達までが

あなた上から下り藤

妾は下からゆりの花
そこで電氣をけしの花
そんなうまいことア梨の花

などゝ唄うてゐたが、世人はこれをきいても實に馬耳東風と受け流してゐた。その廣大無邊な雅量に至つては、誰かこれを驚歎せぬものがあらう。

更に轉じて盛り場のインチキな寄席へ一歩足を踏み入れて見るがいゝ。團子鼻、ドングリ眼のまはりにペタ〳〵と安白粉をつけた姐さんが、奈良丸くづしとか何とかいふて

「石の地藏さんに團子をあげて、どうぞやゝこが出來ますやう、一心不亂に願かけれア、
石の地藏さんがいふことにや　團子いらないもちあげろ」

と、こゝでも亦聽衆をヤンヤと唸らせてゐる。

さうかと思ふと帝都の眞中の寄席に於て、かの萬歳とやらいふものゝ掛合唄なるものに

「きんたまや
ゆふべの所へ行かうではないか

私しや行くのはいとはねど
中へはいれる身ではなし
裏門叩いて待つ辛さ

など〻得意になつてゐる。

これらはまだほんの一部分で、たとへば北國奥羽地方の盆踊りの音頭なるものを聽いて見給へ。それから、全國の紡績工場に於ける女工の唄を聽いて見給へ。まつたく、これらの猥歌をノック・アウトするなんて、それこそ馬鹿げた狂人の夢としか思はれないぢやらうが、どつちに轉んだところが要するに人生は夢ぢや。

同盟調査部員の活躍

なにしろ、すべての人間を妻のろにし、しわんぼうに導き、ありと凡ゆる女性の發散する魅力を叩きつぶさうとするのだから、わが同盟の調査部ときたら、それこそ火事場のやうに混雜繁忙を極めてゐる。

密偵部隊は寸刻の休息をもしないで八方に散亂するが、これが又全國の浮氣マンを顛へ上らせて、さながらソヴィエット・ロシヤのゲ・ペ・ウか、支那の便衣隊のやうにうるさがられてゐる。

振られ女や、失戀男のヤヶ糞まぎれな奮鬪も手傳つてゐるが、その代り、上は權門勢家の貴夫人から、下は棟割長屋のおかみに至るまで、凡そ亭主の放蕩に惱み拔いてゐるほどの女からは、それこそ恐ろしい支持聲援をうけ、毎日わが本部に屆けられる臍繰金の送金が日に萬を下らぬから何と驚くぢやらう。

今に婦人に參政權でも與へられたら、風俗改正黨を組織して天下の女性を悉くわが黨に吸收し、天下の鼻下長連に泣き面かゝせてやるから覺えてゐろと、いや若い連中の元氣なこと。だから、ダダラ遊びに耽つたり、老ぼれのくせに仰山な妾などもつてゐる輩が恐れるのはあたりまへで、わが便衣隊の神出鬼沒の活躍は、チャンコロの便衣隊などゝはまるで比較にならぬ。

サテ、ところで彼等はいつたいどんな所に出かけるかと云ふと、カフエー、待合の軒先は申すに及はず、公園のベンチ、劇場の樂屋裏、珍藥秘具の賣店から、流經劑の密賣所、結婚媒介所等にまで出入する。

此間もわが同盟の便衣隊が入りこんでゐるとは知らず、新宿のある秘藥店へ會社の重役らしいのがやつて來た。先生なか〳〵い丶得意先と見えて、若い店員はペコ〳〵し乍らも心易げに話してゐる。

「この間の變形サックは如何で御座ゐました」

「うむ！なか〳〵い丶と云ひをつたわい。外側にギザ〳〵のついた奴はどうも歡迎されないが內側についたやつは……」と先生ニコリと笑つて「その代りこちらがチト苦しいて」と言つた。

「今日はいろんなものをウンと仕入れて行くから一通り出してみてくれ。」と、ブタ先生いやに機嫌がい丶。玄人女でもつれてきつと温泉場にでも出かけるのぢやらう。

買つた買つた。

いま粹人間に評判の……と小さな札のついたりんの輪を始め、ひごずゐき、快感增進の花柳病豫防藥、二三の挿入劑と內服やくまで一包にして貰ひ、それからいとも應暢に

「どうもこのひごずゐきといふ奴は巻きにくうていかんから、お前ちよつとそこで結んで見せてくれないか」と吐しをつた。

便衣隊の眼がギラリと光る。

それとも知らず先生ますく\いゝ氣になつて

「それから耳に入れるりんの玉があるといふことぢや、そいつはあるかネ」

かういふ輩にかゝつて、三面六臂の勇をふるはれる女こそ全くいゝ面の皮で、これではいかに泣くなと云ふても泣かずにはをれぬ。

けれども、もつと罪つくりな商賣はかの流經劑の販賣者どもで、なる程、世の中の憐れなる煩悶者を救ふ結構な御商賣ではあるが、その爲に增加する私通密通は一たいどうしてくれる。孕んでは流し、孕んでは流す幾十幾百のボンクラ娘に「姦しこれでも處女よ!」と、處女の押賣をされる淸廉潔白の男子こそ、實に憐れ愍然たるものがあるぢやらう。

「藥に利目がありませんから、そんな心配は御無用です。」

いけ圖々しいのになると、かう云つて開き直る類ひもあると思ふが、そたならそれで尙更わるい。なぜなれば、この廣告でだまされて、平氣で私通密通をされると迷惑どころの騒ぎではをさまらぬから。

なかには、流經劑のこぢれでくたばつたといふ女さへある位ぢやから、一層死ぬならあの時時死ねばよかつたと、シヤレや冗談を云ふべき筋合のものではない。

わが密偵隊の調査はそれだけに止まらない。これらの商人が月に幾ばくの宣傳費を出して、又幾人の女がそれに釣られて來たか、そしてそのうちの幾パーセントが眞に同情すべき性質のものであるか、何が彼女をさうさせたかに就ても詳細な調査をすゝめつゝあるのぢや。

夫婦ならざるものが、天理にそむいて一儀に及ぶことは、それ自體が既に罪惡で、一人の男が幾人もの女を制御しやうなどゝ考へることが既にいかん。

殊に、次のやうな事件に對しては、わが同盟は心かなる憤激を禁じ得ないものである。

この事件も勿論便衣隊の報告である。

戀愛遊戯蠟燭競爭の暴露

これは近世豪遊奇談のうちでも、少しバカげた風變りなものと云ふことが出來るぢやらう。世の中が不景氣ぢやからとて、ある奴が金を使ふのになにも端からつべこべ云ふ必要はないがわが同盟の主義方針として看過できぬ。

お大盡の名前は特に遠慮するが、關西屈指の利權屋で女たらしの大名人と云へば、あらかたの想像はつくと思ふ。

彼の前では一流藝妓もへちまもない。金で買はれる身となる程の女は、猫か然らずんば犬みたいな存在である。

一度びお大盡さまの御意に叶つたが最後、いかなる美妓と雖も最早首は横には振れぬ。振れぬものなら振つてみろ。明日とは云はず今日の日から、左褄とつてシャナリクナリと歩かせてをかぬ。

金の偉力は人間業を越へ、又その金が幾ら使つても使ひ切れぬ程あるのだから、人間これほど始末のいい話しはない。

お大盡様も最初のほどは美妓を擁して寢るのが樂しかつた。千金を投じて半玉の水揚にうつゝを抜かしたりするのが嬉しかつた。それは嬉しいぢやらう。かやうなことが何よりも嫌ひなのは、恐らく天下廣しと雖も、われらの一味徒黨だけである。

けれども、山も頂邊まで登ればもう坂道がなくなるのに、このお大盡、山の頂邊からまだ坂道を登らうとした。

そこから開けて來る道を俗人どもは變態といふ。

つまり、お大盡は變態になつたのである。

サテ、どうして遊んだら最も愉快に、最も樂しく遊べるぢやらう。遊蕩の實践的方法論が論語に書いてないことは分りきつたことだし、と云つてマルクスの資本論にはもちろんあらう筈がない。サリとて絞るほどの智慧もなし、敢然意を決して取卷ホウカン連に智慧を借ると、蠟燭遊戯なら面白からうと來た。

「ホウ！蠟燭遊戯？それは面白からう！」

お大盡横手を打つて感心したやうな顔付をしたが、ほんとうにはわかつてゐなかつたのである。要するに金で濟むことぢやらうと安心してゐたのだから氣は樂ぢや。

夜は更けた。奥深い料亭の大廣間には、十餘人の藝妓舞妓をはじめ、タイコモチの一團が膝をくづして綺羅星の如くならんだ。正面に控へましましたお大盡は、春畫の殿樣らしく、肘を脇息にもたせてニヤリとやに下つた。そして

「こりや、皆の者、これから珍妙なる曲藝ローソク競爭を始めるから、一同ぬからず最善の努力を惜むでないぞ。スポーツに勝負は問題でないといふが、勝負を問題にせぬスポーツはわしは大嫌ひぢや。これから展開される數刻の競技に於て、みごと優勝の榮冠を贏ち得た者には、遊蕩賞として金百圓を進呈する」

場内は俄然いろめきわたつた。

なにがさて金ゆえなら、春三夏六の規則を越えたホウカンども、この不況時に大枚百圓ときいては我を忘れて一膝乘出すのも無理はあるまい。

指揮者は檢番でも瓢輕者の稱ある幇間の太郎君、號令一下、意氣な姐さんたち忽ち三味線の根締めをしてバチに唾つけ

「チョンヌゲ〱チョンチョンヌゲヌゲ」とやり始めた。

なかには、餘りのきまり惡さにモジ〳〵してゐるしほらしいのもゐたが、隣席では既に華々しくスタートを切た一人の幇間が帶を解くさへもどかしく、大の字型にひつくり返つてローソクを握つた。幾組かの道化者が手綱さばきも鮮やかに、我れこそ天晴れ名を成さんと、獅子奮迅の勢ひであつた。

並居る人々はこの珍風景に好奇の瞳を輝やかせ、わけてもお大盡の滿足は上々であつた。激流に逆ふ鮎の如く、溪谷を渡る鶯の如く、一人二役の妙技を演じてゐる。

いや、大盡遊びとはよう云ふたもので、これほど殘酷な嗜好がまたとあらうか。數十の眼は厘毛のインチキをも見逃すまいと、監視の瞳は臍下三寸の一點に集注される。

室内には低い笑聲と囁きと、息詰る興奮とに充たされ、藝妓たちは顏を伏せたり、兩眼を掌で蔽ふてゐる者もあつたが、なかにはホウカン共の一物に一々批評を加へるオチヤッピイもゐた。

これには流石のホウカン共も一向に氣が乗らず、一人二人と落伍して、ホウカン狸八だけが最後まで殘り、よく三味の音に合して一物をしごき、遂に櫻紙に水滴の刻印をしみこませて百圓の御褒美をお大盡から頂いた。

さて、その次は女の番と云ふことになつたが、なかには百圓ならやり兼ねまじき者もあつたが、勝負の審判が困難だと云ふので茶々を入れる者があるかと思ふと、今のを見たゞけでもう濟んでるゐる者もあると冷笑す者もあり、大笑ひのうちに閉會した。


まるで嘘のやうな話である。かういふ奴に限つて平素は謹嚴そのもの〻やうであり、儉約家の見本面をし、孔孟の敎へに從ふてゐるやうなことを云ふ。

そこで、この事實を賢夫人の譽れ高いお大盡に逐一報告してやつたが、どんな工合にして賢夫人から仇をとられたか、まだその報告は到着してゐない。多分腹の皮でも掻き破られたであらう。

禁色道我觀

いかもの喰ひといふ言葉がある。

蛇がうまかつたとか、ナメクジの串燒が美味であるとか、常人が顏を顰めるやうなものを喰つて、まるで鬼の首でも取つたやうな顏をする輩を云ふのである。

色慾の方でも、このいかもの喰ひは實に夥しく、人間の過半數はまさに此のいかもの喰ひと見て差支へない。

然し、いかもの喰ひにも理屈がある。

英雄色を好む——とね。

それにしても、何とまア英雄の多い世の中ぢやらう。カフヱーに、ダンス・ホールに、待合に、遊廓に、淫賣窟に、色の生つ白いのや、頭のツルツルテンのや、いや實に夥しい英雄の群ぢや。そして、これらの英雄たちを向ふに廻はして、前をまくつて奮闘する女たちも天晴れ女傑ぢや。

わが同盟の調査部に頗る呑氣な統計學者がゐて、日本中で一晩に排出される精液の量を計算したところによると、約八百萬人の人間が一人一匁づゝ排出したとしても八千貫、月に二十四萬貫、年に二百八十八萬貫。

そして、一回の交接によつて失ふカロリーはカルシウム六十瓦に匹敵すると云はれるから、實に一夜に四億八千萬瓦のカルシウムを失つてゐるわけ。しかも、これは一人一回と見た數量だから實際はもつと莫大な目方になるかも知れぬて。

糞便すら立派な肥料になるのに、これは又何とかならぬものかと、しきりに考案中だとあるが、さう云へば唯徒にちり紙に吸ひ込ませて捨てるのも勿體ないやうな氣がする。

サテ、つまらない方向に脱線して、八方撫斬型の筆法にたるみを生じたが、商賣方面を征伐するのはいゝ加減に止めて、今度は高所大所から淫風害毒論をまくし立てやう。

英雄色を好むなど〻シャラ臭いことを言ひをるが、淫風旺んな民族が發展成長した例しはないのぢや。

カーマ・スウトラやラテラ・ハスャの國印度を見よ！たとへ佛法の祖釋迦を生み出したとは云へ、數千年の昔からすでにインチキな性典などを書くヴワッチャーナみたいな奴がゐたから未だにもつてイギリス如き小國の屬國となり、三億の人口と茫莫たる領土を有しながら最近漸く獨立運動だなど〻騒ぎ廻つてゐるではないか。

更に支那はどうだ。

支那人は性愛技巧に最も古くから長じてゐる國民だ——なんて、トツカピンやその他の藥の廣告に出てゐるが、未だに世界各國の屬領みたいになつて、口先ばかり達者でからきし意氣地のない國家ではないか。

雨が降れば傘を擔いで戰線にくり出し、飛行機の爆音を聽けば家内に逃込んで阿片を吸ふ。第一、この阿片なんていふ奴がよくない。

阿片を吸ふて一儀に耽れば、お互ひの快感は増大し、その戰鬪行爲は長びかせることが出來るといふが、閨房の戰が上手でも鐵砲矢丸に顫へ上るやうでは、苟くも一國の國民としては糞の役にも立たぬ。いざ鎌倉といふ時は、同衾してゐた女などを蹴飛ばして、褌一つでもいゝから彈丸飛雨の只中を、木立の如く突立つてこそ榮ある勇士、譽ある英雄と云ひ得るのぢや。

負戰を氣にして多數の女を擁し、酒や女にビタつかつて、僅かに憂さを晴してゐるといふ支那の大將どもこそ、色好み英雄のいゝ見本ぢや。幾多の美女の雪白の皮膚に包まれ、まるでサンドウヰッチのハムみたいになつて、それで何日の戰爭に勝てたら棚からボタ餅、兩手に花、喝いた口に生ビールだ。そんなうまいことがあつて耐るものか。

古代ギリシャに於ては、いやしくも軍籍に身を置たが最後、婦女子と接吻しても死刑に處せられ、その爲に性に飢ゑた娘子軍の一團が、拒婚同盟の旗押立てゝデモストレーションをやつたと云ふ。その代り、當時のギリシャ軍が如何に戰爭に強かつたかは、夙に歷史が示してゐるではないか。

淫樂旺んにして哀情自ら多し。——

昔の人間はうまいことを云つてる。

第一、男子たるもの女の臍下三寸にうつゝを拔かすやうでは、どうせたいした仕事など出來つこはない。女にうつゝを拔かすのは功成り名遂けて然る後これをなすべきで、洋の東西、古今の如何を問はず、英雄と名のつくべきほどの者は、たいてい晚年に於て絕倫の好色ぶりを發揮してゐる。

古くはローマの暴帝ネロ、それから例の有名なアレキサンダー。秦の始皇帝、玄宗皇帝、我が朝にては平清盛、豐臣秀吉、それから明治大正では大倉喜八郎が八十餘歲にして愛妾に孕ませたなどいふ例に徴しても、人間色氣を出すは六十歳過ぎてからでも結構間にあふ。

晩年の好色は不老長壽の秘訣ともなり、元氣囘復の春藥ともならう。

血氣の若者が血氣に任せ、日夜淫事に耽れば早老衰弱の基となり、あたら晩年を無聊と煩悶とで過さねばならない。

若くて美しい女はこれすべて老人になすりつけてをけ。そこに安心立命の樂土があり、嫉妬も浮氣もない世界がある。

もし出來るものなら、すべての男が武藏坊辨慶みたいに
「一儀とはこんなものか、こんなことは何囘繰返してみても結局同じぢや」と只の一囘で女との交はりを斷つたやうに、人間諦めがかんじんぢや。

でなければ、少くとも最初に書いた「女よけ七ヶ條」「妻難よけ七ヶ條」を斷乎として實行するだけの勇氣があつて欲しいものぢや。

あの七ヶ條は、わが風俗改正期成同盟の趣意書にも掲載して置たが、あの中に
妻の自由行動に對しては男らしく固く沈默を守るべし

といふのがある。これは後に多くの投書によつて始めて氣がついたのだが、浮氣者の妻君達から非常に歡迎されたのには些か迷惑した。

人妻といふものは、かう迄自由行動をとりたいものかと、その投書の餘りに多いのにはわれ〳〵も呆れ返つてものが言へない。

「是非妾の夫も入會させて下さい」と云ふ手紙には悉く

「妻の自由行動云々が氣に入りました」とある。そして、きゝもしないのに亭主のことをボロ糞にやつゝけてゐるから、審査する我々の方できまりの惡いこと甚だしい。

先日も人品骨柄いやしからざるマダムが訪れて來て

「ほんとうに良人は暴君で御座ゐますのよ！自分では一週間に一二回、多い時は二三回は必ず外泊する癖に、外泊する日は必ず妾に貞操帶を嵌めて出るので御座ゐます。それぢやあいくら妾しだつてやりきれませんわ。あんまり可愛相です。獨りで寢る時など、それでなくてさへ焦々して寢られないのに、貞操帶など嵌められたのでは、ほんとうに辛う御座ゐますわ。それにあのパチンと錠をかけられる時が迚もいやで、そんなものをしなくたつて別にあちこちに行つて人様にお貸しするわけではなし、よしんば妾が夫と同じやうな行動をとつたにしても、夫はそれに就てかれこれいふ權利はないと思ふので御座ゐます。ねえ先生！さうではないでせうか性慾つてものは相對的なものですわ。平素妾しだけがいゝ氣持になつて、あの人がつまらないといふのなら兎も角、先樣にお世話になると同じやうに妾の體だつてずゐぶん利益になつてゐるので御座ゐますもの。ですから、どうぞ妾の夫も入會させて下さいまし。それからこちら樣の會の御規則を破つたらどんな處罰があるので御座ゐませうか。處罰は飽迄嚴重にして頂き度いと存じますわ。夫の歸らない夜は、妻も歸らないでもいゝとか。いえ、歸らないでもいゝつて、なにも妾しに情夫があるつてわけではないんですけれど、あるが如く見せてやり度いのですワ。」

いや喋舌つた喋舌つた。この調子で三十分餘りも立て續けに喋舌つたが、この時ばかりは俺は何と挨拶していゝのか、二の句が告げなかつた。

いや全く最近の女は變つて來た。少くとも性慾を相對的に考へる程思想が變化したのかと思ふと、こりやあ女の方もやつゝけねばならぬわいと熟々思ふた。

だが、貞操帶など嵌められたのでは誰でも腹が立たう。使へないと思ふと却つて使ひたいし出られないと思ふと出て行き度いのが人情の然らしむるところで、わしはそのマダムにも大いに同情はした。そこで俺は言つた。

「おなたが貞操帶を嵌められる位なら、夫にもそれと同じことを要求すればいゝではありませんか？」

「だつて、男に嵌める貞操帶があるでせうか」

「ありますとも。わしの同盟の相談部へお出でなさい。」

マダムは飛び上つて喜んだ。そして、俺の前をも憚らず

「それぢやあもう入會など如何でもよう御座ゐますわ。夫の眠つてゐる隙にそれを嵌めてをいて、パチンと錠を下したまゝ幾日だつて外さないでをきます。さうして、お互ひに貞操帶を嵌めたり外したりすれば、きつとその度毎に結婚當時のやうな珍らしい氣持になれると思ひますから。どうもいろ〳〵ありがたう御座ゐました。」

俺は只呆然として彼女を見送つたが、面と向ひ會つてさへ右のやうな始末ぢやから、地方か

らの手紙の內容は、蓋し思ひ半ばにすぐるものがあるぢやらう。又それとは全く反對の場合がある。妻のろ黨はわが同盟の歡迎するところであるが、妻のろを通り越して、執拗な粘り强い夫の性慾に惱む女性も可なり多いらしい。

つまり男の方が精力絕倫な上に、病氣の傳染を恐れて絕對に外泊しやうとせず、只ひたむきに妻にいどみかけるので、心臟を惡くしたとか、腎臟を弱くしたとか、少し夫に浮氣遊びの出來る方法はないかと尋ねて來るのがある。

まさか、かういふ質問に對して、警察の人事相談部へお出でなさいとも云はれず、一つの運動を成長せしめるのに、いかにいろ〳〵な矛盾が生じるものであるかといふ事が、犇々と身にこたへる。

そこで、我々は止むを得ず性愛問題に關する一切の相談部を設け、それを指導する機關を設けねばならなくなつた。

性愛問題相談所

性愛問題に關する相談は、一二流の新聞社などすら堂々と一種の讀物として之を取扱ふてゐる。

實に人を喰つた質問に對しても、懇切叮嚀を極めた應答をしてゐるが、それが多くの場合精神的救濟のみに止まつて、實際的、肉體的には殆んどピントが外れてゐる。

「妾しは十九歳になる或る會社のタイピストですが、去年の暮ふとしたことから同じ會社のAさんと親しくなつて、遂に最後のものまで提供して了ひました。そのうちに、妾しには又Bと云ふ好きな人が出來て、その人とも亦樂しい契りを交したので御座ゐます。それでAさんとBさんとの仲が面白くなくなりました。そこへ現はれたのはCさんで、その方の溫順しい、それでゐて情熱的な態度に、つい妾しはフラ〳〵となつたので御座ゐます。いつたい妾しは誰と結婚したらいゝのでせう。三人ともみな甲乙の區別がない位好きなので、妾しもその撰擇に迷ひこの頃では夜もろく〳〵寢られません！」

こんなバカげた質問に對してまで、われ〳〵は叮嚀な返答を書く氣にはなれぬ。

これが新聞社の解答となると

「あなたはもう一度自分と云ふものを冷靜に批判しなければいけません。そのあなたの浮ついた心が多くの誘惑を招き易いのです……」なんて、讀む方が癪に障つて、いら〳〵して來るやうな相談ばかりだ。

わが同盟にも、屢々これに類似した輩が訪れで來て若い部員を手古ずらせるが

「それ程惱ましい戀なら叩き捨てゝ了ひなさい。その代り、修道院へ紹介狀を書いてあげますから、まア四五年ゆつくりと禁慾生活の法悅に浸つてみることです」と云つてやると、たいていの奴が悲鳴をあげて逃げ歸るから滑稽千萬な話しぢや。

だいたい、われ〳〵の相談部を、結婚媒介所か、煩悶解決所の如く考へてやつて來るのが間違ひで、われ〳〵の主眼とするところは誘惑擊退法、淫心撲滅法並びにそれらの看破術を得るための相談で、メソ〳〵泣言を云つて來られるのが一番困る。

なかには、實に感心な靑年などもあつた

「私は近々Ｔ子といふ女と結婚することになつてゐますが、對手の性格や經歷は充分に理解してゐますが、彼女の精神が浮氣者であるかどうか、そして又、夫婦間の愛を結びつける最大の

條件物が圓滿であるかどうか、若年の私しにはその判定がつき兼ねますので、一應御鑑定して頂き度いと存じます。」

何と云ふ賴母しい青年ぢやらう。顔や形は美しくとも、例の一件に及んで見て離別する男女は實に多い。そこで對手の婦女をつら〳〵鑑定したところが、觀相淫婦認識秘錄の中の最良の部、卽ち

眼三日月型にして眉長く、笑ふ時眼細くし、眼尻に皺を生じ、髮の毛濃くして手足の指細きは、好淫なりと雖志操堅固にして貞操の念強く、情深くして感激強ければ階老同穴の契り末長く樂しかるべし

といふ箇條に該當してゐた。こゝに於て彼氏と彼女、欣喜雀躍して歸途についたが、まことにまことに珍らしき青年とや云はん。

兎まれ、終生妻との戯れのみにて滿足し、浮氣心を起すまじと考ふる程の者は、すべからく次のやうな女を探して戀すべし。

黑眼がちにして眼大ならず、毛髮やゝ赤くして多少の縮れを帶び、中肉にして肉柔かく、

色白くして口唇紅を帶びて齒並よろしく、鼻筋正しくして高く、腰は細く見ゆれど臀部の肉附發達し、歩行に際して爪先をうちにする者は、情愛こまやかにして一件上也

とある。

多くの淫婦たちの誘惑を退けやうとする者は、よく〳〵心に止めて置くべきであらう。

さて、觀相秘錄から例をとつた序に、こゝでもう少し淫婦の識別法を簡單に紹介しやう。かういふことを知つてをけば、誘惑を避ける爲に多少とも參考になるぢやらう。只、その方法を誤つて誘惑する參考などにされると俺ば頗る迷惑する。

觀相の文獻としては中司哲巖氏の觀相秘傳など最も珍重すべきものであつたが、惜しいかなこれは遂に世に出でず、闇から闇に葬られた。

一　體格衆に傑れ、體太く肉しまりて固きこと男子の如く、聲音濁りを帶びて高く相貌男子の如き女は世に之を稱して石佛石女となし、男子との交はりを忌むのみならず、陰中又何等の雜物なくして一儀に際しての快感を覺ゆることなし。

とある。この種の女とはたとへどんな事情があつたにせよ結婚しない方がいゝ。よし結婚し

てみたところが長續きがしない。佳年物故したわがスポーツ界の寵兒×見×枝の如きはこの部類に屬し、異性との戀愛よりも寧ろ同性愛を好むのである。從つて家庭の平和が望み得ない。

一　特に鼻高きは自尊の念强けれど淫心深し、又眉毛の極めて薄きは女天下の者多く局部に無毛の者多し。

但し、鼻の高い女の淫心ば決して浮氣を意味しないさうぢやから、鼻の低い女に勝れること云ふ迄もない。それどころか

一　鼻低くゝして大なるは體力健全なれども賢ならず、鼻孔上に向きたるは陰門大にして締りなく貞操の念疎き者多し。

とある。

一　額面廣き婦女は聰明なれども虛榮心强く、淫事旺んにして多情多感なり。

とある。

一　毛髪は長くして漆黑なるを良とすれど、餘りに太きは剛直なり。細く柔かき女は優しくして一件を好む。

とある。古來、わが國では長髪をもつて美人の資格となし、古武士の間には漆黑の髪が非常に重じられた。眉の薄きはこれ又甚だしく嫌はれ、その理由とする所は陰毛が薄く、或は無毛の女が多いからと云ふのであつた。

花岡瑞軒先生は「鎖陰の女は陰毛少し」と言つてゐる。陰毛の少い女は性慾とぼしく、感覺も亦にぶいと言はれ、無毛故に離緣となるやうな例もわが國では少くない。

フランスの女優などはワザ〳〵これを剃り落すとさへ言はれるのに、日本の藝妓などで無毛の者は、これとは全く反對に義毛さへ使用する。義毛は秘藥店では大抵販賣してゐるが安いのでも拾圓はする。

高くても、ものがものだけに思ひ切つて買ふ人もかなりゐるらしい。

陰毛の話しに就てはいろ〳〵面白い話があるが、陰毛だけを研究して博士になつた人さへある。きまつた場所にあつて、同じやうな形をしてゐるやうに思はれるが、その種類は二千を越ゆると言ふから驚かざるを得ない。

支那の文献には陰毛に關するもの頗る多く、支那五千年の歴史を通じて、美人の代表者となつてゐる陽貴妃の陰毛は、これを引延ばす時膝頭まで達したと言はれ、漢の高祖の母はその長さ三尺に垂んたるものがあつたといふ。

某博士の研究に依ると、日本婦人の陰毛の長さは平均六八ミリ（約二寸三分）だと發表してゐるが、常盤御前の陰毛は一尺五寸に餘つたと稗史に傳へてゐる。

つい筆が脇道にそれたが、再び觀相秘錄に戻つて、面相の全體的な御宣託を聽かう。

一　眼は濁りなく澄みたるを良とす。眼球大なるは好人物にして、細くて眼球の動き著しきは短氣にして鼻毛を讀むの性なり。黑目勝なるは哀願的にて情愛深く、白眼勝なるは情薄し。眉も亦一ノ字形にして尻上りなるは剛直、三ケ月形に細きは溫順なり。

口は小さく引締りたるを良とし、齒並正しきは局部の締りを表示す。

唇薄きは多言なれども一件を好み、齒齦あらはれて上齒突出で、口大にして突出するは陰肉大にして締りなし。

顔面圓きは心圓きを示し、長きは氣の永きを示す。角面瓜實は物事几帳面なると共に男子の甘言に乘らず、顎尖りたる女は轉々として男を變へるの相なり。

とある。

この觀相悉く適中するかどうか、それは俺の知つたことではない。云ふ迄もなくこれは婦女觀相で、男子に當嵌めてはいけない。

その他、歩行に就ても注意を與へてゐるが、爪先を內輪にして歩み、まつすぐ靜かに歩む婦人を良としてゐる。

だいたい以上を骨子として、臨機應變に善所すれば、たとへ對手が如何なる妖婦であらうとも、あがきの取れなくなるやうな誘惑の泥沼に陷入ることはないであらう。

要はすべての男子が自惚れないことである。已惚れ根性は淫婦から最も誘惑され易い。

女の言葉は半分は噓と思へ。

女は男に惚れると憂欝になる。

「妾しあなたが大好きになつたわ」などいふ時、女は決して男を好いてゐない。こんなとき、

「フフフン」と得意になつてふんぞり返る奴こそ正眞正銘の間抜け者である。

全く、現代は油斷もすきもならぬ世の中である。男子の積極的な誘惑と、女子の消極的な誘惑とが、到る處で火花を散らして戰つてゐる。どちらも惡い。

老人だからとて、うつかり獨り歩きは出來ぬ。一歩戸外は誘惑の波だ。エロの洪水だ。われ〱はこの大きな社會的誘惑をいかにして叩き破るか？

風俗改正の具體的提案
＝エロクチクリンの發明＝

俺をエロレタリアの裏切り者だとか、妻のろの提灯持だとか、いろんなことを云ふて反抗する人間がます〱多くなつた。

俺は以前からエロレタリアでも、エロトマニアでもないのぢや。

人間の性的交渉は夫婦間のみに極限さるべきものだと云ふのが、昔から俺の持論である。だから、一身同體の夫婦がどんなにイチヤつかうと、いかなる愛撫亂鬪を演じやうと、それは社會の風教を害するものとは思はぬ。

隨つて、夫婦間の性的交渉に關しては、凡ゆる研究がなされていゝと思ふし、又、世界の名ある學者も研究しつゝある。

然るに、現代の惱みであり、世界の惱みである地上の淫風に俺は最大の關心を持つてゐる。

「風俗改正なんて夢だ、空中樓閣を描くものだ。ザルで水を汲むに等しいものだ。」

ある男はかう云つて俺を嘲笑した。

「若い女がどうしやうと、いかもの喰ひの男がどうしやうと、そんなことは如何だつていゝではないか。」

他の男はかう云つた。

「いやに堅苦しいことばかり云ふから日本は貧乏するんだ。フランスなど外國人の播き散らす金で、札束が唸つてゐるではないか」とも云つた。

「社會に誘惑がなくなつたら殘る者は退屈だけだ。公娼がゐなくなれば私娼が跋扈するし、公娼、私娼を撲滅すれば強姦と姦通が增えるだけだ。」

とも云つた。

成る程それは尤もである。

女給がランデ・ヴーするのが惡ければカフエーなどいふ存在を許さなければいゝのだし、女が男をチャームするのが惡ければ、化粧品や高價な衣服の販賣を禁じればいゝのだ。

バクチは惡いが、バクチの道具をいくらでも賣つてゐる世の中である。

競馬は馬をよくするためだからバクチではないさうである。よくなつた馬は何のためになるのかと云へば、競馬用によくなるのであつて、荷車馬にも軍馬にもならないのである。

男はいくら女狂ひしたつて仕方がないが、女房が男狂ひをやつてはいけないのである。こんな矛盾したバカげた話しがあるか。

こゝに於て、俺はダンゼン妻のある男が他の女と通じても嚴罰に處す必要があると思ふ。さうなると、怜悧な奴は、女に強姦されたのだなどゝ云ふ奴が出て來まいとも限らぬから、刑法第百七十六條以下に

女子カ男子ニナシタル場合モ又同シ

と附加する必要があると思ふ。

こゝに於て、現代の風俗を根本的に改める最もいゝ方法を紹介しやう。

出來るか出來ないか今向ほ研究中であるが、性慾豫防劑エロクチクリンの完成に向つてわが同盟研究部では研究を重ねつゝある。

コレラの豫防注射、セキリの豫防注射、テフチブスの豫防注射等々に鑑み、性慾の豫防注射を、全國の春期發動機の男女に義務的に履行させる。

藥の効力は十年間位きくのが最も適當である。この注射をされたが最後、丁度馬が睪丸を抜かれたやうになつて了つて、漸く芽をふきかけた俗稱色氣といふ奴がモロにぶちのめされて了ふ。

これによつて第一に、不良少年少女といふものは世の中にゐなくなる。

彼等は只一心不亂に勉强し、勞働し、そして金を貯へ、又は技術を習得するぢやらう。そして藥の効力がなくなつた十年目、卽ち二十六七歳になつたら直ちに結婚する。

何といふ迷案ではないか。

十六七歳から二十六七歳迄の女がまるで色氣のない世の中を想像してみるがいゝ。

すべての男は愛妻黨になる以外に方法がないではないか。

どんないかもの喰ひだつて、對手に色氣がないのだから手も足も出ない。

だから、萬一彼女たちを姦淫したものは、十三歳以下の性慾のない少女に暴行を加へたと同じ樣に處罰されるとする。

それに街といふ街、村といふ村からは今日の淫風がその何十分の一に減少されるであらう。

先づ女はペタ〳〵白粉をつけたり、薄物に圓いお尻をつゝんでクネ〳〵して歩くことを中止するに違ひないし、カフエーの女給も、藝妓もエロ・サービスなんていふものをしなくなる。

そして、公娼も私娼も殆んど全滅して、三十以上の女が多少は殘るか知れないが、恐らく世人は見向きもしまい。

こゝに於て、夫は愈々妻をその本城とし、妻も亦懸命に夫の仰せに心よく從ふであらう。

獨身女の發散するイットはたいてい今日では十六七歳から二十七八歳迄が絕頂期だ。それがなくなるだけでも、われ〳〵はどんなにせい〳〵することやら。

質實剛健の氣風は自ら備はり、金は貯へまいとしても邪魔になる程たまつて來る。

女が二十七八歳になつて結婚したのでは、亭主がどんなに達者でもまさか一打の子供はつくれまい。

人間が多すぎて困るといふ日本には、人口問題に於ても偉大な解決力を有する。

犯罪の背後に女あり――と云はれる位だから、かんじんかなめの時期に男女に色氣がなかつたら、犯罪も現代よりは十分の一位に減少する。裁判所や警察が現在の五分の一で足りるからこの方面の失職者が增えることは少々氣の毒であるが、これは然し止むを得ない。

さて、かうなると、老人が女にもてゝ、若い人々には誠にお氣の毒であるが、女は老人に委して置いた方が無難である。

このエロクチクリンの藥劑が發見されたら、行詰つた世界は再び明るい燦々たる樂園に變化するぢやらう。

若い者は働け、老人は妻と樂しめ！

まことに想像するだに欣喜雀躍たるものがあるではないか。

この藥品の偉力に依つて、今まで五十歲に達すれば顏面に皺の生じてゐたものが、六十歲に達してもつや〳〵しい光澤を有し、女は五十歲すぎても充分に性の滿足に浸り得るとすれば、すべての人間に十年間の壽命が延ばされたと同じである。

こゝに於て、夫婦間の性的研究がます〳〵必要になつて來る。

わが同盟の相談部は、これらに對し懇切叮嚀な指導の任にあたらねばならぬ。

これから問答の形式で述べられるものは、一人の人間から質問されたものではなく、多くの人の質問を綜合して、それに一々解答したものであることを附加へて置く。

愛妻問答

問『自分は結婚して一ヶ年になりますが、自分たちの性的生活に於て、妻は未だにその絶頂感なるを知らないと言つてゐますが、これは妻の體のどこかに缺陷があるのでせうか』

答『男女の性的關係は、双方共一種の爆發的クライマックスに達して終るべき筈である――とドクトル・ハミルトンも言つてゐます。女の性的不感症に對して、同氏は左の如き可能性を發表してゐます。

一　女の性機關に構造的缺陷があるかも知れぬ。

一　女に生理的缺陷があるかも知れぬ――內分泌器官の故障、著しき貧血――それらが性愛の滿足を阻害してゐる場合。

一　夫の不器用な性交による場合。

一　夫婦間に愛情がなく、その爲に妻に滿足を與へぬ場合。

一　姙娠に對する極度の恐怖心が伴ふ場合。

一　性的行爲を罪惡視したり、破廉恥な行爲の如く敎育され、その爲に性交を烈しく嫌つて自ら絕頂的快感の起るを許さぬ場合。

一　女の最初の經驗が非常に反抗心を起さしめ、その惡い第一印象のために前條の結果を招いた場合。

ドクトル・ハミルトン氏の統計によれば、これらの理由に基づく不感症の女が、百人中實に四十六人に達したといふことです。

このうちのどれに該當するか、先づあなたは妻と充分研究してみる必要があります。

就中、夫の不器用によつての場合であるとしたら、あなたはその不器用な動作を器用な動作に改めなくてはならぬ。風俗改正運動に大きな矛盾を感じ、その爲にわれ〱が苦しむのもその爲であつて、ドクトル・ハミルトン氏の報告によれば、獨身時代に屢々婦人に接した經驗ある者は、殆んど一ケ年以內に妻を滿足させてゐるが、童貞を守つた者の妻は殆んど滿足を與へられてゐないといふことです。

そこでハミルトン氏は言つてゐます。

最初の性交に於ては、婦人は恐怖と、心配と、羞恥とによつて非常に緊張してゐるから、夫たる者は之をとり除く爲に最大の技巧と理解とを持たねばならぬ。もしも夫の不器用さが長い間改まらないで、妻が性交のクライマックスを經驗しなければ、彼女の無意識なる精神は永久にその絕頂感を阻止するであらう。』と。

問『性交の器用と不器用の相違はどういふ點にあるのですか。たとへば性慾行爲の豫備的準備の有無を言ふのですか。それとも特種な技巧でもあるのですか』

答『われ〳〵の考ふる所では、豫備行爲としての性的遊戯は極めて必要だと思ひますが、ドクトル・ハミルトン氏の調査研究によれば、性交の豫備的行爲に多大の注意を拂つた人々と、さうでない人々とは、婦人を絶頂感にまで導いた割合が同一だと云つてゐます。して見れば、技巧の器用不器用は、やはりドクトル・フィルシュフェルドのいふやうに、その戰闘行爲に於て耐久力の強い者のことを言ふのでせう。』

問『女が性的クライマックスに達する時間は殆んど一定してゐますか』

答『それこそ千差萬別です。肥つた人、瘦せた人、敏感な人、鈍感な人、その他體質の相違、局部の構造等に依つてみな違ふのです。ハバロソク・エリスなども、普通健康體の婦人でも、十分以内の動作で絶頂感に達する者は稀だと言つてゐます。殊に普通女人と云はれてゐる賣笑婦になると、十分は愚か二十分が三十分でも、その對手によつては決して陥落ずるものではありません。よき夫として妻に奉仕せんとする者はこのことを充分念頭に入れて置く必要があります。フイルシユフエルド氏も言つてゐるやうに、妻の方で満足しない經驗が屢々繰り返されることは、軈て夫婦間の愛情に破綻を招く原因となる。そして妻は怒りつぽくなつて、同じことを何囘繰り返しても唯不快の念以外には何ごとも感じなくなるであらう。ドクトル・マリー・ストーブスなども、女を満足させない男を極力排斥してゐます。容貌だけに惚れ合つた夫婦でも、彼等の性的交渉が不完全なものであれば、二人の愛は六ケ月も續くことはあるまい——フイルシユフエルドは此やうに看破してゐます。そこに夫としての訓練が必要になつて來ます。と云つて、徒らに秘藥や器具を使用して延長させることは努めて習慣づけない方がよろしい。』

問『性愛交渉の變化ある形式は必要でせうか。その爲に女に生理的害惡を及ぼすやうなことがあるでせうか。』

答『變化ある型式を採用することは、氣分の轉換のためにも、飽滿を防ぐためにも必要なことです。性交姿態は世界各國その數を異にしてゐますが、方法はいづれも大同小異でありまして英國などでは三十一の型があることをフィルシユフエルドは具體的説明によつて發表してゐます。この三十一型はいつの頃より行はれたものかは知りませんが、夏目漱石の「幻影の盾」といふ小説の中に「鷹の足を纒へる細き金の鎖の端に結びつけたる羊皮紙を讀めば、三十一ヶ條の愛に關する法章であつた。所謂「愛の廳」の憲法とはこれである。――盾の話は此の憲法の盛んに行はれた時代に起つたことゝ思ひ給へ」とあり、この物語がアーサー大王の御代の出來ごとでありますから、その當時から既にこの種の文献があつたものと思はれます。變化ある型式を採用することに就ては、先づハミルトン氏の云ふところによると「若し夫婦が肉體的に健康であつて、彼等の身體と慾望とが合致するならば、彼等が欲するだけの變化ある性行爲に耽つても安全である。疲勞が自動的にそれを制限するであらうからと――又フイルシユフエルドは「如何なるものに就ても變化を欲することは、人生の趣味であり常道である。性交に於ては殊にさうである。それ故にいかなる男女も、この種の變化ある型を全部行つてみる迄は、彼等は性交から最大の快樂を得たといふことは出來ない。」それからマリー・ストープスの結婚愛の中には、その方法を變更したことによつて始めて快樂を知つた多くの婦人の告白に就て著者の意見が述べられてゐます。』

問『女の方で夫を愛してゐない場合は、絶對に滿足感に到達しないものでせうか』

答『誰でもさう考へるやうですが、さういふことはありません。夫によつて充分性的滿足を得てゐても同棲を續けて行きたくないと云ふ女があるやうに、滿足を與へられなくても夫を愛してゐる婦人もあります。ケネス・マツゴワン氏の報告によれば、自分の夫からでは駄目でも、夫以外の男ならば大きな肉體的滿足を得られるであらうと思ひ、それを實行しても矢張り効果がなかつたと云ふ婦人の告白を幾つも發表してゐます。又、夫を愛してゐる婦人と、夫と早く別れたいと言つてゐる婦人との絶頂感の有無を調べたところ、愛してゐる方はクライマックスに達したものが三二パーセントの率しかないのに、愛してゐない方の婦人は逆に五十三パーセントも頂絶感に達した實例があるといふことです。又悲しむべき實例は、人生の幸福を少しも知らなかつた若妻が、忌はしい姦通によつて始めてそれを經驗したといふ事件さへあります。』

問『私は壯年の癖に精力が弱くて困ります。過去に於ても別に精力を消耗しつくした覺えはなく、と云つて、體格も弱い方ではありません。どうすれば精力が旺盛になるか、またどんな方法があるか。どう云ふ藥があるか。さういを點に就て御敎示を仰ぎ度いと思ひます。』

答『あなたと同様な質問者は澤山ゐました。身體に異常のない人が、性慾が減退してゐるといふのは、多くの場合妻に對する飽滿狀態に陷入つてゐることが多く、對手が變れば不思議な程の精力が鬱勃として湧いて來る。さういふ實例は世の中に多いのです。心配せずとその飽滿狀態を脫するまで氣永く待つことです。但し、妻が切實な氣持で彼女の要求を訴へるやうな場合は、フイルシユフエルドの云ふやうに、刺戟性の食物をとり、カンタリデスを十滴乃至十五滴をお茶又はコーヒなどにて召上るとよろしい。これは $C_{10}H_{12}O_4$…… 化學式に示すもので、どこの藥品店にもある。それから魚類では鮭などが食膳春藥としては最も効果があり、上品な魚類ほどその効果が乏しいやうです。古典的な性典を見るといろ〳〵な秘藥があげられてゐるが實際に利くか如何かはいかゞはしいものです。外國のナイト・クラブなどに集る老人連は、容易に性慾の起らない場合は、裸で立つてゐる女の口に葡萄酒を含ませ、それを少しづゝ吐き出させて顎から胸、胸から腹へと流れて來るのを、彼女の局部の割れ目に口をあてゝ呑むといふことです。なるほどこれなら利目がありさうです。そして、この酒の飲み方はほんとうの通人のすることで、その爲にバカ〳〵しくボラれてゐるとのことですが、それはボラれても仕方がありますまい。又フランスのエロ雑誌にはマッサージの廣告がふんだんに出てゐますが、これは肩や腰を揉むのでなく、一物を吸引して精力消耗者を喜ばせてゐます。支那人は蛇酒、ニンニク、その他、凡ゆる精力的な食物を撰びますが。藥品で最も効果のあるものは秋石ださうです。これは補腎の聖藥と呼ばれ、中野江漢氏の支那の珍藥秘藥の中にその製法が出てゐます。

少し穢いけれど

秋月に童子の溺を取つて缸に入れ、石膏末七錢を入れて桑の棒にて攪き廻し、澄むのを待つて其上水を捨てる。かくて二三回して後に秋露水を入れ、更に攪き澄して沈澱せるものを灰の上に紙を舗き、それにあけて乾かす。——とある。

又

男の小便を壺に貯へ置いて、約三ケ月に上澄みを明けると、底に沈澱した固形物が残る——とも言つてゐる。秋石を作るには童子の小便に限らず少女の溺をも材料にする。男用童女溺女用童男溺　亦一陰一陽之道也とありますから、男は女のを、女は男のを服用するのださうです。

その効力に至つては實に素晴しいもので、虚勞、冷疾、寢小便、夢精、遺精などに絶大な効果があるばかりでなしに、本草綱目に記する所によれば

腎水を滋くし、丹田を養ひ、本を返し、元に還り、根を歸し、命を復し、五臟を安んじ、三焦を潤し、痰咳を消し、骨を退き、軟を蒸し、塊を堅くし、目を明にし、心を濟め、年を延べ壽を益す——とあるから、小便などゝ夢々おろそかにしてはなりません。又

秋石に棗と綠豆、酒等を加へて煮つめると「和石還元丹」が出來、之を服すると老衰者も壯者をしのぐ程性慾旺盛となる――

とありますから、元氣のない人々は大いに研究して試してみることです。

又、交接過度なるが爲に衰弱した者は

「秋石四精丸」とて、秋石に白茯苓、蓮肉、芡實を加へて粉末となし、更に棗肉を和して蒸して丸藥となし鹽湯にて服すれば、忽ちにして効果顯はれるといふことです。

さて相談部の質問應答はまだ〳〵これで終つたわけではないが、こんなことを殘らず書いてゐたら全くはてしがないからいゝ加減に止して、最後に性教育問題を結論として本篇を完結することにしやう。

性教育の批判と性愛技巧問題

『性教育なんて愚の骨頂だ。教へなくたつて時が來れば分る。わかり過ぎて迷惑する。』

かうした考へを、相當教養のある人までが抱いてゐるのだからやりきれない。

又、性教育を稱へてゐる人自身が、ずゐぶんあやふやな、毒にこそなれ決して藥になりさうもない熱を吹いてゐるのだから始末が悪い、だから見よ、日本の多くの親たちは

『赤ちやんはどうして出來るの？』と、まだ頑世ない子供たちから質問されると

『赤ちやんはお母ちやんのお腹の中から出て來るの』

『どうすれば生れるの？』

こゝに於てたいていの親が行詰り顔を赤くする。クリスチャンなどに云はせると

『神さまの思召しによつて、お父さまとお母さまにお授けになるのです。』

けれども、これでは子供にわからない。又わからなさないやうにして子供を育くむ。

かくして、春過ぎ夏行き秋が暮れて、やがて子供は春期發動機に達し、性の問題を間に挾んでは、まるで睨み合ひの猫の如く恐ろしい沈默が續けられるのだ。

そして、性に關するすべての言行がいかに恥づべきものであり、いかに不淨であり、いかに罪悪であるかといふやうな教養を施される。殊に女の子に對しては、男の子に對するよりも遙かに誇張されて吹き込まれるのだ。

だが世の人々よ冷靜に考へ給へ。年頃の娘に性的教育の方法を誤まると、次のやうなことがある。

ドクトル・ハミルトン氏が幾十人かの既婚婦人に就て研究したところによると小さい娘が性の質問を始めた時に、その親たちによつて正しく奬勵されたものは十五名のうち十一名——卽ち七三%の女が結婚後一年以內に性交の絕頂感を經驗してゐるのである。

その反對に、兩親から放ねつけられた者は十六名のうち八名——卽ち五〇%しか絕頂感を經驗してゐない。

もし、結婚した婦人で、性的滿足が得られないことを不幸だと考へるならば、只徒らに不淨呼ばり出來ないことがことがこれによつて頷けるであらう。

子供に對する性敎育は、只危險を豫防するだけであつてはならないのである。將來のことを考へてやつて、聽て妻としての喜びを充分味はひ得るやうに育てゝやつてこそ、そこに始めて親としての慈悲がある。

更にドクトル・ハミルトン氏は言ふ

「性に關する知識を誰から受けるかといふことも重大である。」

この知識は母親自身が授けるのがいちばんいゝ。母親が正當な性教育をした婦人は、その六五％は絶頂感を經驗してゐるが、母親以外の女性によつて敎へられた婦人は只僅かに三八％しか性のクライマックスに達してゐないといふのである。

これは、他の女性には彼女の將來が如何であらうと、母親ほどの責任がないから、つまり敎へる方法を誤つてゐるせいであらう。

又、父親なり兄から最初に知識を得たものは、四人のうち一人も絶頂感を經驗してゐないといふから、理解あるパパのつもりで、よけいな出しやばりをすることは危險である。

それからもう一つ面白い現象は、もの心ついてから性に關する眞理をきかされた時、ショックを感じたり、反應を持つたり、信じられなかつたり、驚いたりした女は、その六五％までが絶頂感を經驗してゐるのに、それを聽いた時快感を感じた女は、四五％しか經頂感を經驗しなかつたといふ。

以上、何れも結婚後一ヶ年内の夫婦の性的生活に於てゞある。

かやうに考へて來ると、いゝ加減な性教育は、根本からやり直さなければならないといふことが、自から解つてくるであらう。

だからウィリヤム・フィールディングも云つてゐるではないか。

「他の凡ゆる有用な技藝と同様に、性愛技術も學ばねばならぬ」と。

すべての分門に亘る知識が非常に民衆化されてゐるのにも拘はらず、性愛技術ほど僅かしか進歩改善されなかつたものは無い。それは一般の性問題が、今迄の社會から餘りに繼子扱ひをされたからに他ならぬ。

更にフィールディングは言つてゐる。

「文明人は正しい改正と修練とによつて、原始人の性的見解と情慾に關する理解力のいくらかを取入れたなら、それによつて得るところの利益は測り知ることの出來ないものがあることを知るであらう」と。

つまり、現代人の技術が原始人よりも下手糞であるといふ折紙が立派につけられてゐる。

又彼は云ふ。

「未開人は性愛技術の知識を個人の道德的義務と考へ、その青年を種族的訓戒及び規律に於て敎導する時に、この義務を最も重要なことの一つと考へてゐる」と。

南洋土人のある種族には、處女のまゝ結婚することは恥づべきことゝされ、結婚の前夜わざ〳〵割禮を施される習慣になつてゐるといふが、さうまでされたのでは我々文明人には少々氣持がよくないが、中部アフリカのアジムバス族の最初の訪問者として有名なクロフオード・アンガス氏は、次のやうな面白い記錄を叙述してゐる。

この種類は、若い娘に最初の月經の徵候があると、彼女はすぐに女の秘密に就て敎へられ、そして性交の種々なる姿勢を示される。月經が終ると、彼女をお祝ひする爲に村の舞踏會が催され、すべての婦人にそのことが告げ知らされるのだ。たゞ、この舞踏會には男は絶對に出席を許されないが、自分（アンガス氏）だけは特に見物を許された。

當の娘が恥かしさうに地に坐ると、多くの婦人は圓陣をつくつて彼女の周圍をとりまき、卑猥な行爲に關する歌が幾つも〳〵唄はれる。そして、彼女はこの圓陣の中で男子と交はる時の動作を皆に見てもらつて、果してそれでいゝか如何かを試して貰ふのだ。若しその動作が誤つたり、正確を缺いたりしてゐると——實際恥しがつてなか〳〵うまく出來ないのだが——一人の年増婦人がまざ〳〵と實況を見せて彼女に模範を示し、それから男女の關係に就て色々樣々な歌が唄はれる。そして彼女が人妻となつた場合に必要な性的技術——卽ち彼女が當然擔ふべき義務に就て充分に敎育されれ訓練されるのだ。

いま、われらはさうした行ひを賞するのではないのだ。そんな猥褻行爲が公然行はれたら、それこそ文明人は「何だか何だか變なのよ」と氣が狂つて了ふであらう。けれども、彼等未開人の性に關する堂々たる態度は、文明人と雖何ごとかを敎へられずにはゐないであらう。

性愛技巧に關しては、もはやこゝで繰返して述べるまでもなく、讀者は既に多くの書物を讀まれた筈である。

このことに就て、最も近代的な、最も科學的な理論を述べてゐるのはウィリアム・ジエー・フイールデイングであるが、

「性愛を起す區域とその性愛生活に於ける重要性を理解することは、性的技術の必要條件であ

る。五感のいづれも性的欲望に導くものであるが、殊に觸感はさうである。更に愛情の接觸的表現は戀をしかける時及び、親しい豫備性的行爲に於て特にあらはれる。イヴアン・ブロッホは「純潔なる態度で髮を撫でることゝ、性的快感のクライマックスとの間には、量的の相違はあるが質的の相違はない」と言つてゐる。殊に女性は性愛の念を起さしめる部分が男子のそれよりも遙かに多種多樣である。』と。

それらの方法論は、東西の古い艸典に既に云ひ盡されたものが多いが、フィルシュフエルドの具體的方法と、フィールディングの科學的理論に就ては、又他の機會に讓つて、こゝでは、性教育の目的の方向が那邊にあるかを、もう一度諸氏と共に考へ直したいと思ふ。（終）

動物性話

海の戀物語

花房四郎

人間の性愛物語でなければ面白くないと云ふ人があるかも知れない。けれども、實際は動物の性的生活の方が、人間のそれよりも、遙かにグロであり、ロマンチックな場合があるのである。

春になると、犬も猫も自然に惠まれた性の歡喜に陶醉する。諸君は、路傍の眞中で犬が嬉しさうに交尾してゐるのを見たことがあるであらう。多くの人間が彼と彼女の周圍を取り卷いて序幕から大詰まで熱心に眺めてゐる例も我々は今日まで何囘も目擊した。

酒屋の小僧は得意先廻りを止めて自轉車を放り出し、勤の人は何臺も電車をやり過し、年増女は家の蔭から人に氣づかれないやうに顏を上氣させて熱心に見てゐる。それよりももつと愉快なのは、サッと顏を赤らめて側を通る若い女が、行き過ぎてからもう一度後ろを振顧つた時の物惱ましげな表情だ。

鷄の交尾の呆氣なさに比べると、犬の交尾は人間のそれよりも激情的である。クライマックスに達する迄の急速な戰鬪的行爲と、終結後のなごやかな數分間、人間には到底あれだけの藝當は出來ない。

性的生活の自由に於ては、人間など最も不幸な立場に置かれてゐるやうだが、然し、他の動物にも失張り恐怖もあれば悲劇もある。
サテ、これから我々は海の戀物語を始めやう。

タコの性的生活

海と性との問題を結びつけて考へると、恐らく一番先に頭にピーンと響いて來るのは、誰が何と云つても蛸である。蛸には足が八本あるからではなく、人間にさへ蛸があり、蛸は又實に精力絶倫、好色無比の動物なのだ。

荒れ狂ふ北海の怒濤の中には、長さ二十メートルに達する巨大な蛸もゐて、こやつが闇黒の海底の岩間の陰に、ぬる〳〵と足をのべて爛々たる眼を輝かしてゐる様は、一寸想像しただけでもグロテスクではないか。

蛸の巨大な奴が漁夫や航海業者の心膽を寒からしめた物語は、今日迄、我々はどんなに屢々聽かされたらう。蛸はその性質が極めて强暴であるやうに、その性慾も亦極めて粗暴强慢であると云はれてゐる。

蛸が交尾期に達すると、雌雄ともに、その長い足を網の如く張つて踊り狂ふのだ。情熱に燃ゆる眼は烱々として炎の如く、皮膚は濃褐色を呈して、時に渦を巻き、波濤を起す位に凄然たる闘争を續けるのである。雌雄の足は双方かたく相からんではゐるが、彼等の交はりと來たら知らない者の眼には恐らく喧嘩としか思はれないであらう。この格闘は凡そ一時間も續けられやがて、人間とは反對に雄の方がムンズと組み敷かれて、それ迄絡んでゐた足の一部は、無殘にも雌のために捥ぎとられるのだ。

けれども足の一本位もぎ取られたつて雄は平然としてゐる。諸君は足の一本不足してゐる蛸を御覽になつたことがあるであらうか？一本でなければ、八本のうちのどれか一本傷ついて先が丸くなつてゐるのを御覽になつたことはないであらうか？

足の傷ついた蛸を見て、喧嘩をして喰ひ千切られたなどゝ同情するのは、些かお目出度過ぎるといふ理由がこれでハッキリするであらう。

つまり、蛸は交尾の眞最中に於て、わざ〳〵一本の足を雌の裂口から外套腔に衝き入れるので、その足は精子の附着してゐる吸盤を備へてゐるのだ。

足をもぎ取られる位だから、苦しい點もあるに違ひないが、雄のケロリとしてゐるところを見ると、その苦痛に何十倍かする快感があるのに相違ないが、こればかりは蛸にきいてみなければ、容易に人間どもの豫測を許さない。

かくてこの切斷された足は雌の體内に殘つて、精子が輪卵管の開口に發射されるまでのたくり廻つてゐる。學說ではこれを「ヘリトコチルス」と稱してゐるが、人間の繁殖作用とちがつて面白いではないか。

ニシンの亂交

お正月の食膳に必ずカヅノコがつく。數の子をもてといふ迷信から來たものださうであるが同時にまた食膳春槳ともなり、精力素ともなる。ニシンは實にその母親なのだ。

鰊も亦波荒き北海の產物である。茫漠たる紺碧の海に幾百萬とも數知れぬ大群が、さながら大氷山の流れる如く、面積一里四方にも擴がつて浮游するさまは、まことに海の壯觀であり、漁業者にとつては福の神である。

ニシンがかくの如き大群をなすのは、彼等にとつては最も樂しい春期發動機であり、又その慾望を達す實行期なのだ。

ニシンは深い海の底の岩と岩との間に生れ、その狹苦しい所で敵にありかを探られないやうに、つゝましいもの怯えした忍苦の生活をつゞけるのである。

けれども成長した娘が男の側を慕ふやうに、ニシンの子たちも軈て性的にめざめる時が來てその昂奮が愈々募つて來ると、もうぢつといつ迄も海の底に泳いではゐない。恐しいことも、身にせまる危險も顧ることなく、押へ難き慾望を遂げるために、われもわれもと知らぬ大海の眞只中へ一大行進を始めるのだ。

彼等がかうして押しつ押されつしてゐると、彼等の性的渴望は異常な力で爆發する。殊に雄の方では雌の體に絕え間なく接觸するために、高調する快感に身を悶え、彼の性器からは夥しい精液が渦卷く潮流を色濃く溷濁させるまでに發射される。こゝに於て、雌は鋭い性的刺戟をうけ、ぐる〳〵とその粘い潮の中を泳ぎ廻りながら、幾千萬とも知れぬ卵を生みつける。水中に流るゝ精子と卵子、つまり精子が卵子の中に入つて、こゝにニシンの新生命が創造されるのだ。

然し乍ら、一世一代のこの昂奮期が、彼等にとつては最も危険な時期で、慾の皮の強い人間は、彼等がさうした戯れに夢中になる時を、鵜の目鷹の目で待ち構へてゐる。いや、人間ばかりでなく、彼等の亂交時はクヂラにとつても亦棚ボタ式の大御馳走で、巨大なクヂラの口中に海水もろとも吸ひ込まれて、無殘な最後を遂げるのだ。

死を賭しての愛の戯れ、これはニシンの生活に於て悠久無限に繰返されるあはれはかない地球の上の一現象だ。

鱒の性愛生活

マスは平素大海の濃綠色の水中に泳ぎ廻つて、あちこち餌を漁つては　軈て來るべき交尾期のために精力をつけて置く。そして、いよ〳〵時節到來が近づくと、雌も雄も今迄のやうにあれこれと漁り食ふことを止めて、五六十匹づゝ群をなして潮流のまに〳〵河口に向ひ、そこで淡水生活に馴れて來ると、更に奥深く河をのぼつて行くのである。

然し、それは誠に秩序正しい統制ある行進で、その先頭に立つて案内役――と云ふよりも指揮官の任に當るのは必ず肥つた年增の雌鱒である。雄は樂しい空想に胸をワク〳〵させ乍ら、行儀よく二列になつて彼女の後ろから從ひ、他の雌の一群はその尻を追うて逆上つて行く。それは、名映畫モロッコに出て來る土人の娘達が、戀しい軍人の後を慕うて、どこ迄もどこ迄も廣い沙漠を歩いて行くやうに、泳ぎ辛い流れに逆うて、彼女たちも亦雄鱒の後を追うて行くのである。自由な海の棲家と違ひ、食物は乏しく、岩石には遮ぎられ、或は疲れて倒れ、或は飢餓に瀕して瞞腔の恨をのんで死ぬのもある。

尚も逆上すれば、そこには人間のひろげた網があり、熊の突出す笹竹があり、それこそ全く虎兒を得る爲に虎穴に入るやうな決死の戀の道行である。

斷崖の間を潜り、滔々たる瀑布を越え、戀ゆえにこそ、又子孫繁殖の任務を全うせんと思へばこそ、凡ゆる危險、凡ゆる障害、飢餓と死の屍を越えつゝ目的地に進む彼等の意氣こそ、眞に壯烈鬼神を泣かしむるものがあるではないか？一切三錢の鹽鱒だとて、けなして食つては罰があたる。

かくて愈々、水淺き上流の岩間や、湖水の一隅の目的地に達すると、こゝで始めて彼等の愉快な性生活が始まる。顧みて轉た感慨無量であらう。

こゝ迄來たマスの雄を見ると、今や性昂進の最高調に達し、腹部は燃ゆるが如く赤く染まり頭部の赤味は紫色に輝き、精氣全身にあふれて雌の許しをひたすら希うてゐる。

雌はかうした雄の數匹に取圍まれ、その中から最も精力的な、そして又最も立派な一匹の雄を選んで階老同穴の契を結ぶ段取をはじめる。卽ち、雌は軟らかさうな水底に尾を以て巧みに淺い穴を穿ち、その穴の中に産卵する。彼女が産卵する間、雄は他の浸入者を防いでぢつと監視し、漸く雌が産卵の大役を果すと、雄はその上に靜かに精子を注ぎかけ、そこでザッツ、オールとなれば、二匹は相共に卵の入つてゐる穴が悉く砂で埋めつくされる迄、仲よく尾を振つてそこを動かない。

又、雌が産卵してゐる間は、他の雄がやつて來て、一寸浮氣をしやうとすると（浮氣と云つても卵子に精子を注ぐだけの役目なのだが）――夫のマスは憤然としてこれに對抗し、權益擁護のために斷乎たる武力的鬪爭を演ずることがある。さうかと思ふと、二匹が喧嘩をしてゐる最中に、そつとお先に失敬して氣持よく精子を注ぐいけ圖々しいのもあるが、マスの悲しさには、それでも何等法律的制裁はある筈がない。人間なら憎むべき姦夫だ。

が、とに角、夫婦間で一件が終ると、二匹のマスは、もうそれつきりそれ迄のことはケロリと忘れたかのやうに、再び大海に出て離れ離れのわびしい生活を始めるのである。

アザラシのロマンス

アザラシは魚類ではない。彼女は哺乳類の兩棲動物で、北海を旅したものは、暗い海の岩壁に、孜念として何か物思はしげに海を眺めてゐるアザラシの姿を見たであらう。

雪と氷とに閉されてゐる間はいつも海岸にひそみ、四月半ば頃雪解け季節となれば、大群をなして異様な叫び聲を發しつゝ、島をめがけて突進するあのアザラシを――。

アザラシは一年のうち八ケ月間といふもの、全く異性から離れた禁慾生活を送り、洋々たる大海をステージとして、雄同志が平和な生活をする團結心の強い動物である。

彼等が群をなして島に押寄せる時は、彼等の胸に雌を戀ふ情熱が湧き出た時で、彼等の胸はいづれも一樣に樂しい豫想にワナ、イてゐる。アザラシの性的慾望は人間のやうに、男も女も一致してゐない。雄は只交尾慾の滿足を求める考へだけが一ぱいなのに較べて、雌の方では只壓迫を感ずるに過ぎないのだといふ。けれども、マスやニシンと違つて、アザラシとなると育兒法などがかなり人間に近い。つまり、雌は八ケ月間は胎兒を胎內に於いて育て、生れ出づると之に母乳を與へて養ふのだ。だから、雌の方ではその八ケ月間といふものは全く雌に用事がないわけである。雄の方はその點頗る薄情であるが、それでも彼のことを忘れることが出來ないだけに、アザラシの雌は人間の浮氣つぽい雌よりずつとしほらしい。

アザラシの群が故鄕の陸地に押寄せる時は、マスの場合と同じやうに、二匹の年老ひた先輩が先頭に立ち、先づ故鄕に異常があつたかないかを檢査する。そして、なにごともないことが解つて、はじめて先頭のアザラシは皆の者に上陸せよと敎へるのである。その代り、アザラシ仲間では年よつた先輩には故鄕の土地の旣得權があり、一頭の占領する地域は約二十五平方キロメートルで、その選んだ海岸には決して他の者が浸入することを許されない。

従つて、若いアザラシは爾餘の空地を選ぶか、持主の死んだ地域を發見するかしなければならないから、まだ幼いアザラシなどに至つては海の中でピチャ〳〵放ね廻つてゐるより外に方法がないのだ。

かくして、彼等はズラリと海岸に並んでみたり、或ひは海の中で戯れたりして、六月中旬になつて雌の一群が迎へに來るのを待ちつゝゐるのだ。

はたして、六月半ばになると、雌の大群は姙娠した身重の體もいとはずに、戀しい男の安否を氣づかひ乍ら、息をはづませて海岸めがけて押寄せる。やがて、彼女たちが岸に近づくと、若いアザラシたちは物珍らしさの餘り、對手かまはず雌に向つてふざけかゝるが、雌の方では「何を小癪な」とばかり、小僧つ子扱ひに突きのけて、岩によぢのぼつてからあたりをキヨロ〳〵見廻しはじめる。そして、變な吠え方をして去年の夫を呼び立て、長らく絶えてゐた夫婦間の情交を復活させやうと努めるのである。彼女は懸命に戀しい夫を探しはじめるが、迎へに來てすぐ見つかることは珍らしいさうで、これはアザラシが一夫多妻の習慣があるからだといふ。

彼等の仲間でも强者が弱者を征服し、ムザ〳〵と己の女房を寢取られることもあるといふから、この道ばかりは人間も畜生も同じである。なかには又いくら夫を探しても見當らないので耐り兼ねた揚句エロモーションによつて不義の悪戯に耽るのもある。

然し、岸邊では彼等の樂しい夫婦のいとなみは行はれない。人間で云へばそこは港の波止場ともいふべく、上陸してから雌が子を生むまでは、雄も彼女に交尾を迫らないし、雌も亦それを許さうとしないのだ。それに比べると人間の方が一儀に關しては アザラシよりも淺間しい。

然し、人間の出產とは反對に、アザラシは一旦子供が生れ落ちると、三十三日だの、四週間だのと待たないで、すぐに交尾を開始するのである。つまり腹の中が空つぽになつた四ケ月間こそ、實に彼等が交尾の恍惚に醉ふ時であり、奮鬪力戰するチャンスなのだ。

かくして、身も心もヘト〳〵になるやうな昂奮と戯れとの四ケ月が過ぎると、雄は又再び遠い大海に出て、己の體に春情が湧き起る迄雌と別居生活をするのである。

岩にくだけ散る北海の波のしぶきを通して、夕暮の闇を衝いて聽えるアザラシたちの異樣な愛撫の呻き聲こそ、漁者の耳には惱ましくも亦なつかしく響いて來る。そんな時漁者たちは、どんなにか故郷にある自分の妻の姿を戀ふるであらう。

暴君トゲウヲのエロの殿堂

トゲウォの雄が魚類中のサディストであることは、雌の前では全く頭の上らない蜘蛛や蟷螂とだいぶんその趣を異にしてゐる。だが疳癪の強い亭主ほど優しい時がベラ棒に優しいやうに、トゲウォだつていつも雌を虐めてばかりはゐない。

元來このトゲウォといふ奴は實に利己主義な魚で、食肉魚の大敵などに見つかつた時こそ同族互ひに一致團結するが、それ以外の場合では、食ふことに於ても、雌との問題についても、いつも仲間喧嘩ばかりしてゐる始末の悪い奴等である。けれども、雄の怜悧な點に於ては、鯛と雖も到底かれらの足元にも及ばない。なぜつて、トゲウォの雄はちやんと戀の殿堂を作つてから、そこで雌と一緒に流汗三斗の熱演を行ふ天才的な技術家だからだ。——まさか人間の夏の交はりであるまいし、汗をかくといふのは言葉のはづみである。

然し、この水中の技術家トゲウォの雄は、平素は決して雌郎どもを寄せつけない。色氣のないやうな顔をすることバンカラ書生よりも達者である。たまく雌雄相交はつて水中を游泳すると時と雖も、いつしか雌は雄の群とはなれて水面に浮び、雄は雄で深い所を選び、互ひに對峙反目しながら行軍をつゞける。まことに奇しくも怪しき魚族なのである。

だから、雄と雌とは相亂れてつゝき合ひの鬪爭をおつ始めるが、對手が對手だからなかく雌も負けてはゐない。

けれども、性といふものゝ魔可不思議は、やがて彼等に交尾慾が湧いて來ると、打つて變つたやうに溫順しくなるのである。

色氣づいて來ると先づ雄のスタイルが變つて來る。頭部の鈍い綠色と銀色とが燦然たる輝きを加へて、腹はいよく赤くなり、脊は翡翠色に映へ、白い眼が深綠色を呈して來るのだ。つまり、少女から娘への轉換期に於て、肩の肉が高まり、お乳がふくれ、臀部の肉がムッチリといぢらしく肥つて來るやうに、トゲウォだつて結婚の資格が備はつて來る。ところが、始末の悪いことには、こやつは色氣づいて來ると、益々持前の狂暴性が旺んになつて來ることで、今迄あちこち泳ぎ廻つてゐた奴が急に定住的な場所をきめ、センチメンタルな娘さんが腹を立てた時のやうに、ツーンと膨れ面をしたまゝ、身邊に近寄つて來るものがあると、雄だらうが雌だらうが、對手かまはずに喧嘩を賣りかけるのだ。そのさまが失戀した男のヤケ糞まぎれな八當りと實によく似てゐる。

この頃からトゲウヲの戀の殿堂の建築が始まる。先づ彼は適當な場所を選定し、それがきまると水中にある草の根、莖、葉などを運んで來て、其等を一つ〳〵引裂いてから一應その輕重を試驗し、もしそれが水に押流されるものであれば捨てゝ了ひ、底に沈むものだけを集めて材料にするのだ。

先づ砂地に小さな礫を底とした穴を穿ち、その上に例の植物性の材料で圓形の壁を造る。そして、もしそれが堅固でなかつた場合は己の體から粘液性の液を分泌して、丁度人間がセメントで上をかためるやうに器用な仕事を完成さすのだ。かくて工事が終るとこのいぢらしい技術家は自分の體をぶつつけたり、烈しく鰭でひつぱたいてみたりして殿堂が堅牢であるかないかを試すのである。この工事には約二三日の時間を費すが、それから更に幾日間を費して種々の設備を施すのである。つまりこれらの努力は、軈て造るべき幼魚の住居ともなるもので、多くの敵から已の子孫を保護しやうとする愛すべき父性愛の發露である。

さて、愈々準備萬端が整ふと、今度は自分の妻となるべき雌を探して來なければならない。翡翠色の背や深緑色の瞳をぎらぎらと輝かせ乍ら、凡ゆる技巧を以つて兎も角一匹の雌をつれて戀の殿堂に戻つて來る。

「どうだ、いゝ家だらう。さあ中へ入つてお出で、これから二人で一身同體の生活を始めやうではないか？」

まさか魚だから話しはせぬが、彼等獨特の戀の囁きが取交はされる。そして、雌がすぐおとなしく雄の要求を容れゝばいゝが、少しでもすねたり嫌な顔でも見せやうなものなら、雄は忽ち例のサディスムスを發揮し雌の體に肉迫し、刺で突刺したり、尾でひつぱたいたりして脅迫する。なにしろ刑法第七十六條以下が適用されないのだからどんなことでも出來る。

もし、どうしても雌が切ない要求を容れなければ、雄は止むを得ず他の雌を誘惑して來るが澁々ながらでも中に入つて來ると、今度はそれ迄の態度がガラリと變つて、そうつと雌の體を巣の中に押つけ、側面から自分の體と雌の體をぴつたりと喰付けて、壯快な摩擦が行はれるのだ。

けれども、これが人間の女と異なり、トゲウォの雌は人間の石女見たいに、性に對しては實に愛着も未練もないのである。タラ〱と二三個の卵を生み落すや否や「さあ、もうこれでお終ひだよ！」と云つた風な顏付で、急に巣を哭破つて彼方の雌の群に身を投ずるのだ。

あとに取殘された雄は、間一髮のチャンスを失つて、嗟かし口惜しいと思はれるが、こゝも亦我々人間と違つて、只それだけでいゝのである。雌が置いて行つた卵子に、己の精子をふりかけさへすれば、もうそれだけで生殖の目的は達しられるのだ。只、二つや三つの卵では雄は滿足しないので、又、日ならずして他の雌を誘惑して來て前と同じやうなことを繰返し、逃げた雌のことなど再び考へやうともせず、わびしいやもめぐらしで子供の成育が行はれる。

雄のかうした父性愛に反し、トゲウォの雌と來たら、それこそ面憎い程母といふ義務も憧憬も感じない。只、水中を尻をふり廻し乍ら泳ぎ廻つてゐるだけで、ひどい奴になると生み落した巣の中へ、てめえの卵や幼魚を喰ひに行くのだ。變態と云はふか、惡魔と云はふか、いかに畜生下道と雖も餘りに淺間しい。

それに反して、雄の殉情的な行動は、全く我々人間の心をも動かさずには置かぬ。卵が成熟して幼魚となる迄の十日間、その間こそ彼は實に不眠不休で子供を保護し、水の浸入する所があればそれを修繕し、胸鰭を動かして水に振動を與へては卵に必要な酸素を送る等、一歩も戸外に出ない純情なパパとしての役目に專念する。

軈て卵が孵化して幼魚となつても、父は子供に巣の外で泳がせない。もし、腕白者が父の言ひつけに反いて荒い水中に泳ぎ出たりすると、すぐに追つかけて吸込んだまゝ連れて歸り、巣の中に吐き出して了ふのだ。

かくして、幼魚たちが獨立して立派に生活が出來るやうになると、こゝに始めて父親としての興味が消滅し、子の群れは思ひ〳〵に八方に散亂するのである。

更に見逃せないことは、もしこの卵や幼魚たちが雌のために巣を襲はれて喰はれたりすると雄は亡き子供たちの後を追ふて、自分も亦殉死して永き眠につくといふ。

涙ぐましいパパではないか。人間のパパにだつてこんな美しいパパが幾人あらう。
まだ海の戀物語に就て書けば、鯨だとか、鱶だとか、その他貝類等いくらもあるが、もし諸
君の氣に叶つたら、この次は蟲類のサディスムスとマゾヒズムに就て何か書かう。（終）

本朝艶本解説

新守庄二

艶本解題は既に斯道の先輩尾崎久彌氏を始めとして、原浩三、岡田甫・河津曉夢の諸氏が變態趣味諸雜誌にその一端を發表され、河原萬吉氏は單行本として第二卷までを世に出され、何れも少なからず稗益させられた。

此種の研究は現時浮世繪趣味の興隆に伴ひ、もつと盛んにせられてよいものと、日頃思つてゐるところから、淺學の身をも顧みず自分の勉强の爲に所藏所見本に就いて解說を書かせて戴くことゝした。若し讀者に多少なりとも迎へられるならばこれに越す喜びはない。

尙原本は歌麿、湖龍齋、英泉、國貞等のうちから三册揃の完本を撰むことゝし、興味の上から年代順に據らず先づ英泉の「艶本美女競」を紹介する。

一 英泉「艶本美女競」

尾崎氏目錄には單に（北齋風）とのみ記載せられ、澁井氏、原氏目錄中には無いが、これは追て述べる諸種の點から英泉の自畵作たること疑ひなきものである。

半紙本　上中下三册、色刷、表紙は歌麿前後の會本の定例に倣つた帶黑色の靑、中央に淡黃色の貼題簽、至つて上品な仕立である。

序文（一丁半）英泉の自筆で頗る達筆の草書、從つて讀みづらい。原文は濁點、句讀點無く殆んど假名書きであるのを漢字に直して書いてみた。

あだし仇波よせてはかへすなみ枕蒲、毋毎にうつす月ならで、いとふるくさきわざなめれど男おうなの情のさまゝのあたり見るばかり寫しなせるは、今様の浮世繪たくみの筆くせなるべし。その昔二柱の神たち天の浮橋にめぐりあるむまし男とよがり給ふは、にはたゝきのなかたちとかいふなる、さはれ色の道はいできにけり、そが後はたかきとなくいやしきとなく愛情のやむかたなく結ぶの神の緣の糸、みちびき給へとねぎごとするもいとやさし、人たらん本意(ほい)には思ふ人に添ひ寢してむつまふ住みてこそめうと共いふべき、色の道ほど樂しきものはあらじと思へば、目出度く心を慰むるものはこれらの草紙にやわかますべくものは有りとも思はず、みやひずかくひすちにやさ女のしたゝかに抱きしめつ足もてからみつきたるが鼻息荒く腰をすちりもぢりして持ち上るをまざ〳〵と見たらんには、一千物もむく〳〵とおへたちぬべく、獨り寢の友に見る人はいかにすかおぼつかなし

淫　亂　齋

名の下に同じく淫亂齋（英泉の稱號）とした角形押印がある。

序文裏（半丁）「艶史目次」として

初(はじめ)の巻　（まだふみも見ぬ夜いくさの初陣に　初契戀(はつちぎるひ)
一娘盛りを老武者が旗上ならぬ水上は

中の巻　（人知れずこそ思ひそめしをお鯛　忍逢戀(しのびあふこひ)
一後家が先陣より熟(うま)ひ樂の謀略

末の巻　（名こそおしけれと玉莖のほまれを取る　絶久戀(たへしひさしき)
一花聟が屛風が丘に二度のかけの高名

通計(すべて)三回

次より繪に入る、巻頭半丁と次一丁の左右半丁宛美人の大首三圖があり、次で秘戯圖六丁がある。すべて極彩色の美麗なもの。

巻頭（半丁）上部欄外に「唐土上品蛸陰開面相」として牡丹を手にせる唐美人の圖

上ノ一（右半丁）「新開上兵門交盛圖」としてふところ手した右向美人の大首、着物の前袖に圓の中に泉の紋印が入つてゐるので英泉の畫作であることがうなづける。この圖は「獵奇畫報」第二巻第一號の口繪に艶畫の包紙繪として掲載されてゐる。參照されたし。

上ノ一（左半丁）「交合上手薄雪形相」としてふみを手にした左向美人の大首。

何れも青い下唇や、情をこめた眼付の妖艶さなど英泉の特色を現はした物であるが、以下の挿畫は北齋風ともあるやうに下着の裾や、袖口、ゆもじなどを縮らせた書きぶりで北齋の影響を多分に受けてはゐるが、全般の感じは何れかといへば英山に近く、男女の顔立など情味は溢れてゐるが妖艶さには乏しい、即ち英泉としては初期の作品であらう。

上の二　若殿と腰元が「しやくがいたい、おさへてくれい」「および遊ばしましたは何の御用でござります」云々

上の三　全裸の夫婦、茶臼の圖「うそから出たまことに茶臼から出たところ、女郎のほゞをしてかゝアのほゞをすると鰯を食つた口へ鯛を食ふよふなものだ、それほゞの四十八手ひだが

まらの頭へからみつき、こつぼのかりぎはまでかぶさつてア、どうもいゝ」云々

川柳に

四十八手ひだとはよくも數えたりとある。參考までに記してをく。

上ノ四　藝者と情人との出合、「お前も人に知られた身の上、私だつても顔を賣る商賣だものを後で人の笑ひ草になるよふなこともあつちあすまねぇから、しつかりしてさへおくれならどふでもなるわな」云々

上ノ五　丑の刻參りの女を犯す武士、左方に下弦の月

「我等がそなたを變化と思ひ、見現はさんと思ひのほか上ものゝ御馳走、アゝぶしのとき參りをするのはこれが始めてだ」云々

上ノ六　床上半裸體の男女、69形のポーズで互ひの局部を探弄の圖、情ありてよき圖柄である。「こんなかわいゝよい味なものはない、可愛くつて〳〵なめよふか喰ひ切らうかどふしたらよからふ」「いやまたほゞ程よい味のものは世界にあるまい、この細工はよくこしらへてある可愛いものはほゞと米の飯だ」云々

上ノ七　同じく床上の男女、女は男の一物にずいきを巻きつけつゝある態、傍に貝入の秘藥などあり「肥後ずいきの巻きよふは、もとから巻いて頭でとめるが一番いゝ、しつかりといわへねえと、ぬけがらァおいてくるとわりいぜ」「モシエ、りんの玉といふのは入れての味はいゝかねエ、こふして長命丸をつけてしたらよからうねエ、四ッ目屋の女房はいろんなことをしてみるだらう、うらやましいねエ」云々

最終（半丁）男女局部の大描き、歌麿「笑上戸」の印象風なものと異なり餘程寫實的な描き方であるが好圖である。左上方の枠内に「色情の落穴沈むときは不浮、金銀財寶を以て埋めんとすれども其深き事斗不可（はかる）おそるべし、この穴只おぼれんとすることなかれ」次より本文「上の巻より下の巻に續く物語り」として文章も三冊連續してゐるので終りに一括して紹介することゝして中巻にうつる。以上序文一丁半、目次半丁、繪八丁、文五丁

中　の　巻

巻頭（半丁）小姓と娘、抱擁接吻の大首圖。

中ノ一　客と遊女がはにかむ女の股へ男の手を差し入れたる圖、女の顔情ありてよし、右方に帯や着物をかけてある屏風があり、屏風の文字の下方に現れてゐる部分を拾ふと「淫、中、之、仙」と誌してある。これは英泉艶本の畫作中、他にも屢々見る文字である。

中ノ二　同じく遊女と客との交會、茶臼取りの態、茶臼の圖は上巻にもあつたが男は何れも足をのばさずに膝を折り曲げてゐる。文句は完全にスウハア式

「ねだ板がギチリ〳〵簟笥の鐶がグワタ〳〵〳〵」

中ノ三　うつ伏の年増を後取する男、男の着物の袖に例の「圓に泉」の紋がある。「としま(湯島)の天神様アするにやア臍の下谷の池の端へぐつとお參り申して、辨天様の口を吸付け煙草とやるのだ」云々

中ノ四　若夫婦の畫どり、青簾、釣り葱、左端に「辨慶と小町は馬鹿だなアかゝア」とお馴染の川柳を書いた團扇、右方に金魚鉢、金魚曰「それまた嫁がひるどりを始めたぜ、しまいにおれが鉢の水で手を洗ふには困る、めだかや見な、ごふきにむつくりとしたいゝつぼだぜ、見ると目の毒だ、俺と一緒に藻の中へはいらつせへ」

中ノ五　櫻樹のもとにある床几の上での取組「春雨の雨宿り櫻色のほゝべたをすりつけ〳〵どふもァ、いゝ」云々

中ノ六　亭主の留守に忍び込んで若女房を挑む隣りの獨り者「御亭主は今宵は遲いと聞いておいた。これほどわしが惚れたもので御座るからきゝわけて下され」云々

最終（半丁）女陰新開の大描き、左上方の枠内に「如斯新開（あらばち）の上品（ぜうもの）は出世の基にして、うぢなくして玉の腰をいだかせ殿様を產ては其身を寬々と暮し玉門を錦繡に包みおく一生の寶と云べし」

次で本文、以上繪七丁、文五丁

下の巻

卷頭（半丁）抱擁せる男女の大首、女の顏を主として示し、男の顏は後ろに隱れて僅に髷を見せるのみ、至極妖艶な好圖である。

下ノ一　遊女と客互ひに口說の態、女は男の帶をときかけてゐるところ。

下ノ二　殿樣と腰元との閨中「そなたが側におらぬ夜は眠られぬぞへ」「御前のお道具がわ

たくしの身内へさわりますと氣が遠くなりまして」云々

下ノ三　客と遊女の出合、左方に臺の物などあり「こんなにまじめで私が實をつくしても、せうわるの業平組だから氣がもめるよ、憎らしいヨウ」「アヽごめん〳〵そふくいつかれてはたまらねへ、おらアおめへひとり、ほかにいとしいものがあろかいな」云々

下ノ四　うたゝ寢の女のねつびをとる圖、枕元に讀みさしの草紙や煙管など「いやみに白いもゝを出してゐるのを見たから、いやみしんぞうねつびとり（岩見銀山鼠取の洒落か）とやらかす氣だ」云々

下ノ五　養子息子を挑む後家、まだ一人前ならぬ越前の陽物を左手に持ち添へて我ものにのぞませてゐる、傍に手飼の猫の背を高めに驚く態、猫が云「アヽびつくりした、若旦那が俺を可愛がるだらふと思つて、こゝへ養子にござると俺が氣嫌とりに來て寢てゐたのにおかみさんが夜這ひとは、おゝかたこんな事であらふと思つた」

下ノ六　ちと怪しからぬ間男が忍びの出合、男右手にくぢりつゝ乳を吸ふ。左方衝立の一部に「淫中仙」と誌しあるを見ゆ。「宿六に見つからねへよふに人目を包む頰かむりとやらかし

てこういふお開帳をしやふといふやつだ、世の中にまをとこぐれエ面白いものはねへ」云々

下ノ七　閨中の若夫婦、事後の跡仕末の態「サアもふこれぎりとやらかそふ、この本もしまいだから俺もこれぎりとぼししまいがいゝ」「この頃は朝から晩までしづめだから、ぼゝの皮がまらだこが出來てかたくなつてきたよ、どふぞ入れづめにして抜かねエ工夫がありそふなもんだねエ」

最終（半丁）交婦局部の大描き、右方上部の枠内に「玉門の持上げ加減にて金銀衣食を自在にし親兄弟を養ふ打出の小槌にもまさるはさせ此の子つぼにして文福茶釜の類へ毛のはへたる重器なるべし」

次より本文、以上繪八丁、文四丁

さて本文の紹介にうつる。その書出しは「所はいわずと御存知の土一升を金に土生金の町續き、大黑屋福右衛門といふ有徳なる質兩替の商人有り」何不自由なく暮して二人の子持、弟の子ノ吉を家督ときわめ、姉娘おかねは夷屋といふ呉服屋へ嫁入の相談が極まつたが、兩親の心配はまだ手つかずの箱入娘、若し聟の若い勢ひで新鉢の怪我でもさせてはと案じてゐると、乳

母のお槌が氣を利かして、番頭の白鼠四郎兵衛は四十餘の男盛り、これがよろしからうと取持つことゝなる「主人の言付そむかじとお槌はすゝめて得心させ、貸本屋から新版の枕草紙、永専（英泉自身をもじつたもの）が書いたのが氣が惡くなると注文し」娘のねまへそつと持ち行きおかねがそれを眺めてきざして來る刻を見計ひ番頭を連れ込んで首尾よく娘の水揚をさせるといふが第一段、

「おかねが聟六兵衛といふ男はもと夷屋の奉公人にて前主六兵衛が遺言して若後家のお鯛が氣に入にて實躰といへば表向にて內證のわけあつて」兩人はかねてから深い仲になつてゐるが、親類のすゝめで餘儀なくとはいへ嫁が來ては當分の內氣まゝにもされまいから、今のうちに閨中での大合戰、秘術を盡しての樂しみに疲れ果てゝの一ねむり、下女のおさせは隣の室で始終を立聞き浦山しさに身もだへするを、目を覺した六兵衛が後家とは變つて亦格別と、今度は下女を相手に大取粗の眞最中「此物音にお鯛後家ふつと目覺しせき拂エヘンく」で終つてゐる筋は至つて單純なありふれたものだが、閨中の秘戯を細叙して千變萬化の秘曲をつくす技巧の描寫は「枕文庫」を書いた程あつて實に面白く出來てゐる。

談奇風景

黑田英介

ダンス・デュ・ヴアントル

アラビアの最も有名なキターブ・アル・バー、「薫園」を讀むと、至る處でグーヌといふ言葉にぶつかる。我國の言葉では不幸にして之に相當するものがないが、要するに腹踊りの一種であるといへやう。アラビア舞踊を見たものは誰でも、あの腹と腰を前後左右自由自在に動かす動作が、性交時のそれを表現したものである事に氣付く筈である。一體東洋ではこのダンス・デュ・ヴントル（腹踊）が、女子の修得すべき最も重要な技術となつて居るのであつて、この動作の拙劣な娘は嫁に行く資格がないといはれる位である。だから東洋の娘達は幼い時からこの運動を盛んに練習して居る。

この技術の特に優秀なのはカイロの女であるといはれて居る。或女などは、仰向けに寢て腹の上へ水を入れたガラスのコップを置き、四肢を動かさず、腹だけを巧みに動かして、このガラスのコップから音樂的な律音を出すことさへ出來るさうである。

アビシニアではこの運動をデユク・デユクと呼んで居る。又同樣にこの運動に巧みでないことは、娘にとつて不名譽であるとされて居るために、一日の大部分をその練習に費して居る。この運動の目的、効果如何は敢て説明を要すまい。

秘戯壁畫

梵語でいふアサナ（姿態）は古代文學の中で可成り重要な役割を持つて居たらしい。古ギリシヤ時代には、サモスから來た未亡人フィライニスは「享樂の種々な方法」に就て本を書いて居るし、エレフアンティスは挿繪入の本を書いた。殊に此エレフアンティスの本はチベリウス帝のお氣に召し、寢室には之等の繪を飾つたと傳へられて居る。ギリシヤの文明を受け繼いだローマ人も、その寢室にかうした「春宵秘戯圖」を掲げることを忘れなかつた、とプロペルツがいつて居る。ボムペイ遺跡中にあるヴエネリウム（戀愛室）もそれを證明して居る。

同じやうなことが支那にもあつた。漢書の廣川惠王傳によると、廣川王戴は、當世一流の畫家に命じて寢室の周圍に男女秘戯の圖を描かし、そこで酒宴を張つた。隋の暢帝は色々な遊び方をして樂しんだが、秘畫を閨中に懸ける事もその中の一つであつたやうである。

しかし我國ではどうであらうか。寢室の構造が簡單なだけに、一般には行はれ難かつたらしく思はれる。尤も好色文學にはこの秘畫を飾つた寢室が時々出て來る。例を擧げると「此宿も今迄如何なる奢人かありける。眞綿を入れし錦縁の疊、寢間も名女揃の枕繪さながら、思を裸になし、是皆いたづらの畫中とも構はず靜御前を細目に描きて、辨慶が取て押へて我儘をする所、小野小町花の色深く、後付よわくして好もしき所を、虎の皮の下帶解きかけて、齒の拔けたる鬼奴が鐵の棒を枕にさせて、筋骨荒けなき手を打ちかけ、地獄極樂の境目を見せける、和泉式部若盛を釋迦如來袈裟掛けながら八千度も見には厭かぬ顔付き、又井筒の女はかくれなき業平の妻なりしに、河野内通の留守の間へしかけ、孔子の偸まるゝ所、朝に道を聞き夕に首を切られよとまゝよ、扨て子孫は是でこそ出來もすれ、見臺に目をさらし、諸分を穿鑿するに此事より樂なしと思ひ入のやりくり、此外斯樣に思ひもよらぬ取合も可笑しき中にも氣を移し、堪忍のならぬ樣に拵へたる座敷なり。」―（色里三所世帶大阪の卷）

かうした秘畫が寢室の中で男女の好色的想像を助ける事は言ふ迄もない。

性的見世物の諸流

見世物と云ふと先づエロティックである事が本筋らしい、と原比露志氏が云はれる。事實江戸末期の頽廢期などには特に猥雜な見世物が最もはゞをきかせて居たやうである。天の意和戸ふいたか八文、やれつけそれつけ等々はその尤たるものであつたが、維新以後は法律を以て禁止されて了つた。それでも、度々引用される話だが、明治五年愛知縣飛保村曼駄羅寺の開帳には、當今上海などで見せる例の「活春宮」（男女秘戯）式の見世物があつたといふ。ところがそれよりも一歩を進めた芝居がかりの活春宮が今から八百年も前我國に行はれた記錄があるから驚く。後冷泉帝代の消息文に「雲州消息」といふのがある。その中の一節に、

「又有散樂之態、假成夫婦之體、學衰翁爲夫、模姹女爲婦、始發艶言、後及交接、都人士之見者、莫不解頤斷腸、輕々之甚也」

（註、散樂は古代演劇の一形態、又頤を解き腸を斷たざるものなしとあるが、斷腸には意味なし）

成程輕々の甚しき也には相異ないが、閨中の秘戯をアハヽと笑つて見て居たと云ふのだから昔の人は隨分呑氣だつたやうである。

親子鑑定法

「子の眞の父親を知るものはその母だけだ」と言つた北歐の文豪がある。大岡越前は血液の混合によつて天一坊が將軍の子であるかどうかを判斷しやうとしたと云ふ。この文豪が越前守の話を聞いたら躍り上つて喜ぶに違ひない。血液の混合ではないが、血液型の比較で父子關係を鑑定することは現代の科學も採用して居る。例へば賣笑婦が父なし子を生む。そこでめぼしい男を集めて來て、その血液と生れた子の血液とを比較調査して見る、と、兩者の父子關係が科學的に發見出來る、といふのだが、「父に非ず」とは云へるけれども、「父なり」とは斷定出來ないさうである。

昔の人は勿論血液型などは知らないから、短刀か御墨付でも持つて居て、少しでも似て居れば、之正しく殿の御落胤に相違なしと云ふことになる。が生れ落ちて問もない子の父を鑑定するには顔の似て居ることが充分に認められないであらう。之に困つて、と云ふわけでもあるまいが、胎盤を使つて父を探し出す事を發明するものが出て來た。胎盤（えな）を水につけると父であるべき人の定紋が表はれると云ふのである。今でも愛知の或地方では胎盤を使ふ事があるさうであるが、水につけるのではなく燒酒で洗ふのださうである。簡單至極な鑑定法だが、容疑者（？）の中に同じ紋所の男が居たら困るであらうし、又次の樣な場合もあるかも知れない。

「誰やら父もしれぬ子をはらみし下女あり、はたしてうみ出しければ、内のうばやら物ぬひやら、大勢寄り合て申すやう、さて其方はいつのまにか、かやうに子をはらみしぞ、夫はたぞゝまず言や、とせめかくれば下女赤面して何のいらへなし、其時物ぬひかう者なるものにしてか樣な男のしれぬ子には親のしり樣がござる、たらひに水をくみ、胞（えな）をひたしますれば、男の定紋が胞にあらはるゝものと傳へました、とたらひに水くみえなをひたし、さあ〳〵うば殿御らんなされ、どれ見ませう、とのぞき手を打つて、是れはしたり、紋くづしぢや。」（新話笑眉巻一）　これでは生みの母でもわかりかねるだらう。恐らくこの方法は、産湯を使はせる時など、偶然に胞が水に遇つた所、男の紋らしいものがあらわれたことからでも作り出した民俗に違ひない。

それ吹けやれ吹け

江戸の性的見世物の中で有名なそれ吹けやれ吹け、ぐらいは誰でも知つて居やうが、是迄に現はれた文献には大事な事が一つ落ちて居るやうだから、補足的な意味で一寸記して置く。それは例の煙管の構造である。このきせるは相當長いもので、客は之を啣へて雁首を太夫の前へ突き出して、唄が「それ吹け、やれ吹け」になると吹き立てる、まではわかるが、誰も満足に吹けない、といふのは唄がおかしい外に、煙管の先に豆玉が詰めてあるために、可成り力を入れてふかなければ、豆玉が飛び出さないからである。力を入れて吹かうとして居る間に、大夫の身振や、唄の文句が先に笑はして了ふから吹けないのである。だから、その時吹かないで吸つてしまつたらなど丶云ふ想像は出來ないわけである。

蜜月考

結婚後の一月をホネイ・ムーンと云ふことは誰でも知つて居るが、さて何故蜂蜜月といふのだらうか。蜜の如く甘美なる時だからぢやない、と思つたこともあるが、しらべて見るとさうでもないらしい。昔、チユトン族では、結婚後一月間新郎新婦は蜂蜜を食ふのを常としたのでこれから新婚後の一月をホネイ・ムーンといふやうになつたのださうである。そこで又疑問が起きるのだが、何故蜂蜜を食ふのだらうか。之は永い間判らなかつたが、その後世界のカーマ・シヤーストラを多く讀むに及んで、略々その理由を推察することが出來た。へと自分は思つて居るのだが）

云つて了へば何でもない。實は蜂蜜がアフロディイジアツクとして盛んに採用されて居るのである。內用の强精劑としてのみならず。媚藥として外用さへ出來る。カーマ・スートラ、ラテイラハスヤ、リザト・アル・ニーザ、キターブ・アル・バー等々東洋の生んだ愛の經典を讀んだ人は、いやになる程蜂蜜と云ふ字にぶつかつてゐる筈である。ネフザウヰの「薫園」に次の

様なコントがある。（原本二十章ゾオラの話）

昔、或る偉い王様が満月の如くに美しい七人の王女を持つて居た。所が、この王女達は皆まるで男の様な行動を好み、縁談などは少しも聞きいれない。その内に父王がなくなつて、一番上の王女が位に即いた。この七人の美しい王女の中でも特に美しいのは第七女で、名をゾオラと呼ぶ。そこで、神様の思召でこのゾオラを一人の若い騎士が戀ひ慕ひ、如何にしてもこの王女を得んものと乞ひ願つた。

で、この騎士アブー・ヱル・ハイチアは親友のアブー・ヱル・ハイルウクと黒奴のミウムンとを連れて宮殿に忍び込み、ヘルクレスの如き勢力を發揮することになるのである。

偖て、この時彼等がどうなるかは各自に讀んで頂くことにして置いて、彼等がアフロデイジアックとして何を用ひたかを聞かう。

アブー・ヱル・ハイデアは、水の外には牝駱駝の乳と「蜂蜜」とを求め、食料には肉と多量の玉葱とを入れて煮たエヂプト豌豆をとつたし、アブー・ヱル・ハイルウクは肉と玉葱の外に玉葱から搾り出した液汁に蜂蜜を混ぜたものを要求した、との事である。

又「新羅法師秘密方」に性的秘藥として蜂蜜の外用内服を推奬して居る。そしてその效用は福德復萬倍、氣力七倍、所求皆得、無病長令、盛夏招冷・隆冬追溫。しかも鐵鎚一般だと云ふから心强い事限りなしである。それから扶桑記には、さる高貴の方が蜂蜜によつて性的神經衰弱を完全に追ひ拂つたと云ふことが書いてある。

言語の異同

灘波の葦は伊勢の濱荻と云ひ、所變れば品（恐らく名であらう）變ると云ふ。我々が何ら淫猥でないと思つて使つて居る言葉も、處變れば、とんでもない意味になることがある。例へば「ポチ」などは、本州では犬の名ときまつて居るが、朝鮮でポチと云へばヨニのことを指す。妓生と散步して居る途中で犬ころにポチなどと呼ぶべからずである。柳里恭の隨筆「獨寢」によると、甲斐の國では氣の落付くことを、よう氣がゆきましたと云つたさうである。親の前でも云ひにくいとあるが蓋し眞實であらう。林笠翁の「仙臺閑話」に云ふ「不ㇾ知名目」ニハ至テ可ㇾ笑コト有リ。元信以來ノ畫家ニハ周信、探幽ヨリ高手ハナシ。探幽ノ名印アル畫ヲ長崎ニ來

ル華人ガ見テ、腹ヲ抱テ笑フ。俗語ニ探幽トハ陰口ヲサグルコト也」。(終)

西洋談
奇秘話

二人の破戒僧

談奇黨編輯部譯

女犯破戒僧を殺した話

あるナポリの僧院の主長が（特にその名と宗派を秘す）立派な身分の人の妻である若く美しき夫人に戀をしてゐた。で、どうにかして目的を達したいと思つて、哀訴したり甘言を以て誘つたり、數々の見事な贈物をしてその意を迎へやうとしてゐた。しかしこの夫人は實際非常に貞潔で、彼がどれほど心を運んでも平然として相手にならなかつた。

その夫は、ある時五六日の間留守にすることが出來たが、彼の妻に有効な恐怖心を持たせて置かうとして、出發に先立つて陰門の入口の長さを計つて置いた。

「この長さを保つてゐなさい。私はそれの寫しを持つてゐるから。そして今度私が歸つて來たとき、お前の玉門がこれよりも大きくあつても小さくあつてもならない。もし私が計つて置いた寸法に違ふやうなことがあると、お前を殺すから、そのつもりでゐなさい。」

さう言つて、彼は馬に乘つて出發した。

この正直な素朴な妻は、何事によらず夫のいひつけはいつも守るのであつたが、毎日玉門の大きさを計つてゐるうちに、それは交接を止めてゐれば當然さうなるのが普通であるが、前よりも小さくなつてゐるのを發見した。この收縮に氣がつくと、女はもう萬事休矣と思つて、せめて死ぬ前に神の恩寵を受ける身となつてゐるために懺悔することを決心した。

彼女は夫の言ひ殘した言葉を信じ切つて夫に殺されると思つたからである。

そこで彼女は僧院に行つて和尙樣に會つた。これは久しい以前から彼女に夢中になつて片思ひをした坊主である。それで彼女が訪ねて來たのを見ると、その用件を尋ねた。

「懺悔をさせて頂きたいからでございます。」と夫人は答へた。和尙は喜んで引受けたと言つて、禮拜堂の一番奧まつたところへ案內したことは想像に難くない。其處へ連れて來ると彼は夫人を跪かせて型通りの言葉で告解の儀式を始めたのである。

夫人は純潔そのもの丶化身であつた。彼女は淀みなくこの事件を打明けて語つた。

「妾の夫は、出發間際に妾の前の寸法を計りまして、その長さを二つの膽本にして一つは自分が持ち、一つは妾のところへ殘してまゐりました。夫は神樣を證人に立てまして、歸つて來たとき、これよりも狹くなつてゐても廣くなつてゐても妾を殺すと申しました。始めの中はこの長さにすこしも變りはありませんでした。しかし昨晩計つてみますと前よりはずつと狹くなつてゐるのでございます。それで夫が戻りましたら妾は殺されてしまふのではないかと、そればかりが心配なのでございます。そしてこの爲に、妾はせめて死んでゆく前に、妾の罪を懺悔しておかうと決心したのでございました。」

坊主は、かうした無邪氣な心持を發見して、これを利用して巧いことをしやうと決心した。

「それなれば、御心配には及びませぬぢや。今のやうな有樣になつてゐるあなたの玉門(かくしどころ)を、元のやうにする間違のない適當な療治がありますぢやて。」

「まあ。左樣でございますか。それをお願ひ出來ましたらほんとうに結構でございます。」

すると和尙はあたりの暗いのを勿怪の幸と、裾をまくつて、いきなり此上鬪へといとも巨大なる陽物をさし入れたのである。彼の前に罪の告白に來た女の心を苦しめた原因である收縮はこの場合甚だ結構であつた。そして充分腰を使ひながら、續けさまに二度彼女を喜ばせたのである。それから割目の長さを計つて見ると、丁度正確な大きさに戻つて、夫の要求した寸法とぴつたり一致させてやることが出來た。

「なそれ。これで丁度合ひましたらうが。御主人のお歸りまでは毎日こゝへ來られたがよい。あなたの身に萬一のことがあつてはならぬから、わしが毎日面到を見て進ぜやう。」

夫人はこの指圖に從つた。坊主は毎日充分に滿足できるまでヴエヌスの快樂を耽ることができた。

やがて間もなく夫は歸つて來た。ある夜、二人がいつものやうに一つ寢床の中で寢物語をしてゐたとき、夫人は言つた。

「ねぇあなた。神樣にお禮を申さなければならないことがありますのよ。妾はあなたがお歸りになつたら殺されるものと覺悟しておりましたの。それといふのは、あなたがあれほどお申し付けになつた事ですけれど、妾の身體は、御出發の前にあなたが計つてお置きになりましたのよりずつと小さくなつてしまひました。それで僧院の住職樣が、すこしうるさい位でしたけれど、僞になる療治をして下さいましたものですから、あなたが自由にお樂しみになれるほどの大きさをちやんと保つてゐることができたのです。」

これは炎に油をそゝぐものであり、火事を吹き起すものであり、復讐の神に鞭を加へるものであつた。この言葉に現はれた結果の想像はどんな感銘を夫に與へたことであらう。彼は腹立まぎれに顎の髯をひきむしつてしまつた位である。しかしまた一方で考へてみれば、妻の素朴な氣持がよく了解された。もし彼女が意識して悪い事をしたのであつたら、勿論このやうな罪すべき行爲を沈默の中に靟つてゐたことであらう。そこで彼はこの問題には無關心であるやうな風を装つてゐた。しかし流石にその夜は一晩中暗い思念に惱まされ通しであつたのは無理もない。

朝日の光がさしそめると、彼は飛起るやうにして、婦人の服をまとつた。(これは造作もないことである。顎の下の毛を引抜てあつたから)そして晝ごろから夕方になるまで僧院に頑張つてゐて時を過してゐた。さうしてゐるうちに、彼の姿を見たものがあつた。それは寺院の各室の扉をしめることになつてゐる番僧で、早速この發見を破廉恥な僧院長の許に報告して褒美にあづからうとした。

好色無慚な和尚は大急ぎで迎へに行つた。そしてこの變裝してゐる女を食堂へ案内して、菓子やタルトや糖杏（ボンボン）といつたやうな、いろ〳〵な甘いものを御馳走した。

　この結果として、坊主達の中には誰がこの女と一緒に寢るかといふ大議論が始まつた。流石はかうした破戒僧達の主長だけあつて、僧院長は、珍味ずきな坊主達が言ひ爭ひの結果、あまり極端にわたるといけないと考へたので、女に向つてから言つた。

「この中からどれでもお好きなのをお選びなさい。選に外れた他の者の部屋の扉は、この神聖なわしの手によつて內から閉けられぬやうにして進ぜる。さうすれば、どれほど戀の快樂を盡されやうとも、氣兼も遠慮も頓といりませぬ哩。」

　すると、僧侶達は各自に、ある者は金を、あるものは寶石を、金銀の器を、立派な着物を、眞珠を提供しやうと口々にわめき立てゝ、その歡心を得て選にあづからうとするのであつた。しかし彼女の若い夫は、自分の名譽が侮辱された復讐をするためであるので、實に僧院長その人を選んだのである。

　和尚は他の坊主共を外から締めこみにして置いてから、女の手をとつて部屋へ引入れて、自分で早速寢床の上にとび上つたが、彼女はいかにも恥しさうな風をして、こんなことを彼に言つた。

「妾と一緒にお寝みになりたいのなら、あなたのお手と足を縛らせて下すつてからでなければ嫌ですわ。妾まだこんな事したことないんですから、あなたが思ひ切つた亂暴をなさると、生娘の身體がこわれてしまひますから。」

何しろ和尚は惚れた弱味があるので、言はれるまゝに唯々諾々と手足を縛らせた。そこでこの破戒僧がまつたく自分の手中に陥つたことを知つた女裝の夫は、いきなり坊主の足をつかんで床へ引摺りおろすや否や、散々にふみにじつて、引掻いたり噛みついたり、節くれだつた棍棒で身体中を所嫌はず滅多打に打ち据えたのである。

「やい。悪黨。これが己達の家庭を亂した貴様の罪の報ひなんだ。貴様はよくもよくも己の女房の無邪氣を弄みやがつたな。散々勝手な眞似をしやがつた天罰はそれこの通りだといふことが少しは骨身にこたへたう。」

和尚は傷の痛みに堪えかねて、たゞ呻くばかりであつた。息も絶々の口の下から、寺に住む坊主の名を誰彼と呼んでは救を求めるのであつたが、仲間の坊主は、彼の幸福を羨み抜いてるるばかりで、その呻聲にしても、處女が蕾の花を散らされる苦痛の聲であると思つて、更に相手にしなかつた。

「しつかりおやりなさい。手入らずの新開の水揚は悪くありませんな。精々お樂しみなさいまし。チエッ。」

一方はそれどころか、實に慘膽たる光景を呈してゐた。散々に打ちのめされて蟲の息となつた和尚は、五體の骨がバラ〳〵に離れてしまつたかと思はれるほどで、半殺しの憂目に會つてゐた。

彼は床の上にすつかり伸びてゐる和尚をほつたらかしたまゝ、金の入つてゐる袋を一つ徴集して、自分の家へ驅け戻つた。

寺の坊主達は正午になるまでしめこみを食つたまゝでゐた。この時刻になると、一人の坊主は空腹を我慢しきれなくなつて、部屋の扉を押し破つて、僧院長のとこへ來てみると、驚いたことには、和尚が氣を失つて倒れてゐたのである。彼はまづ仲間の坊主達を開放した。

彼等は思ひがけない僧院長の體たらくに驅け集つて來て、いろ〳〵と介抱を盡した甲斐があつて、息を吹返したのでどんな出來事が起つたのかと口々に訊ねるのであつた。しかし僧院長の手前、云へば自分の悪事を喋らなければならないので、啞のやうに默つてゐた。

彼がこうした有樣でゐると、夫の方ではまだ坊主が憎くて仕樣がないので、小屋の方の入口からまた僧院へ乘込んで來た。今度は醫者に變裝してゐるのである。坊主達は善い折に醫者が來たといふので、渡りに船と早速彼を僧院長のところへ案内した。

夫は鹿爪らしく醫者になりすまして、容態を尋ねた。すると僧院長の次の役僧が之に答へて言つたのである。

「先生。昨晩の十時頃でございましたでせうか、和尚樣は禮拜堂へ降りて行かれやうとなされて、階段の上から誤つて足をふみはずして御覽の通り手足を挫かれたのでございます。こゝに御小水がとつてございます。」

醫者はそれを檢査する風をしてゐたが、事もなげに診斷を下したのである。

「この御小水を拜見致しますと、これは高い處から落ちられたのではございませぬて。何かかう棒のやうなもので强く打たれたのだとお見立て致しますがな。」

そしてその徴候を説明するやうにして、

「ほれ、こゝに一つ、また二つとな。ちやんと現はれて居ります。」

僧院長はその通りだといふ合圖をした。坊主達は驚いて囁き合つた。

「このお醫者はエスクラプ樣の再來でござらう。何も事情を知らぬのに、手に取るやうに見立てが出來るとは偉いものでござりまするな。」

すると醫者は上着を脱いで、患者は直に癒ることができるから安心をするやうにと言ふのであつた。

そこで彼は火をドン〳〵と起させて、油を一杯に入れた大釜をその上にかけさせた。それから彼は坊主達に近所の草原からこれ〳〵の藥草をとつてくるやうと言ひつけて、皆を外に出した。後に一人だけになると、

「和尚樣。お氣の毒だが、これ程までに非道い目に會はしても、俺はまだ腹の蟲が收らない。それで貴樣の息の根をとめてやるために、煮えくり返つた油の中で釜うでにして極樂往生をさせてやらう。さうすれば貴樣は何と聖人の列に入つて、暦に名前が出やうといふものだ。貴樣

に諡福者の尊號を送られるやうにしてやつた張本人は誰だといふことをよくのみこませるために、言つておいてやるが、昨晩貴様をひつぱたいたのはつまり俺だつたのだ。」

かう言ひながら、彼は坊主を釜の中へ投げ込んだ上、共同の財産としてこの和尙が保管してゐた金を全部とり上げて、その部屋に醫者の服を脫ぎすてたまゝ、姿を消してしまつたのである。彼はお蔭で素晴しい金持になつた。

ところが、坊主達が歸つて來てみると、和尙樣は釜の中で大往生を遂げてゐたので、いづれも心から哀悼の意を表して、これをひそかに埋葬したのである。それから彼等はその宗派の僧侶一同に對して、爾後寺へは一切の女人禁制と云ふ布告を出した。それでこの規定は今でも續けられてゐるといふ譯である。

托鉢僧

一人のフロレンスの坊樣が、或る日の事托鉢に出て、偶然セエルの原からラボラノへたどり着いた事がある。この坊樣はサンタクロチエ寺の坊樣達の尊い宗派の者であつたが、このお宗旨は財產や智力のかはりに、貧困と無智との德とを神樣にさづけられたものである。彼が報謝を乞ひに寄る樣になつた處は若い女の家であつた。この女は可愛らしい目のさめる樣な美人であつた。そして坊樣も亦若かつた、彼はまだ三十にならない年頃であつた。この美しい人を見ると、隱れた惡魔の爲にそゝられて、或は更に適當の言葉を用ひれば、坊樣にあるまじき破戒の想ひに曇らせられたのである。彼はどうしてもその氣勢を轉じる事が出來なかつた。そして神の愛の爲に報謝を乞ひながら如何にもあはれつぽい樣子をした。若い女はその日はいゝ事をする心持が無かつたので、すげなく斷つたのである。

坊樣はこの時すでに或る計畫が頭の中に出來上つてゐたので、この男好のする女の報謝を得る爲に、どうにかしてだましてやらうと思つて居た。そしてこの家を離れるにしのびず、ぐずぐずしてゐるうちに愛の神がたすけに來てくれていつもの習慣通りその首を折つてしまう事をたすけ樣として彼に坊樣らしい計略をふき込んだのである。これによつて彼はその女を弄ぶことが出來る樣になると想はれた、女の物吝みをよく承知して居た彼は、あらためて布施を願うのであつたが、出來るだけ善く見せ樣と如何にも信心深い樣子に力めた。

前にも言つた通りその若い女は更に善い事を仕樣といふ心持がなかつたので、そのまゝ返さうとした。然しそれは坊樣の趣味に合はなかつた。彼は女が下りて來樣ともしないし、窓の所にさへ出て來樣とさへしないので、心の中は大變不愉快であつた。彼は坊樣達に似つかはしい猫かぶりで、かう云つたのである。

「奥樣、私がほどこしを受けました新しい肉を一斤買つて下さいませぬか、我々の宗門では今日肉食を致すことが許されて居りません、それで猫や犬にやつてしまうかはりにこれを賣るか何か他のものと取換へたいと思ふのです、もしあなたか新しい肉がお入用なら、全く新しい……………。」

飾り氣のない女は、直に彼に答へた。

「御無用ですから、行つて下さい、妾は肉なんぞ入用でもありませんしほしくもありません。第一只今お金の持合せがございません、神様があなたをおたすけ下さるでせうから、出て行つて下さい。」

かういふ素氣ない言葉をきくと、坊樣は又言葉を續けて、

「奥樣一寸でよろしいから下りて來て下さい、私達は相談し樣ぢやありませんか、私はどうも捨てるのが惜しいからお代は戴かなくても、これは差上げませう。それで其代りに、栗かりんごか、それでなければ何でもあなたが私に下さらうと思ふものでよろしいから取代へて頂き度いのです。兎に角私はこれを棄る事は出來ませんから、他の人に差上げる位なら、あなたに上げたいと思ひます」この惡僧は言葉たくみに說き伏せたので、それを聞いた素朴な若い女は、立上つて肉をもらふ代りに何か上げなければなるまいと思つた、その肉は何かのたしになるし自分の家の葡萄畠で働いてゐる百姓に食べさせてもよいと思つたので、打つて變つたやさしい聲を出して彼女は云つた。

「では待つて下さい、妾はその肉だけのパンを差上げますから、」

坊樣は實はかういふのを待つてゐたのである。彼は鐙を引しめて鎗をかまへた。かうなればもう彼女と鎗仕合をしたも同樣である。と思つて大變喜んで、そのお情けにあづかるのを待つてゐた。

單純な若い女は縫物の仕事を置いて、秤を取出しに部屋の中に入つた。そして坊樣に上げるパンを一斤計つたのである。彼女は家の外に下りて行かうとしてゐた。すると坊樣は自分の計畫の實行に更によくそなへる爲に、何時か知らぬうちに家の中に入つて來てしまつた。そして彼女の來方が遲いので、彼はかう云ひながら女をよんだ。

「早くして下さい、奧樣、肉はもう一斤半になつてゐます。」

私が云つた通りその女は下りて行かうとした所であつたが、こんな事を坊樣が云つてゐるのを聞いて、彼が自分をだますのではないかと疑つたのである。概して女といふものは少し疑りつぽいものである。彼女は肉がふへたといふのはどう云ふ意味であらうかと考へた。然しすぐに坊樣の惡い心持を察してパンと秤とを其儘にした。一方坊樣の方では猶叫びつゞけてゐる。

「早くして下さい奥さん、肉はもう二斤になりかゝつてゐますから。」

女がかうして坊樣に困らせられて居た時、折よくも夫が一人の下男と一緒に歸つて來た。庭の中に入つて音をさせない樣に何時も歸つて來るのに、近道である路を通つて部屋の中に入つて來た。そして來て見ると彼は自分の妻がひどく屈托さうに、ぼんやりしてパンと秤を側に置いて居るのを見た。彼女は夫の姿を見ると總ての恐れを振い落してしまつた。彼女はすぐに夫に、だまつてゐろといふ合圖をして、部屋の中に連れ込んで今までのことを小聲で話をした。夫は極く面白い氣質の人であつたので、その話をひどく喜んだ。彼は下男をよぶと坊樣の惡辣なことを知らせた、二人は棒をもつて來て、それを二本に折つて、それから妻に坊さんをよんでくる樣にと命令した。つまり坊さんの提供するものに支拂をしてやらうと思つたのである。

二人は息を殺して部屋の中にかくれてゐた。

夫の言葉に隨つた妻は、坊樣をよんで彼にかう云つた。

「神父樣、上つてゐらつしやい、あなたが肉を取換へ樣とお思ひなら、妾の方でも充分な事をして差上げたいと思ひますから。」

坊様は自分の重荷を下すことが出來ると思つたが、事實はこれと反對に、木を背負はされる事となるのである。階段の上まで來ると、飢えた狼の如く彼はパンの袋をなげすてゝ、物をも言はず女の上におどりかゝつた。この女は、かういふ仕向けをされて、非常に怒つて金切聲をあげた。

「あれ何をなさるのです、何ていやな坊主ね、惡黨。助平野郎、何をするんだ。」

彼女がこの言葉をいふか言はないうちに、部屋に隱れてゐた夫は、下男と一緒に飛び出して來た。すると坊様はすでに女を押し倒してゐるので、猛烈に腹を立てゝ坊様の上におどりかゝると、その勢で一緒に轉つた位である。それから二人の男は坊様を女から引離して續け様に棒でなぐりすへた。そのはげしさには、さすがの坊様もどうする事も出來なかつた。この不幸な人間が最初の一擊を受けると、足の間で非常に大きくなつてゐた肉は、段々と小さくなつて、しまいにはすつかり縮み上つて、一斤だと云つたのが一オンス位になつてしまつた。その替り腕や頭の上に何斤も肉がふえたのである。かうしてすつかりくたくたにして坊様を家の外に放り出したのであつた。（終）

東海道中色行脚

十返舎十九

處は御江戸の眞中橋、浮世小路の助兵衛長屋に、夜毎四太八、矢鱈九次郎といふ女牛酔の陰門上戸、廣いお江戸に好次方の女は有れど下女子守も振向いて見ぬ駄面不男、地色をせうにも氣が利かず、女郎を買へば振られる故、詮方つきて兩人は、ある時寄合ひ咄すを聞けば、

「馬の後足も田舍芝居では熊谷の役を勤めめぐむにや當も路考を眞似て入れたと聞けば、兎角俺達は在郷の小便臭いに縁がある」

「さうだ〳〵、陰門の修行は業平も、田舍や旅で落を取れば、東海道から始めやう」

と相談に結着して二人は旅の用意をなし、曉近くに發足して早々高輪の出茶屋の見世先、

「九次さん此處で一服やらう」と腰かくれば女二十一二の婀娜者なり。茶屋風にもあらねば園ひ者とは知られけり。

「これはお早う御座ります、どちらから」と色々の世辭咄し、

「九次さん剛氣な生花で熱くなつた」と、浮かれ居る。女はそ知らぬ振にて、捨茶を持ち來れば、據なしに出て行きつゝ、

「四太公、今の惚氣で一首やりやせう」と取敢ず、

鼻の下長い高縄のろけ面　　まら義を立てゝせんずりかく寺。

「また例の嫉妬か、今に見なせえ、ひる辨當はお美しい鶴見の饅頭、一把位は奢りやせう」

「いや口計り」と行く程に、粋な八ッ山品川宿、戀しき人に逢ふ彿。

「九次さん品川女郎衆はどうだ」

「うゝ品川か、品のよいので開帳を拜みやんした拜みんす」と、背山の夢も鮫津より、別れを告ぐる鈴ヶ森、又も何時かは大森と、花の香もなつかしき、六郷の渡しも越へて其の名さへ、千代を壽ぐ萬年屋と云ふ茶見世へ休み、仕度せんと腰かくる。

「河豚（フグ）のようなが四太公も好きだからいゝの」

「そんな事云ふと大家の助兵衛が話をするぜい」

「御免だく〳〵」

「旦那へ私のようでムりますか」

「什してく〳〵」小女二三人立來り、

「旦那お前樣は色は黑くて、鼻は開いて目は細く、齒が反つ齒で丈は低く瘦せて肥つて、

「エヽ忌々しい奴等だ勘定はいくらだ」

「あい女房なら七両二分さ」と言ひ棄てゝ行く。あとへ馬士來り、

「旦那方、歸り馬だが安く乘らしつて下さえまし」九次郎四太八、神奈川迄と値段も決めて直に打乘り、様々無駄口に出行きつゝ、

「コウ四太公お前これから何處へ行く心算だ」

「何でもお前と一緒に行くのさ、もし行き當つたら屹度河か山がありやせうさ」

「河があつたらどうする」

「河があつたら褌も取り手拭一つで飛込むさ、モシ熱ければうめるさ」

「朝湯ぢアあるめえし」

「もしいゝ美女でも居りや抱付く、身投さ」

「ハヽヽ、そして山はどうする」

「山はチツト手輕るい、いさり〳〵昇るさ」

「さうすると什なる」

「ひよつと仆れると處の厄介だから駕に乘して越して呉れるのさ」
「ワア此奴は手重い、そして腹が減つたらどうする」
「錢を出して食ふのさ」
「錢がなくなつたらどうする」
「食はずに死ぬ」
「死んだらどうする」
「目をねぶる」
「目が開いたらどうする」
「また步るくのさ」
「ワアハヽヽヽ」
「いやはや此の旦那方はけちつ臭い事ばかり言わつしやらアよ、コウ伊賀よ、謎をかけべい、馬の無駄蒸（ムダマラ）とかけて」
「そりや錢のない旅人二人連をいふこんだらう」

「その心は」
「ひん〳〵どう〳〵」
「ハアくつしやみ　あゝ眠い〳〵」
「鞍ずれであゝ氣が悪るくなつた、一本掻かうか」
「アヽもし〳〵其處で掻いたら落つこちますべいによ」
「馬から千摺りおちの人はどうだ〳〵」
「アヽわるし〳〵、俺も地にらう、だらり〳〵、更張り出ねえ、ぢぐり〳〵」と云ふ中馬かつくりとけつまづく、吃驚して、
「おや地ぐりとした」
「ブウ〳〵ヒン〳〵」
「どう〳〵」げに旅は氣散じな物なり、世間構はず高聲に咄して行く程に、漸々神奈川の龜屋と云へる奈良茶屋の軒端につなぐ、二人共馬より降り爰に仕度をして名にし負ふ神奈川の臺に登るに茶屋軒を並べ、崖造りに造りかけし座敷より近くは本牧十二天の森、遠くは相模灘を見

晴し、風景よき處なり。家々より女共立出でゝ往來の旅人を引留むる、何れも美しく塗り立てゝ大めかし。

「あれ見さつし江戸にもねえ美女(たぼ)だ、おれが引張られて見せやう」と態と娘の傍を通りながら

「あゝ腹が北山と來やァがつた」と云へば、女よい客と見て捉へむとするをもぎ離して逃げる。

「エヽ忌々し、あの箆棒阿魔め」

「箆棒とは主のこつた、粋狂に眞赤となつて逃げるなりが可笑しい」と出鱈目に書きつける。

　　道中の女はみんな鮹陰門(タコツボ)か　客さへ見ると吸付たがる。

それより早々程ケ谷の驛に入る。玆に潔間下の立場といふあり、この山際の小高き處に少しの穴あり、これを富士の人穴と云ふとぞ道中双六に見えたり、旅人を乘せたる馬士、怠けたる聲にて

「富士の人穴馬でも這入る、何故にお方にや穴がないドウ〳〵」

「九次さん此處へ休んで富士の人穴を見やせう」

「穴なら尻の穴迄見抜くがいゝ」と見れば、此の茶屋に休んでゐるは田舍道者計り、田植と云

ふ身で十人連れ、男と云ふは唯一人のおぼけ爺是れ宰領と見えたり。

「あれあの餅を食つてゐる娘は江戸磨きにすると何處の孃さんと云つてもいゝ」

「成程美しい代物だ」

「あの爺が面アみや、しもけた安本丹の干物と云ふ面だ、茲に俺が一法ある、手前が息子だと云つて俺があの爺を河童の尻とやらかす中、手前娘を引き見んたんは什だ」

「此奴は奇妙々々、これより玉門（ボボ）修行の始まり〳〵」と小聲にて喋し合はせ、何食はぬ顔で腰をかけ、

「もしお前樣は何處だへ」

「私共ァ房州めら」

「なにまらだ」

「こら伜何を云ふ、めらは生きた干物の出る處だ、のう爺さ、大勢女中を連れてお前大きな御苦勞だ」

「アイ村中の見立に與かつて宰領に來ましたから、何でも女共の尻さアかッほじられたちやな

らねえと、夜ぴてえまんちよりともしましねえから、晝間歩きながら眼玉アおんねします」
「足がよく合點して歩くの」
「なにさア足はばんげおん寢かしますよ」
「體を半分づゝおん寢かすの、そして前のものを寢かすは夜か晝か」
「コレお父あん何を言はんしやる」
「時に笠の書付けを見れば大山參りと見えるが、よく高山へ女衆が參りなさる」
「モノ在所ぢやア大山樣へ參らぬ女はおつ嫁付く事ア成りましねえ」
「そんなら江戸へ嫁付きはなしか」
「モー身上さへよくば」
「モシ私も江戸では多良福屋孫左衛門と云ふ分限さ」
「あのお前方がかえ」と、じろじろ面を見る故、目ぱちぱち、
「伜、供の者はもう來さうなものだ、ほんに、それはそうと此處の富士の人穴へ這入る者は一生下の病をしねえよ」

女共聞きより

「そんだら私らァお穴へ這入つてきべいよ」

「おんらアもおつばまるべい」と皆々立騒ぐを

「あゝこれ〳〵、たつた一度でも男に逢ふた女が這入るとお穴が穢れて淺間樣の罰が當り、忽ち癩病坊（カッタイボウ）になるによ」と聞いて女共皆男の覺えあるかして默んまり、

「いやなに倅、お主はまだきそじやな」

「はい〳〵」

「そんならあの穴を拜んで來やれ、娘子さんは什した」

「おらが娘どんなざア、チツト計りもお洒落の處置つ振はムらねえのよ、おこも女郎、小旦那とうしんにお穴を拜んで來なさろ」と云ふ故、仕てやつたりと四太八は娘を連れて人穴へ詣る

少し小高き山へ登るとて

「おつと危い」と手を取り到頭穴の中へ引込めば

「おりやこりやァ奥の知れねえ穴だアもし」

「お富士樣迄拔けてゐるとさ、時に女は前を捲つて穴の奥へ向ひ、ふりつび、ふりぼゞ、ふりめらぐつぢよ、あらばち、そわかと三遍唱へるのだ、一生女一道の病をのがれ、いゝ亭主を持つ事だから信心をしな」

「おや小つ恥かしい、したが有難いこんだ、捲らさらに」と言ひつゝ桃色木綿の湯卷を引捲り伏拜む。眞に田舍でもいゝ育ちと見へて手足尋常に可愛らし、その時四太八堪らなくなつて、後ろ抱にそつとしめれば、ぢつとしてゐる故御内陣を窺はんと太股へ手を差入れば、あゝ有難やく〳〵足を擧げて穿（クチ）らす嬉しさ、

「コウお前男にや初めてか」

「ハイお前にや初めだ」

「それぢァ前から割れてゐたのか」

「もう十二の年から始めました」と咄しの中、何時の間にやら抱付いてゐながら後ろの錢入を取る。

「モー犯せた代り之を貰ひますよ」と見せる、四太八膽をつぶし

「アヽこれ〳〵夫れを取られて堪るものか」といふ處へ爺の聲で
「サァ〳〵きり〳〵さつせえ、いくのだよ」と山の下から聲をかけられ娘も四太公もそこ〳〵にして降りる。

「お父さん何にも云はず」と矢立を取り入れて〆める巾着陰門した故にて腰の錢入れつい取られけり。

「倖穴は廣いか狹いか」

「いや廣いお穴だ」

「いや此親玉たちや人の穴計り言はつしやる、何だかはァ薄氣味の悪いこんだ、さァ皆行きますべいよ」と言ふて女共皆々立つて行く、跡にて茶屋の婆ァ
「もしお客様今の女の大山詣を御覧じまし、あれはこの在の宿無しで、錢がねえとあゝしちや道で旅人に仕かけちやや錢を取るとさ、世に馬鹿者も多いね、アヽマア瘡毒のある娘なんぞに騙されるのさね」

「ヤア〳〵大變だ〳〵九次さん、何故あんな娘をおつ付けたな」

「いや無理ばかり云ふ男だぞ、ほんに手前のやうに瘡毒に緣のあるものはな」

　　ド甘から揚梅瘡や骨がらみ　　三度瘡毒にて旅をうそする。

斯く打興じて笑ひつゝその夜は戸塚の宿にてやどり、短か夜の明くるも早く立出でゝ、藤澤の宿は彼誰時（カワダレ）に打過ぎて、早や馬入川も過ぎて、大磯に至り稚兒ケ石を見る。

「コウこの石はいゝ男か持つと輕く揚がる、惡るい男が持つとほつても揚らねえと云ふ事だ、まア四太八持つて見さつし」

「おらは嫌（いや）だ」

「何故〳〵」

「ひよつと持てねえと男がすたるから」

「ハヽヽヽ、大笑ひだ、手前も持てねえ顔と諦めたのだな」

西行の心なき身にも哀れと詠みし鴫立澤も過ぎ、並木の松の長々しく、漸く枝澤の立場につく。

「まづ釜なりやへ休みませう」

「コウ九次さんもう此處らア相模でも身邊だから、女が出來そうなもんだね」

「出來るとも奥へ行つて聞て見や」

「何と云つて」

「御無心ながら女の明きはムりませんか」

「トントこけが湯へ這入つたようだ、後家の明きはムりませんかが聞いて呆れらア」と、無駄をいひ〳〵この處を立出で早くも酒匂川の川端に至る。

「おやもう酒匂川へ來たの」九次郎川越の姿を見て詠める

女房の嘸の嘆かむ川越の　冷めたき水に男根(マラ)の縮めば。

此の川を越れば、宿引並木に待うけて
「貴郎方は小田原泊りではムりませぬか」
「俺等は清子屋か、小清水か、伊藤屋だ」
「左樣仰しやらずにお泊り下さりませ」
「俺等ア寢像が惡るくて轉げるから、座敷が廣くなけりやならねえ」

「この間背請いたしました正面のお座敷へお入れ申します」

「たべ物はいゝか」

「米の飯を差上げます」

「泊りは幾らだ」

「お定まりは二百と申しまするて」

「百六十で泊らう」

「はい〳〵」

「飯と汁とは六七杯づゝしてやるが、香の物の代りはせず、湯へは這入らずかへ干す計りさ、ちつと洒落れて八釜しいが寝付くと黙るし、大用小用は人手を借らず、ほんに申分のないお客様だよ」

「はい〳〵有難ふ厶ります」と荷物と笠を持つて打連れ、小田原の宿に入る。宿につけば、亭主先へ馳出して見世へ這入りながら
「サアお泊りだよ、やれお湯を取れ、お茶を上げろ」と宿の女房出で

「お早ふムります」と茶を二つ持出づれば、下女は湯を持つて來たり二人の足を洗ぎ、二足の草鞋を一つに結ぶ。

「これ〳〵女中衆間違はねぇやうに賴むぜ」と荷物を持つて奥へ行く、二人共正面の綺麗な座敷へ這入りかゝると

「もしお前樣方の座敷はこちらで御座りやす」と傍の小座敷へ入れる。

「此奴はとんだ處へ押込まれる」

「リャ〳〵先程正面を約束したが」

「イエお隣は大勢樣でムりやす、お前樣方はたつた二人お寂しからう、モシ女郎衆でもお呼びなさいまし」

「女郎を勸めると、時を取つ違へる宿屋は嚴い嫌ひだ」といふ、女はつんとして

「そんだら何も構やァしましねぇよ」

「湯はいゝか」

「湯は隣りのがみんな這入りしつてから、そしてどん尻だ」

「腹が北山飯を早く」
「飯は妾の氣の向た時に出しますべい」と往きかゝる、
「コレ姐さん冗談じやねえ、食はせねえのか」と小言を云へども一向構はず出て行く、暫らくして宿の女房來ると思へば隣りへ這入つて、
「只今はお茶代有難ふ厶ります、伊藤屋からさして私方へお泊りで厶りますれば、隨分如才なくいたします、もうお湯も宜う厶りまず誰方も召しませ」杯とちやほやはむくを聞付けて、
「もし〳〵お上さん、こちらへも一寸顏を出しなせえ、飯はどうするのだ、湯はもう宜いかえ」
と云ふ故こちらへ來り
「はい〳〵今晚は忙がしいで、ついお粗末で厶りまする、お隣り樣は上下お八人樣で、お旅籠がお二百ヅッで、外にお花代樣をお頂きましたから、そのお禮に一寸お挨拶に出ましたので厶ります」
「そのお禮樣のお茶代樣は武士か町人か」
「はいお江戸でお兩替屋のお娘樣ださうで厶ります、お癆痃下地でそれ故箱根へ湯治に入らし

つたお歸りでムります、湯治をなすつたから新湯は召しません、いつちあとで這入ると仰しやいますからお前方はその後へお入れ申します、まだ餘程間がムりませう」と、言捨てゝ行く。

「四太公や、滿更ぢやァねえの」

「何故だ」

「娘の這入つた跡の湯へ這入るから」

「きざな、終ひ湯へ這入つて癆痃でも傳染るとつまらねえ」

「まアどんな娘か見てやらう」と襖の引合はせから覗いて見るに、美しさ言わん方なく、傍らに大勢男も女も供らしきものもゐる。九次郎は四太八が肩に取付き覗くに、力が入りて襖が颯と左右へ開けし途端に四太八は隣の座敷へつんのめり、どつしり仆れ込む、九次郎は周章ひ襖を閉めやうとして自が手に首を挾みバアアべかつこうと云ふ面ばかりぬつとつん出す、娘は吃驚して、

「おやどうしやう」と立騷ぐ、供のものも
「おや〳〵怪しからねえ」

「はい〳〵之は〳〵眞平御免なされまし」と這々の態にて座敷へ這入る、夫れより風呂に這入れば、ぬるま湯にて久しく入りし故、湯氣に上りぐにア〳〵となつて、風呂の椽に倚かゝり醒ましてゐれば薪小屋にて男と女の囁く聲、四太八耳を澄ましてさては田舎の奴等ぞと、一心不亂に聞きゐたり。淫慾の煩惱は見るより聞くに起り、執念な女の嫉妬はするよりも思ふに深しとは、良く人情を穿ちし言葉なり。四太八は大の陰門好き故、松の木の割目を見ても玉門かと計り思はれて、竹に風の吹くを聞いては誰れやらひそ〳〵囁くかと、何事にも目耳をつける。

向ふの方に音するを聞き立てる折柄に、女の聲で囁く時は悪女も床しく思はれゐると、清少納言が書きたる如く、この薪屋の物腰は、かの江戸よりの湯治場付の仕事師と娘なり。

「もしお前樣は湯治がすつぼりと性にお合ひなせえしたさうで、とんだ氣前が輕くなつて剛勢勇みな女になりなせえした、鳶の者の女房にしてもすつかりだ」

「ほんに私のぷら〳〵病が却々湯治位で治る事ではないがね、お前といふ元氣な酒落を聞いて癆痃は何處へやら、ほんにお前は命の親だよ、勿體ないがお父さんお母さんをかけて、お前の云ふ事ならどんな事でも、嫌とは云はないよ」

「お前様そんなに持上げてお呉れなさると、野郎が高く留つて材木屋の烏の様になります」

「例へば烏が鳶にもしろさ、お前の事なら私やもう一層あの死んでもよいよ」

「なアに私ちらが勿體ねえ、江戸へお歸りなさるとお出入の旦那様だものを、及びもねえ臺所ぎりのお目見得だ」

「それを思ふと何だか江戸へ歸り度くないよ」と、仕事師の顔へ髪を押付け額で押してゐる。

「私ちも一生道中してゐてえ、まだ乞から、最上寺、大山、江の島、鎌倉と廻る中にや、しつかりお咄し合が出來やすのさ」

「ほんとにかへ一層憎らしいよ、それはそうと長い湯だと思はねばいゝが」

「そこらは如才なし、はて仕事師でムえます、先刻のやうに襖を開けてのめり込む無法者があるから、私が湯番をすると云つて置きやした、さう云つても先刻のひやうたくれめらア太え奴等だ」と云ふ聲に四太八はぞつとせしが、さてもあの娘と仕事師奴、憎い奴等と胸どきく、怖いものは尙見たしと、風呂の底板を取つて、釜の火へ蓋をし火を消せば眞暗闇、そつと窓から差覗けば、薪部屋の中は月明り、仕事師は白縮緬の褌の横から鐵桿の如き一物ぐつと差出し押付ける樣子、四太八赫と逆上せて夢中になつて自惚れゐる、娘は柔らかな手でかの一物を握り、嬉しい戯れの眞最中。四太八愈々浮かれて窓よりひよいと額を出すと、

「此の箆棒奴何を見やがる」と云ひ樣、傍にありし薪木を投つける、四太八は目から火の出る程面を打たれて、あゝ痛いとも言はれず、ひよいと引込み周章へて風呂の中へ逃込むと、眞逆樣にどんぶりコ、底板なき故釜の底を踏み拔き皆湯は皆流れてジユ〳〵〳〵

「マアいてあやまちだ、水よ〳〵」

この音に驚き宿の亭主駈付け、戸を引き開けると黑煙ぱつと吹き出す、亭主膽を潰し、

「おや〳〵皆こい〳〵」と呼ばる故、九次郎も慌て來り

「四太や什した〳〵」

「いや火はもう消へたが火傷をした、あの仕事師奴がアイタ〳〵」

「なに仕事師が來た一番組か二番組か」

「いやたつた今一番がかゝつたが、二番も十番組にもなるだらう」

「いや此奴、長湯をして湯氣に上つたり囈言を吐かさア、ハハヽヽヽ」と笑つてゐる。

亭主は燈火を持來りて釜の底が拔けてゐるを見て大きに腹を立つ、四太八も面目なく、九次郎も氣の毒に思ひて、南鐐一片を遣はして亭主の心を宥め、四太八は薪棒にて面をはられ腹も立ち又云ふに云はれぬ可笑しさに、

よこつ面はつて娘を仕事師奴　けつでもしやぶれ水風呂（スイフロ）の釜。

斯く詠みて四太八は思ひがけなき貳朱の災難。その夜はふさぎつゝ伏して、されば夏の夜の明け易く、早や一睡の夢覺めて、今日は名に負ふ箱根の難所なれば、七ッ頃より仕度して小田原の驛を出で次第に爪先上りの坂道を登り行く。玆に哀れを止めしは二人の身なり。かねて九次郎は肯がらみ、四太八は便毒（ヨコネ）を出しおれば、かゝる難所に往き惱み、互に杖に縋り、がつくりそつくりと攀ぢ登る。

「うち越し乘りてえものだ」

「いゝ氣な事を云ふ、手前昨夕ァ二朱棒に振るし、跡の金は崩すと直ぐに乞食だ、峠迄は一文も使ひつこなしだ」

「夫れでも石が横根へ響いて、どうにも怺へられやせん」

「横根に箱根は奇妙だ、石坂で屹度ふつきる辛棒さつし」元氣を付けられ勇みに鉢巻して

（杣歌）「横根さア引はち切らるはア　なあんアゥ〱什だか〱」

彼是力を附合ひて登る程に、眞與山、石垣山、山杜鵑鳴き渡り、いと興をまして歩み行く。見下せば酒勾川の滲り、はるかに見えて、夜は白らみかゝり、風祭といふ處に至る。

小田原を七つ立ちの旅人は炬火（タイマツ）にて登る。丁度この處にて夜の明ける頃なれば、此處を立場として炬火を棄てるなり。

「山のせいか今朝は冷（ヒヤ）つく、ちつと煖（アタ）つて行きやせう」

「初立場だ、一服やらかせ」と二人共炬火に股火して茛飲み居たり。この時まだ茶屋は起きざりしが、嬶衆と見ゆる女、戸を開けて表へ出でしが、二人が居るとも知らず、前引捲り小便するその音ジア〱〱サラ〱〱〱シウ〱〱〱〱チウ〱〱〱〱タラ〱〱〱〱。

九次郎兵衛は嬶衆が玉門ちらりと見つけて「ワハヽ、ハヽ、ハ」

四太八は又九次郎兵衛の大莖（マラ）褌を外れてぬつと突立つたるを見て、

「アハヽハヽハヽハヽハヽハ」

「野郎何が可笑しいハヽハヽハヽハ」

「お前も何が可笑しいハヽハヽハ」

「あれ時鳥が飛ぶはハヽハヽハ」

「それおちんこに蚊が食ひやす」

女は二人が笑ふ聲に氣がつき、同じくハヽハヽハと笑ひ出し、内へ駈込みながらお屁
「ブイ〳〵〳〵〳〵スウ」

二人は手を打つて笑ふ。

「いや御叮嚀に屁迄仰せ付られた」と打興じ、
　小便のつまらぬ身にも玉門見れば　こいつは什も堪らなくなる。

面白しと四太八も取敢ず
　前尻をおめず臆せず見せたるは　まらのおへねえ女なるべし。

かく祝して朝より大笑ひせる事目出度きに風祭の立場をまら諸共に立出でぬ。(終)

享保遺聞　豊州公亂行記

佐賀春之介

【1】

身は一國一城の主でありながら、邊鄙な九州の一隅に左遷されて以來といふもの、豐州公の亂行は日一日と募つて行つた。

つい二三年前までは、あれだけ熱心に學んでゐた文武の道も、この頃ではまるで顧みやうともせず、なにかにつけて怒りつぽくなつた。

槍一筋、祖先の偉勳によつて得た地位が、幕府のはした役人の入智慧で、以前の半ばにも達しない祿高に減じられたことは、流石利慾に恬淡たる豐州公と雖、その餘りにもむごたらしい仕打に憤激せざるを得なかつた。

もつと左遷されてい丶筈の田舎大名さへ、幕府に對する出來るだけの阿諛追從と、幕府役人への獻納物などによつて、一躍立身出世した輩もあれば、甚だしいのになると、將軍(うへさま)に自分の愛娘(まなむすめ)を侍らせて榮轉した大名もあつた。

「いつたい余にどういふ落度があつたのだ」

豊州公はよく自分で自分に訊いてみた。別にこれぞといふ罪とがもないのに、只、譜代の幕下でなかつたといふことが、幕府役人の疑心を買つたにすぎないではないか。

おまけに、左遷されると直ぐに參勤交代で江戸詰となり、その一年間といふものは、只屈従と忍辱のいらだゝしい生活であつた。

殿中の席次は遙か下座に押下げられて、以前の同輩とは地位も格式もまるで懸け離れてゐたし、自分よりずつと小身者の大名が、いつの間にか彼の上座で肩を怒らしてゐた。

「ふうむ！娘の尻の穴で出世した奴の面を見い！何と鮮やかな五光が射してゐるではないか」

公はさう云つて怒鳴つてやりたい衝動に幾度襲はれたか知れなかつた。

登城の折なども、公にムラムラッと癇癪を起さすやうなことは屢々あつた。地位を追抜かれた大名の行列に出會はすと、彼等が通りすぎるまで自分の行列を控えてゐなければならないし、それが、以前とは全くあべこべになつたゞけに、ギリ〳〵と歯の鳴るやうな口惜しさを感ずるのである。

さうした不愉快は、邸内に於ても同じであつた。祿高の減少は當然公の日常生活にも響いて來て、諸事萬端以前の半分に切りつめて暮さねばならない。

御側用人のさうした細かい心使ひも、時にはひどく侮辱されたやうな感じさへ起り、出入の商人迄が粗末な品を納めるやうな不快な猜疑心が胸を襲ふた。

この焦々とした鬱結が、新しい郷國九州に歸ると一時に爆發して、それが勢ひ女と酒の方に傾いたことは當然である。

不愉快な思ひがくてなさへ、大名の生活は只退屈の連續であつた。

庭を散步するか、若侍の武道の試合を眺めるか、十數人の侍女にとり卷かれて酒でも呑むか實際、それ以外には右の物を左に置く必要もないのが大名の生活なのだ。

豐州公のはそれに輪をかけたやうなもので、半ば自暴自棄が手傳つてゐるだけに一層甚だしかつた。

たまく屋外の遊戲鷹狩などでも催すものなら、先づ一番先に眼につくのは、途中に於ける女の姿であつた。遠くであらうと、近くであらうと、公の眼に美しい女だと映じたが最後、直

ちに附添の家臣に
「あの女をよきに取計へ！」と命じた。
たとへ對手が人妻であらうと婚約者のある娘であらうと、そんな斟酌は少しもない。
ある時などは、狩から歸館の途中庄屋の家に御立寄りになつて、庄屋の妻がお茶を運んで來たら、それを一目御覽になつて
「うむ！そちはなか〳〵美しい女ぢやのう。町人百姓の許に置くのは惜しいものぢや。明日早々登城するがいゝぞ！」と申し渡し、夫妻がいくら哀訴歎願しても、頑として聽き容れなかつた。
庄屋の妻が恐る〳〵登城した時、豐州公は御機嫌とくに麗はしく、すぐに彼女を連れて已が居間に通られた。四十近い脂肪ぶとりの年増姿は、公の邪慾をいやが上にも唆り立て、その瑞々しい頸筋から胸へかけての眞白い肉の厚味が、若い侍女たちとはまるで違つた刺戟を投じたのである。御正室はもう三十に近かつたが、それでも今目のあたり見る庄屋の妻のやうな魅惑は感じられない。

豊州公の眼は今にも取つて押へて喰ひつきたいやうな爛々たる輝きを帯びて來た。

「どうぢや、そちが登城する際に庄屋常右衛門は怒つたか？」

庄屋の妻おちせは無言のまゝ俯向いてゐた。體がホカ〳〵と熱ると見えて、頬から耳の朶根へかけて眞赭な血線が突走つてゐる。

「默つてゐては分らぬではないか。今宵は、そちに余の閨の伽をして貰ひ度いと思ふが、その方不服はあるまいな。」

「どうぞ、それだけは御免遊ばせ……」

語尾は微かに消えて、彼女の聲は顫へてゐた。

「いやぢやと申すか」

「はい」

女は判然と云つて頷いた。

「そちがいやだと言ひ張つても、余がそれで我慢すると思ふか。」

「もとより覺悟いたして居りまする」

「それは面白い！」と、殿は忌々しげな苦笑を漏らして

「意地を張る女に久しう出會はなかつたが、余は、余に栖ついて來る女に飢えてゐたのぢや。そちのやうな女をいぢめて見たら、また一段と興が深からうわい。余は十二萬石の力にかけても汝を制御するがどうぢや？」

「御意のまゝに遊ばされませ」

女はさう言つてキッと唇を嚙んだ。一世一代の晴衣の下にはムク〳〵とふくらんだ爛熟期の肥肉が、恐怖と不安にわなゝいて微動してゐた。

「どうせ無事には濟むまい」

彼女は、昨夜夫と寢物語りに幾度も繰返したことを、もう一度ふと胸のうちで呟いた。

最後のいとなみを、二人とも涙ぐむで交はした昨夜のことが、まだ夢のつゞきでもあるやうに頭の中を往來した。又いつもより、數十倍の愛撫をこめて盡して呉れた夫常右衛門の顔が、さつきから間斷なく白日の夢の中に明滅する。

「たとへ對手がお殿さまでも、汚されたらもう生きては歸るな。」

疲れ切つた體で寢床からはなれるとき、彼女の夫は訴へるやうにさう云つた。

「それよりも、今のうちに二人して死んだ方が……」

だが、いづれにしても登城してみなければと云ふので、死ぬことだけは諦めたのである。

豐州公と庄屋の妻との間に長い重苦しい沈默がつゞいた。お側附の人々はすべて遠ざけられて、あたりは森々として夜のやうな靜けさである。

もし、强ひて彼女を征服する意志があるのだつたら、それは何の雜作もなく行はれたに違ひない。

打ち沈んだ女を前に据えて、豐州公はチビ〳〵と酒杯を重ねた。やがて、醉が全身に廻ると
「おちせとやら、もつと近う寄れ。なにも余が大名だとて恐がる必要はあるまい。余もそちたちと同じやうな人間なのぢや。さァ、酌でもして吳れ。そして當分の間城中で遊んで歸つて來れ。それほど、そちのいとしい常右衛門なら、余も亦決して悪うは取計はぬ。望みとあらば、士分にも取立てゝ得させせるがどうぢや。」

急に殿の態度が變つたので、彼女は一層氣味わるくなつて來たが、いざといふ場合には死を

覺悟してゐるので、敢て逆はふとしないで温順しく酒のお對手をした。

かくて、日が暮れると、今度は大廣間の方で酒宴が催されることになつた。

もうその時は、殿は庄屋の妻などの存在はケロリと忘れたやうに、若い、美くしい多くの侍女たちに取巻かれ、一段下つた下座には餘りたちのよくない家臣一統が座を占めた。

重臣老臣をはじめ、氣骨ある武士はいづれも殿の最近の所行を苦々しく思つたが、その代り餘り武藝も出來ない口先の達者な者や、藝の巧みな者、瓢輕な若侍などが殿の寵愛をうけた。

殆んど毎夜の如く繰返される酒宴には、必ず何か珍らしい餘興が催された。

そのために御側用人の坂田傳内などは、毎日餘興の計劃を考へるだけでいゝ加減に疲れた。

同じ御側用人の森外記などは、

「よきに取計へ」と命じられた女を城内につれて來るだけで、祿高五百石も頂戴してゐた。

侍女たちの後ろの方で、小さな一團をつくつてすくんでゐたのが、よきに取計はれた女たちであつた。

庄屋の妻も彼女たちの群に投じられてゐたが、そこにゐる女たちは、いづれ近いうちに殿の御情けを頂戴する候補者である。

全く、豐州公の底知れぬ精力ときたら、絶倫などいふ言葉では到底現はすことが出來ない位で、却て殿の御馳走に預かる侍女たちの方で呆れる程であつた。

御殿奉公といふ美しい名目で釣られて來たが最後、もう城内は底のない泥沼のやうなものであつた。行儀見習も、禮儀作法もあつたものではなく、飽くなき殿の好色の餌食となるにすぎなかつた。

どんなに堅苦しい家庭に育てられたものでも、或ひはどんなに貞操堅固な生娘でも、一歩城内の人となれば、そこはもう見るに絶えない淫魔の巣窟で、夏の日に色づくトマトのやうに、たいていの女が見る〱うちに色づいて來るのだ。

催しものと云へば、その一つ殘らずが女の春情を湧きたたせるやうなものばかりであつた。無禮講になれきつた軟派の武士たちは、殿の前でも平氣の平左で猥歌を吟み、猥談を語つた。豐州公の腐爛しきつた神經には、それがまた迚も快く響くのである。

犬の交尾期になると、犬をつるませてそれを多くの女たちに見せたり、雄同志に喧嘩をさせたり、そして、その後ではきまつて侍女たちの秘宮が濡れてゐるか濡れてゐないかを検査したりするのだつた。

そして、その衝動をもつとも激しく感じて、濡れ方がひどければひどい程その侍女は彼の寵愛を深うした。なぜなれば、さうした女は戦にのぞんで激烈であり、懸命であり、そして陥落するのが早いからだ。

このことを聴いた重臣たちが、満面に涙を堪へて諫言すると、公はたゞカラ〳〵と笑つて、「餘計な干渉をせぬがいゝわい。この遊びはなにも余が始めて行ふたものではなく、唐の國はもとより、我が朝でも數百年前から、多くの武將の間では旺んに行はれてゐるのぢや。何かと云へば余を不眞面目々々々と云ひをるが、將軍はじめ諸國の大名たち、甲乙の別なくみんな余と同じやうなものぢや。それとも遊ぶのが惡ければ、すべての政務を余が見やうか。それでは却つてその方たちが困るであらう。わいろも取れぬし、ごまかしも出來ぬし、どうぢや、それでも不服があれば申して見よ！」

これには全く重臣たちも二の句がつげなかつた。

「さあ、みなのもの、餘興がはじまる迄賑やかに呑むがいゝぞ。珍らしいことなら何でもかまはぬ。遠慮は要らぬから騷ぐがいゝわ。」

酒がすゝむにつれて、卑猥な歌がそちこちから飛んだ。侍女の候補者たちは、さすが極り悪がつて面を伏せたが、殿の機嫌はいよ〳〵斜であつた。

「余がいちばん面白いと思つたものには、こゝにゐる女たちなら、どれでも所望の女を下げつかはす。汝たちもその方がいゝであらう。どうぢや？」

さう云つて何の屈托もなく笑ひ崩れて侍女たちを振顧る豐州公であつた。

「みな嬉しさうな顏をしてゐるのう。余に愛撫される時は、仕方なしに、なにもかも諦めて、無氣力に、無抵抗に、まるで蛙が仰向けに倒れたやうな氣慨のない汝たちも、對手が余でなかつたら、もつと愉快な戰さが出來やうソイ。ワッハヽヽ」

そんな時、侍女たちも、公を取卷いてゐる武士たちも、誰一人として笑ふ者がなかつた。餘りにも眞をうがつた切實な事實に對して、誰も彼も笑へない階級的な相違を、犇々と自分たちの身內に感じたからである。

無理矢理に、殿樣の命令ゆゑに、戀も捨て、許婚の若侍との間も引裂かれ、泣くにも泣けぬ氣持で、なぶられるまゝになぶられてゐる女たちも幾人かそこに居たであらう。なかには、ぢつと俯向いて、涙を呑んでゐる侍女もゐたが、醉眼朦朧とした公の眼にそれは見えなかつた。

それでも、酒宴が終ると、侍女たちは我れ先にと、まるで先陣の爭ひでもするやうに、豐州公の肩、手、背、腹へと纏はりつくやうにして、くなくと柔かい體が八方からおつかぶさるやうに重なり合ふ。

その狂態を、時たま殿のお閨のとぎを命じられる美くしい小姓たちが、侍女たちと變な眼付をかはし乍ら羨めしさうに眺めてゐる。

悪い酒癖が愈々嵩じて了つた豐州公は、かうしてひどく醉つてしまふと、今は庶下賤の民も行はない狂痴の限りを盡すのであるが、その夜も、自分をとり卷いてゐる十人近い侍女たちに向つて、

「さあ、今宵もみんな一緒に廣間の方に床をとれ。」と呂劣の廻らない口調で彼女たちに命じた。

「また、昨夜と同じやうなお戯れであらうか」

侍女たちは互ひに顔を見合はせた。

【2】

どうせ、行儀見習だけの御奉公でないことは最初からわかつてゐたし、また、彼女たちの家庭でもさうは思つてゐないのであるが、殿の亂行の餘りの甚だしさは、寸分の抵抗力も許されないだけに、彼女たちに苦界の女以上の味氣なさを刻みつけずにはをかなかつた。

一人一人で御前のお部屋に奉仕してゐる間は、彼女たちにも多少甘える心の動くこともあつた。わけても始めてお閨の伽を命じられた夜などは、そこに居る女たちの誰も彼もが、次のやうな優しい、愛情こめたお言葉を頂いたのである。

「どうぢや。余の側に仕へてゐるのは苦しいか？苦しいことがあつたら何でも遠慮なく申すがよいぞ。そちだけは他に心を移さないでいつまでも余の側にゐて呉れ。そちのいぢらしい眼、そちの可愛い口もと、そちの柔かいこの體が、余の側から離れることがあつたら、余はどんなに物淋しいかも知れぬ。そちはいま微かに顫へてゐるのう。どうしたのぢや。余と一緒にかうして寝てゐるのが恐いのか？それとも、そちは他の戀人のことでも考へてゐるのか。」

「いゝえ、」

「それでは余の種を宿すのが恐いとでもいふのか？」

「いゝえ、もつたいない……」

年若い女を感激させるのに凄い腕をもつた豊州公は、かうして面を伏せたまゝ眞赭になつて打ち顫へてゐる女を、親しく制御する術にも亦長じてゐた。對手の顫へが止まるまで、優しい言葉の数々は咽喉の奥から糸のやうにつながつて出る。頭を撫で、肩を撫で、更に暖かい胸に抱き締められて、ゆるやかに背をさすつて呉れる奥底の知れないその慈愛に、たいていの侍女たちは、そこに豫期に反した大きな安堵と喜びのために、へと〳〵になる迄身を委ねるのであつた。

けれども、昔日のさうした優しい面影は現在の豊州公には少しも見えないのだ。愛も執着もない肉と肉とのからみつきが、極めて常規を逸した形においてのみ彼女たちに示され、しかもそれは、只「命令」といふ忌はしい名目のもとに行はれねばならないのだ。金で買はれた女にでも、對手を振つて見せるだけの自由はあらうものに、豐州公の侍女たちは、今や犬猫の生活にも劣る淺間しい奈落の底に突き落されてしまつた。

大廣間に敷き流された幾つもの褥に、端然と寢衣のまゝで坐らされた彼女たちは、一段小高い殿の寢室の方に向つて、そこで行はれる閨房の御戲に對して、それ〴〵自由氣儘な空想を描かされるのである。

めら〳〵と細い線を描いてたちのぼる銀燭の彼方には、六曲の金屏風が張り廻らされ、そこに選ばれた同僚の女が一人ゐるとすれば、いかなる雲を呼び、いかなる嵐を捲き起すかは、下座に居並ぶ彼女たちにはわかりすぎる程わかる筈だ。

狂人か、白痴か、自暴自棄にしても、豐州公のそれは餘りにも念が入りすぎてゐた。

侍女たちのゐる別の部屋では、唯、襖一重隔てゝ町や村から强制的に連れて來た娘たちが坐らされた。彼女たちは、蒲團もなにもなく、それこそ着のみ着のまゝで、恰も鐵窓につながれた囚人のやうに、只、默々として御寢所の樣子を聽いてゐなければならないのだ。そして、全身が疼くやうな切なさを無理に我慢させ、彼女たちが否應なしに殿の要求を受け容れる日までこの無間地獄に等しい修練をつまされるのである。

かうした残酷な割禮が、昔の大名たちの間では到る國々で平氣で行はれてゐた。實際、手にとるやうに凡ての動作がわかる襖一重の隣室で、どうして精神の動搖なしにそれを聽くことが出來やう。通女も、未通女も、事件が終局に近づく頃には、唯もう極度の興奮のうちに耳をそばだてるに違ひないのだ。

御寢所の中の部厚い絹蒲團の上には、その夜の先陣を承はつた侍女楓の丸々とした雪白の胴體が、逞ましい豐州公の下で喘いでゐた。彼女は愛撫されてゐるのか、虐げられてゐるのか、落着いて考へる事も出來ない程頭が混亂してゐた。恐ろしくて眼をあけることも出來ないし、と云つて、別に逃げ出さうと云ふ考へも起きなかつた。たゞ、そこにあるものは、どうにもならないといふ悲しい諦めだけが、まだ若々しい彼女の胸を墨のやうに暗くした。

紛々たる酒氣が蠟細工のやうな彼女の鼻孔を貫くたびに、楓はたゞ辛うじて少しばかり顏を反けるに過ぎなかつた。脚にも腰にも感覺らしいものは少しもなく、今に自分と同じやうなことを繰返されるであらう同僚の甲乙のことを考へて、彼女は一刻も早く御前の腕から離れたかつた。

みだらな息使ひや、淺間しい聲を立てまいと、唇を噛んでぢつと耐へてゐたが、氣でも狂つたやうな豐州公は、下座の女たちにわざと聽えよがしに、囈言のやうなことばかり繰返してゐた。

側に刄物でもあれば、彼女はズブリと自分の腹でも突いて死にたかつた。この淺間しい犧牲のために、危ふく祿を頂戴してゐる父母のことを考へたり、涙をためて哀願した母の顔が、堅く閉ぢた瞼の先にチラついた。

それにも拘はらず、たゆみなき豐州公の激しい衝撃に耐え兼ねて、やがて彼女はググッと全身を硬ばらせ乍ら、悲しい最後の高潮に達したのである。ヂッと唇を噛みしめて、飽迄聲を立てまいとしたが、彼女のこの切ない努力も無駄であつた。

なぜなれば、豐州公の次の一言が、勝利の凱歌のやうに下座の女たちに響いたから。

「さぞ、くたびれたであらう！そちはもう次の部屋に下つて休むがいゝ」

【3】

その翌朝、城内をゆるがすやうな大事件が起つた。

——城内の情死事件——

それは全く前代未聞の出來事として、人々は只呆氣にとられた。

御殿の裏庭にある泉水のほとりに、昨夜、殿のなぶるがまゝに身を委ねた侍女楓のいぢらしい姿が、まだ生々しい鮮血に染つて倒れ、彼女の體にのしかゝるやうにして、小姓野口甚三郎が腹一文字に掻き切つて倒れてゐた。二人の體は互ひに細い紐で繋ぎ合はされ、從容として死についたらしい痛々しいさまが、他の侍女たちの瞳をくもらせ、殿のあれだけの亂行振を知らない者は、それぞれいゝ加減の憶測を立てゝ色々な噂をまいた。

重臣、老臣たちは、この事件が外部に漏れることを恐れて、寄々協議した結果、二人の家族に迄累を及ぼさないやう、ひとへに殿の御寛恕を要請したが、彼等のいかにも當つけがましい死に方は、疳癖の豐州公を烈火の如く憤らせ、兩者の遺族にはお國追放の嚴罰を申し渡した。

この情死事件があつて以來、豐州公の神經は愈々銳く尖り、その狂暴性は次第にその速度を加へて行つた。服從してゐるが如く見せかけて、死をもつて反抗した女の態度の忌々しさ、それと同じやうに、殘つてゐる女たちも、悉く楓と同じやうな氣持を抱いてゐるに違ひない。彼女たちの笑ひも、彼女たちの優しい言葉も、まして、潔く自分の前に投げ出して呉れる體も、それもこれも一切が只權力の前に額づいてゐるに過ぎないのだ。

自分のゐない所や、自分の見てゐない時には、他の女たちも楓と同じやうに、いとしい男と秘密な戲れをつゞけてゐるに違ひないのだ。さう思ふと、公は楓の拳で眉間のあたりをぶん擲られたやうな腹立たしさを感じた。いつの間に、どうして死んだ二人が忍び合つたか？そして死ぬ前にどんなことを話し、どんな行ひをしたか、それは考へるだけでも血が逆流するやうに忌々しかつた。

けれども、楓の死んだことは、他の侍女たちからは同情の的になつた。忠孝の道と、貞操の美德と、燃ゆるやうな戀の勝利への道の十字路に立つて、矛盾と相克に惱み拔いた揚句、たつた一つ取殘された死出の旅へ赴いたのである。

獸慾の奴隷となつて、世にもあるまじき恥辱をさらした上、しよんぼりと已の部屋に歸つた楓は、忍び泣きに泣き腫らした眼をしばたゝき乍ら自刄の覺悟をきめてゐた。すると、眞夜中の靜寂を破つて、大膽にも彼女の居間の雨戸をホトノヽ叩くものがあつた。

彼女にはそれが誰であるかはすぐにわかつたのである。彼女と小姓野口とのまだ實を結ばぬ戀は、もう可なり前から續いてゐた。そして、お互ひに殿の慰みものであり乍ら、彼等二人は嚴しい掟のもとに遠ざけられてゐたのである。

楓は周圍に氣を配りながら、そうつと彼を引き入れた。

死を覺悟してゐる者の前には、恐怖も不安もなかつた。たゞ、先刻までの生々しい記憶が、若い戀人を前にすると一層はつきり蘇返つて、思はず知らず微かな聲を立てゝ泣き始めた。甚三郎は、楓の口を抑へて力一杯に抱き締めた。彼が、こんなに力強く彼女の體を抱き締めたのは、恐らく生れて始めてゞあつたらう。それは、さつきまで無殘にも突きのめされた體とも思へず、彼女の皮膚から湧きたる體溫は、小姓野口の肌を溶かすやうに犇々と迫つた。すると、今度は、楓の方がムックリ身を起して、自分より年の少い甚三郎を抱いた。頬ずりしたり、くちつけしたりしてゐるうちに、楓の體の隅々から、先刻のそれとては似てもつかぬ、怪しい情感が勃與した。どうせ死ぬなら、汚れた體をもう一度純情無垢の少年から、心ゆくまで浄めて置いて貰ひたかつた。

彼女が意味深い笑ひを漏らすと、少年も同じやうにニッコリ笑つた。

その間一髪、二人の言はむとしてゐることは、分秒の差もなく二人の胸に溶け合つて、四本の腕にグッと力が加はつた。

「甚三郎さま、あなたは妾しと一緒に死んでくださいますか」

「うむ！」

そのあどけないもの言ひ振りが、楓の昂奮をいやが上にあふりたてた。どちらから切り出すでもなく、どちらから働きかけるでもなく、彼等はもう夢我夢中で楓の夜具の中に深々と體を埋めてしまつてゐた。

もし誰かに發見されたら、恐らくその場で死ぬつもりであつたのだらう。二人の枕元には二本の短刀がサヤを拂つたまゝ並べられてゐた。

刄の上に咲く戀の花――それは死より悲壯である。死よりも悲壯ではあるが、今の彼等には悲しみも歎きも怒りもなかつた。只、灼熱の戀が焔となつて溶解し、狭い部屋の中では、二人を包んだ柔かい夜具が高く低く動いてゐた。

が、それは瞬く間に止んで、男の漏らす異様な呻き聲だけが微かに響いた。

それは、幾度かの經驗をもつ侍女楓には餘りに物足らなかつた。恐らくそのまゝでは、彼女は死ぬにも死に切れなかつたらう。況んや、それが生命を賭しての戀の戯れであるとしたならば、力の限り、根かぎり、息の絶ゆるまで大膽放埒な歡樂の極致に達して死ぬべきであつた。

次の時も、その次の時も、楓はこの年若い青年の體に執拗果敢に纏はつた。豐州公の殘虐な好色の餌食となつた時とは違つて、彼女の腦裡は秋空紺碧の色に澄みわたつてゐるだ。

恍惚と痲痺とが交互に彼女の全身を蔽ふて、腕の皮膚がすりむける程甚三郎の體をだきしめた。

喜ばしげな高潮した血色が、颯つと甚三郎の頬にあふれると、彼女の頬も赤く染まつた。

がつちりした逞しい重味こそ感じられなかつたが、全身に籠る彼の熱愛は、細い毛根の一つ一つを貫いてしん〲として楓の體内に傳はつて來た。

恐らく彼女は、この相融和された一身同體の愛の結着を、猘々のやうな豊州公に見せたかつたであらう。そして、嫉妬に惑亂した殿の一撃の下で、そのまゝ敢なく散つて了ひたかつたに違ひない。

彼等が離れたくもない體を、やつと左右に引放したのは、もうほどなく夜明に近い時刻であつた。

この世に未練も執着もない二人の頭は、ボウッとうつろになつて了つて、容易に起ち上ることも出來ないほど疲れてゐた。

湯呑に汲んだ水を半分づゝ飲み終つて、二人は再び最初と同じやうにニッコリ笑つた。けれどもそこにはもう慾望も野心もなかつた。人事を盡して天命をまつ朗らかな感激のみが、さながら電流のやうに交錯しただけであつた。

「一緒に行きませう！」

楓はいかにも姉らしい落着を見せて、二人の帯際を紐で結んだ。

そして、お互ひがお互ひを抱へるやうにして、屋内を血で汚すまいといふ優しい心使ひからしづ〳〵と足の縺れを氣にしながら泉水のほとりに辿りついたのであつた。

★　★　★　★　★　★　★

泉水のほとりには、引拔いても引拔いても、二人の死を悼む小さな、それこそまるで箸のやうな比翼塚が立てられるのであつた。

豐州公は、血眼になつて憤り、見つけ次第に切捨るといきまいてゐたが、それが誰の手によつて建てられるのかどうしてもわからなかつた。

その小さな比翼塚を見る度に、豐州公の心は一層物狂はしく、腹立たしくなつて來るのである。それは何かの凶徴のやうにも見えるし、自分が侮辱される目標のやうでもあつた。

そして、それが未だに歸宅を許さないでゐる庄屋の妻おちせの所爲であると分つた時、豐州公の怒りは空を衝くやうであつた。

おちせにとつて見れば、それがせめてもの復讐であつたのだ。彼女は必死の抵抗にも拘はらず、彼女は死んだ楓と同じやうな方法で凌辱された。

その上、夫の庄屋常右衛門を呼び出して、脅迫してから遂に離縁状さへ書かせて了つたのである。

それ以來といふものは、彼女は全く文字通り殿の慰み物となつた。といふのも、彼女が水際立つた美しい年增であることが、殿の變態的な興味の對象となつたからである。

それが、ひとたび比翼塚の件が發覺すると、殿は殆んど半狂亂の態であつた。

「よくも、汝までが余をなぶりをつた。その代りかうしてくれるわ」

殿の側には、殿と同じやうな多くの好色漢の家臣が並んでゐた。

「皆のもの、余が許すから、こやつを思ひ〳〵になぶり殺してやれ！」

おゝ、それは何といふ殘酷な成敗であつたらう。身も魂もへと〳〵になるまで、荒くれ男たちのみだらな所行にゆだねられて、彼女は遂に齒を喰ひしばつたまゝ悶絶したのであつた。

その夜の暮六つ頃、裏城門から菰に包まれた痛ましい彼女の死體が、庄屋常右衛門の許に屆けられた。

それから、半歳と經たない享保五年九月半ば、苛酷なる税の取立てに憤激した數萬の農民が一齊に蜂起して××城襲撃の大暴動を起し、遂に豐州公の御家は斷絶するの止むなきに至つたが、江戸幕府の公議に訴へ出た暴徒の首魁は、知る人ぞ知る庄屋常右衞門であり、暴徒の陰に隱れて巧みに指揮したのは、野口甚三郎、侍女楓の兄たちであつた。

××農民騷動の裏面に於ける一哀話として、××城内の比翼塚は史實にも現はれない傳說である。（終）

特別附録

研究資料

性愛論

エッチ・ダブリュウ・ロング博士原著

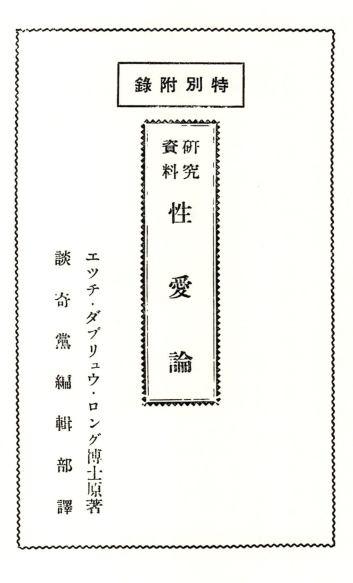

談奇黨編輯部譯

――讀む人への注意――

此本を正しく理解するには、初めから終りまで、少しも飛ばすことなく讀むことが肝要である。一度讀み終つたならば、その後は讀みたい所をどこ迄も讀んでよい。が初めて讀む場合には一語残らず讀んで欲しいのが、著者のお願である。と言ふのはそれ以外の方法では此本の目的が果されないからである。

――序說の序辭――

以下私の述べる事柄は、專門的な全く學問的な研究と稱するよりは、お互に信頼し合つてゐる人々の間の心から心への打明け話である。我々と同じ實地の醫術に從つてゐる人々の同じく私の所に大勢の男女がわいく〳〵種々樣々な性的生活に關する相談、忠告を乞ひに來た。吾々の知つてゐるやうに、私達の取扱ふ一番まじめな、そして一番複雜した多くの場合は、あらゆる階級の結婚した人々のよくあるデリケートな關係にその源を持つてゐるのである。

長年の間お互ひの信頼し合つての打明け話などで、私はかういふ患者に出來得るだけのことはして來た。貴方達は同じ境遇にあつたなら必ず氣付かれるであらうが、お互に打明け話をし合つて充分な結果を得るには、多くの邪魔があると私が氣付いたのは言ふまでもないことである。患者達はよくひどい默り屋であつたり、又恐はがつたり、恥かしがつたりするので、本當の事實を知悉するのが、大變困難であり、そういふ人々はいろ〳〵の理由で言ふべきことをかくして各自の場合々々の一番大切な事柄をあいまいにし勝ちなのである。勿論斯くの如き場合に、悪い狀態が更によくならず、本當になすべき事が何もないと言ふやうなことになり易い。

數年間こんな經驗をした後、いろ〳〵とその立場を考へて私は次の樣な結論を得た。

私や私の患者達が、一緒になつて戰つて行かねばならない、此の惱の殆んど大部分は私の所へ、相談に來る人々の方の無知の結果であり、尙知識はいつも無知にとつての解毒劑であるから、もしもそういふ人々の無知を除いて、その人達を賢くすることが、出來たなら私は多くの人々を苦しみや弊害から救ひ、そして私自身をも面倒な問答から救へると言ふことを考へ付いた。

こゝで私はかつて或る賢人が『口で言はれないことが歌で唄はれる』と度々言つた事を想ひ出し、面と向つてお互に言へば、氣まり悪く、當惑するやうな多くの事柄が筆で書き記せば、無難に濟ませる事は本當だと氣が付いた。この事は特に婦人患者にとつて眞實だと思ふ。そして此の本を書く暗示を與へてくれたのは以上の考へからであつた。

何故、私が此事を敢て爲したかの理由を何述べる。それは私が知らせやうと思ふ事柄の知識を書き記すことは、そいことによつて私が大變時間の節約が出來ることを、あなた方が考へてドさるなら直ぐ判ることとである。

此方面で相當價値のある効果を得るには、皆が全く知つてゐない多くの事をいつも話さねばならない點である。口づてにめい〳〵一人々々の患者に話すのは時間がかゝり、更に充分に効果を得るには餘程の必要とする。それにこの事だけは充分に話さないと全然効果を得られないのである。それで私は嫌でも應でも私の患者に敎へ込まうとする事柄も書きつくすことにしたそれにかういふ問題に就いて書いたどの書物の中にも、皆が知らねばならぬと思ふ事が、少しも書かれてないので、その爲めに一般の人々にも書くやうになつたのである。

私は先づ今出來た事柄のみを書いれるのでなく、研究に志してから今迄の經驗から得た事のみを述べたのであり、卽ち實際の經驗の產物である。私の書き記して行くやり方は次の通りで前言つたやうに「夫婦間の生活の健康を健全なものとする助け」となるやうに、卽ちそうするやり方の正しい知識を與へるやうに書いたのである。

正しい生活の仕方に就いての正確な知識を與へ、誤つた知識、無知、內氣、不注意――一言で申せば、誰でも健康な結婚生活をして居る人の當然知らなければならないことを、讀者に告げ、それを實際に行ふ方法を手傳ふことが、此本の目的なのである。（恐らく私は更に性的關係から病氣のことまで言はなければならないだらうが、それに關する著書は充分世に行はれて居るから、特に言ふ必要も認めない。私の企は結婚生活を現在の狀態の下で一層有意義とするのが目的であるから、研究の無限の原野が未だ殘つてゐる譯である。）もつと砕けて申せば、私の言ふことは特に二組の人達に効を有する。卽ち第一新婚の人、第二は相當の長年月結婚生活をしてゐて『うまい具合に行かない人』にとつてゞある。

この事に就いて尙少し述べる。『一オンスの豫防は一ポンドの治療の價値がある』と言ふ勝れた諺がある。この諺は人生のどんな色々な體驗の中でも結婚生活からの病氣にとつて程眞實ではない。多くの新婚の夫婦はホネムーンの旅行で幸福に生活して行く見込をなくして失ふ。大低の花嫁は結婚關係のために强姦されるものだと言ふ事が、吾々醫者の仲間では普通のことになつてゐる。更に我々はこう言ふ事は彼等が故意に惡いことをする氣でゐると言ふことより却つて主に彼等がお互の事をよく知らない爲めに起るものであると言ふことも知つてゐる。

花嫁、花婿は唯二人で誰も案内するものもなく、おとし穴や絶壁がかくされ、一歩々々歩く度に危險が身をひそめてゐる路を旅させられるやうなものである。そして斯くの如き人々にとつて、私の言ふ事が非常に役立つ、今まで私がこういふ人から受けた感謝は到底筆紙につくせない位である。

此書物を若い新婚の人の手に入れて一番よい時に就いては、私の經驗上、人々によつていろいろ異つてゐる。

或る場合には結婚する前に渡し、他の時には結婚後いくらか時が過ぎてから渡すのであるが大概結婚の時渡してよい結果を得た。此の場合には、新婚一ヶ月の間一緒に讀み合つて非常によい結果を得る。だが此事は私がとやかく言ふことでなく、めい〳〵が正しい判断に從つて行ふべきである。

繰返して言ふ。新婚の人々は知つて居なければならない肝心な事柄を凱に詳細に充分心得てゐるのだと考へるのだ。安全なことではないし、又此事の詳細に渡る事柄は生活の根抵であるからして、私は出來るだけ簡單明瞭に細い事柄を述べて置いた。然し私の經驗では私の所へ來た人で私が書いた物を一度ならず此の細い叙述が役立つのである。一度だけ讀んでそれきりにする新婚の人があるが、大抵暫らくの間手許に置いて何度も〳〵特に或る部分だけ充分承知するまで讀みたがる。

又此の本を讀んで利益を得た人は、友達にその事を告げ、かくして絶えず範圍が廣まつて行く事を知つた。勿論若い新婚の人々のみ此の本を讀んで利益を得るばかりでなく、誰でも利益を得ることが出來るし、そうする權利を持つてゐる筈である。それは貴方達自身の判斷と經驗が決めるであらう。他のクラスの讀者卽ち結婚生活でうまく行かない人々へ私達はかゝる人が隨分多勢あることを知つてゐることに就ては私の色々な經驗があるが、大抵の場合結果が好い。

勿論誤りを防ぐよりは正すことはずつと困難であるが、私はかゝる人達の中で取扱つた誤りの大部分は無知から生じたのであり、正しい知識を得ておくことは、大抵煩悶と悲哀のみあつたやうな場合にでも救ひをもたらすことを知つた。

不滿な夫婦生活は非常に大きな効果を洩すと思はれる別の方面は一緒に此本を讀んで、實際にその通りにやつて見て、本當にお互が理解し得、そして他では決して知られない正しい方法を知り得るといふ事實である。醫者の所へ獨りで相談に行く場合は、誤つた考が起されがちであり、心配事を二人一緒に醫者の所へ行くなど、言ふ事はほんとでないことである。併し一緒に讀むことは心配の事柄を非常にお互に興味あらしめ勝ちのものである。確かに此の本を一緒に讀んで一層惡くなつたといふ場合は今迄にないし、多くの場合言ひ表せない價値と利益とを讀者に與へるものである。そして以上述べたやうに私の書いたものが、非常に利益を讀者に與へたのだ、更に廣い方面の人々に分けやうと決心したのである。本文に入る「はしがき」は本文を正しく理解するやうな心の持ち方を讀者に與へる點で必要だと思ふ。

世間には非常に誤つて正しくない事が澤山あるからそれらは讀むにつれて除き去つてしまは

ねばならない。私の經驗では前置きの章を讀む事は讀む人をしてまじめな正しい考へ方へ導くよい考へだと思ふ。

H・W・LONG

第一章　序　說

或る信心深いクリスチヤンがかつて私に次の樣に言つたことがある、『性を神樣の純潔と調和させる事はどうしても困難である。』と。その人にはなぜ神樣が兎も角も男女の性を作つたのか決して判らないのであつた。

どうして何か別な他のものが無いのであらうか、何故子供は別な方法で出來ないだらうか？性の爲した害惡を見てみよ。殆んどすべての歷史上の害惡は金錢の爲めに爲されたのでないとしたら性の爲め、男女關係の爲めになされたのである。そして金錢の爲めになされた害惡でさへも、その後に性の影が秘めてゐる。性を人間から奪つて失つたならば、あなたは方はもつと價値のあることをなす事が出來る。

神様は性を考へた時に他の方法が缺けてゐたに相違ない。この時に神様は墮落したやうに思はれる。必定此の時に造物主はうたゝねでもしてゐたのだらう。

かゝる信心深い友がある。それに又淋しく一生を送る苦行僧も數多く居る。ある場所には性は多すぎ、他の場所では少くなすぎる。

賣笑婦は保つべきものを與へ、處女は與ふべきものを保つ。母たること父たることは誤解され、肉體は靈魂に對して賤しめられ、そして靈魂は肉體に對していやしめられる。

子供といふものは貞操の横面をピシャリと平手打ちをしたやうなものである。あなた方はどうしてこうなり又どうなつてゆくものか知らうとした事がありますか、我々は若い者を全然無知の中にすごさせる。彼等はいつも疑問に對しての答を求めてゐる。だが學校でもそれらに對しては答へて呉れない、兩親ですらも又誰も答を與へて呉れるものはない。と言ふて答なしで濟まさせれない。答をどこまでも求めるが、正しいのを得ず多く誤つた答を得る。疑問がきれいに洗はれずに間違つた答で汚される。まじめな愼のある答を得ないで不まじめな不謹愼な答を得る。自分の體が信頼せしめるやうにではなく、却て疑はしめるやうな答を得る。

何も知らない子供が、何も知らない子供に問ふ。知らない以上はどうにもならない。又こういふ子供を持つた大人は何も知らさい。

併し次第に性的環境に近づいて行く樣になり、やがては親になつて失ふ。彼等としては自分の最善と思ふ事をなしたのであるが、性といふことを眞實に知らないのである。根本を究めないのである。進みもなく、退きもない生活を無意義に生きてゐる。彼等は性を拒みはしなかつたが、その特權を持ちながら、それを喜ぶべきものだと考へない。

親は子供に「今に判る」と言ふ。教師は「そういふ事は家でお聞きなさい」と言ふ。子供はやがて不審がる、皆が話すを嫌がつてゐる、性とはどんなものなのか？　人の言ひにくい自分の體とはどんなものか？　自分の體は立派だと思ふし、それを見たり、嗅いだり、觸れたりすることは好きだ。それだのにいつも急いで衣物を着ける。私の體は大切なものだ、よく注意しなければならない。しかしよく體のことは知つてゐなければ、どうしてよく注意することが出來やう。父になり、母になるものを持つてゐるものだと思ふ。父になりたい母親になりたい、併しどうしてそうなれるものか、誰か言つて吳れなければ、どうしてなれやう？　だからそれなよく知つてゐなければならない。それが本にも書いてなければどうしやう？　誰か私に親切に教へてくれる人があるだらうか？

　性を靈魂と並べて考へて見ると、私には汚れたものでなく清いものとして神の巧みに配せられたものと思ふ。男性と女性との間から子供が生れるのはどういふ譯なのか？　私はその事が非常に清らかな仕事だと思ふ、が何故人々はその事を汚れたことのやうに言ふのだらうか？　それはその事を輕んずる人々のせいである。私はかゝる人々が虞へながら拒み避けたがる問題を明々白々に此處に解決の扉を押し開かうとするのである。

第二章　公表の理由

　以下述べることについて別に辯解がましい事を言ふには及ばないが、何故此本を公表したかその理由をはつきり一寸說明することは必要だと思ふ。

　人間の一代々々によつて得られた知識は、次の代へと傳はつて行き、かくして人間の生活がますます向上進步してゆくといふ事は人類の特長の一つである。こういふ進步發達の方法は本能だけが唯一の知識を與へ又傳ふる道具である、動物界では見られないことである。こゝが人類と動植物などの他の生物と異つてゐる點である。

然し不思議な事には多くの文明國では性に關するいろ〳〵な知識を記錄したり、又他の人に傳へやうとすると刑罰で禁ぜられたり、又一般からも悪いことだと考へられて來た。事實醫者によつてその職業上の知識は保存されて來たが、それはその職業に從ふ人々にのみ限られてゐた。此知識を一番必要としてゐる人々に對しひろめ傳へると言ふやうな事は少しも起らなかつたのである。人間が知らなければない物事の中で、最も重要なものは男女の性の問題である。男女の病氣の大部分は性的生活の誤りから生じ、他の精神上の病氣には、わずかしか比較されない。

人間社會に行はれる犯罪の半ばは多少直接に性的關係に基いて居り、性的誤解から起る病氣が最も多い。之等すべての病氣犯罪及び不幸は殆ど吾々人間が誰でもその中に生活して行かねばならぬ性的關係の無知から惹き起される。ほんの僅かの人々があらかじめ正しい確實な知識を持つてゐても、それを他に知らせる事を正しいと考へないで自分だけ心得、又つゝましやかさや恥かしいと思ふ爲めに、正しい理解を自分は得てゐても誰にも知らせないのである。かくして人々は此の人生の有要な事柄を無知によつてつまづきながら一代々々と前の時代の人のした同じ誤りを繰り返しながら少しの進歩もしないで進んで來た。こういふ有様の爲、何百萬の人が苦しんで死に、又生きて居る、人は正しく知つて居れば愉快に過せる時を苦しみ惱み悶へ通すのである。かく人間生活の根本が常に日常生活の邪魔者となつてゐる事は正しくもなくよい事でもない。吾々は性的關係が他の人間の部分、耳とか目とかよりも一層淸いものであり、科學的知識が必要であると思ひ度い。

更に一般の人々が此問題に對して喧しく言ひ初めた。此事は日常の新聞、雜誌に現れる論文や、文學上の議論や多くの書物を見れば分る。學校に性の衛生に就いての講義がなされやうとしてゐる。「世界は動いて行く」のである。

あなた方に著者が、科學的、專門的文献を讀み多く男女に接し、個人的又は職業上の私の經驗によつて得られた性に關する知識をお傳へするのは正しいことだと言ふ理由で、此の本を書いたのである。

第參章　正しい精神的態度

以上主題となる事柄に就て大體の注意を述べた、が特別な目的は特に結論の問題を扱ふのである。卽ち若い夫婦にその眞に利益となることを告げ知らせる事なのである。彼等が入り込んだ新らしい初めての生活を、正しく始めさせるばかりでなく、その一生を通じて、その生活を絕えず常に增して行く喜びに充ちたものとする。かくして行く樣に手傳ふのが特別な目的である。

先づ結婚せんとする男女の心得ねばならぬ事は、お互ひの性的交りに入る前に各自人間の兩性の性的機關の解剖と生理とを充分知り、且つ胃袋の性質、構造作用又は消化作用、又は他の體の器官の性質を學ぶ樣な落着で平氣で當り前の事の樣にその知識を得る事である。自分の心や體はきれいで潔白なものであり、どの一部でも他より特別に尊いといふことはない。何所も同じに潔白で淸純である。普通の若い人々で、かゝる知識を得たりするのは嗜みがないとか、間違つてゐると考へたり、或ひは旣に敎へられて興味を持つて居ないので無いならば、誰しもかく性の研究をするであらう。彼等は斯う言ふ知識を得度いと常に熱望してゐる。自分の知ることの出來る何んな他の知識よりも――。

だが、かゝる事を知るのは到底力におへない事だ。そして唯秘密極る又汚れた方法でほんの僅かしか知り得ないのである。前頁に引用した文句は此問題で何が正しい事か知らしてゐる樣に響く。諸君は先づ心の中に此の文句の表はす心持を確りとつかまなければならない。

大抵の若い人々はさうするのはたやすく無い事だと言へる。諸君は自分にもこう言ふ事があるんだと氣付いても當惑したり、恥かしがつたり、變な心持になつたりするには及ばない。何もとがめる事はない。過失による不幸な者であるわけではない。

一人前の若い者が心得ねばならぬ事を世間が言ひ止めたり教へこまなかつた爲なのである。そして長い間の習慣や頑固な抑制の態度をゆり動かし、とり去るのは些事ではない。事實かく奥深く力ある偏見を充分に除くには數月數年を要する事もある。唯淸い心持ちで居れば總てのものは淸くある筈である。といふ端的な言葉を確り頭に刻み込みなさい。

併し淸い事は空虛な事でないことに注意しなければならない。空虛どころか反對に充實、完至を意味する。甚しい知識しかも一番勝れた知識を持たなければならないと言ふことなのである。人間の性的機關とその作用に就ての知識を得るやうに學び乍ら諸君は性的な熱情、慾望を去る樣に努めないで、却つてそれに恥ぢたり、それに苦しんだりするよりむしろそれを誇りとするやうにしなければならない。それで諸君は以下述べることに對して正しい心の持ち方をする樣に努めなければならない。つまらない無暗な好奇心を去り、恥かしがつたり、驚いたりするやうな心持を除いて（若い女にとつてこの二つ『驚きと羞恥』が間違つたつゝしみも内氣のために最も打ち勝ち難いものである。）愼みのある打ち明けた良心的な心持で、他の何よりも人間の生活での一番に重要な事柄の正直な眞理を知りたいと欲して居る人の樣にまじめに本文に接するやうに努力しなさい。そういふ心持で讀めば喜びと利益とを得ることが出來るであらう。若し讀んでるうちに心臟の鼓動が餘り激しく打ち過ぎるとか、手が震へるとかして昂奮しすぎたり驚いたりした時には讀むのを止めて、暫くの間他の事に氣を移し、再び心の落つきを得て充分前の氣持を取り返してから讀續けるが好い。

以上の事を腦裡に藏して讀むなれば、正しい効果を得るであらう。

第四章　性的器官（生殖器官）

今迄必要な注意を述べたから具體的な實際上の說明に移る。先づ男女の性的器管の短い說明を試みる。先づ最初には此處で名稱と必要なだけの簡單た說明とを述べ、その作用や其他の詳細は先に言つて說く。

男子の性的機關は大ざつぱに言ふならば、陰莖と睪丸とからなつて居り、下腹部、兩股の間體より前方にある。陰莖は肉質筋肉の器官で非常に感覺に富み、それに含まれる血管は、身體のどの部分より甚だしく膨脹せしめられる。安靜に昻奮しない時は、通常の人にあつては長さ三吋乃至四吋、直徑一吋前後である。昻奮し勃起した狀態にあつては擴大し固くなり、通常の人で長さ六、七吋直徑一吋半內至二吋になり、殆ど完全な圓筒狀をなし、前の部分より根本の部分が少し太い。睪丸は二つの腎臟の形をした線で大きなサハグルミの樣で陰囊と呼ぶ一種の袋の中に入つて居る。陰囊は眞直に兩股の間、陰莖の根元に垂れ下り、その中に睪丸で下腹から出てゐる筋で釣り下げられてゐる。左の睪丸は右のより袋の中で少し高くなつて居り股が合はされた時一方が他方の上にずれて押し潰される危險を防いでゐる。之は自然が人間の器官を充分に危害から防ぎよく保たれる樣に考へた色々の方法の一つであり、凡ての生命の中で最も不思議極まる人間の身體に深い尊敬の念を持つて人間を感動させる一事實である。男女の性的器官が或る身體の部分は陰部として知られて居り下腹から陰毛で覆はれてゐる。それは大體頭の毛と硬軟、性質に於て等しいものである。此毛は多少ちゞれて居り、一時位の厚さで陰部一體を眞腸を越へて股の間迄覆つて居る。時折眞直ぐで絹のやうなものもあり、非常に長く延びたのもある、或る婦人の如きは膝まで延びたのさへあつた。

充分に延びた多量なよい陰毛は婦人にとつて充分誇るに足る價あるものであり、この事實を認めない人があるけれど事實はやはり事實である。

女性の器官は大體次の通りである。陰門――外へ出てゐる部分、膣、子宮及び卵巣である。最初のもの以外は體內にあり、陰門は後に述べるいくつかの部分から成り、膣は陰門から子宮へ至る管であり直徑、長さは大體陰莖と同じで深さ六、七吋あり男の器官と一緒になつた場合に男のをうまく入れる樣に橫に擴がることが出來る。膣は內に向つて開き子宮で終つてゐる。

子宮は西洋梨の形の袋で子宮膣の中に筋と筋肉とで上から頸を下にさげてゐる。姙娠してゐない時には上の方の直徑二吋半位（一番幅廣い部分）で下の細い頸の方へ次第に細くなつてゐる。

膨脹しない時には固く筋が張りデリケートな非常に敏感な神經と廣い血管とで充たされる。その下の方の頸の端でまつすぐに膣に開いてゐる。卵巢は二箇で子宮の上の兩側をモヽネ（股の接ぎ目のグリ〳〵）の上の邊にあり、小さな扇に似た形をした腺でフアロピア管（輸卵管、喇叭管）として知られてゐる小さな導管で子宮と結び付けられてゐる。以上が男女兩性の簡單な生殖器官である。その作用や說明の詳細は次に移つてから考へることにする。

第五章　性的器官の作用

性慾の第一の目的は再生保持だといふことは言ふ迄もない。かく物質的な動物的な方面から見れば人類は他の如何なる動物とも異るところがない。ホイットマンの言ふ樣に『性ある所に生殖の必要がある』花はこの性質を持つて居り、凡ての植物も同じである。動物界にあつてもさうであり、男女兩性は最もすぐれた創造物である。

生殖、再生の主要な事實は生殖の起るところはどこでも同じである。世界の何れの所でも新たなる生命の姿が現はれるのは常に、二ッの力、二ッの要素、二ッの原子の結果である。この二ッの要素はその性質、機態に於て異り、片方だけでは不完全な價のないものである。新らたな結果が得られるのは、その二ッの結合によつてのみである。『自然に於ける凡ての一元の二元』と言ふ句は此事實を指してゐる。

數世紀前あるローマの哲學者が『萬物は卵より生ず』と有名な文句を書いたが、凡ての生命の姿にとつて實際に眞實である。あらゆる生命の始りは一つの卵からである。

此點で人間の生殖は他のものと全く同じである。新らしい生命を生む場合には大抵女性が新たな創造が行はれる卵の泉である。

併し此卵はそれ丈けでは實らないで男性のみが造り與へる要素と混ぜ合せてのみ新生命が生じる。此要素は精虫として知られてゐる。その機能は女性によつて造られた卵の中の眠れる芽を實らしめ、新たに獨立して生命へ出發せしめるのである。かくして始められた生命の姿は次第に大きくなり、遂に――動物により色々異つてゐるが――一定の期間の終りには完全な若い個體、兩親の子となる。

女性に於ける卵の受精は受胎とよばれ、その大きくなる狀態を姙娠と言ひ、獨立した生物となり、生れるのを分娩と言ふ。生れるまでの大きくなつて行く間は新らしい若い生命の形は胎兒と呼ばれる。

男性による女性内に於ける卵の受精は（以後は人間間の男女性に就てのみ述べる）最も興味ある重要な事である。

既に述べた樣に實を結ばぬ卵は婦人によつて作られる。其時期は春期發動期で陰部に陰毛を生ずる時であると知られてゐる。

此現象の現はれる時は、十歲頃から十五六歲までの間で平均大抵十四歲である。此頃に卵の發生が始まり、大抵の婦人にあつては姙娠、授乳の期間を除いて約三十年間二十八日に一回づゝ正しい間隔を置て繼續する。此期間周圍の事情がよくて男性の精虫と會し得れば婦人によつて作られた卵は姙娠する事が出來る。大抵女性の卵と男性の精虫との會合は次の樣にして生ずる。

卵は卵巣で作られ、そこで此腺（卵巣）の中で作られた細胞から徐々に成長して行き、充分成長した時、卽ち受精してもよい時卵は卵巣から出てフアロピアン管を通つて子宮へ下つて行く。前に言つた樣に、こう言ふ具合に卵巣から子宮へ下つて行くのは二十八日目毎で、この際一種の出血があつて、血液の流れがフアロピアン管を通つて卵を運び子宮へしまひ込むのである。此血液は卵を子宮へ下す役目を果して後、膣を通つて外へ出て股の間に繃帶をあてがつて仕末される。此出血は凡五日間位續き月經と言はれ、此期間にある婦人は月經期にあると言はれる。月々に定まつて起る故にその名がある。卵は子宮に到着して後十日間程そこに止まり、その期間に受精しなければ子宮から膣を通つて體外へ出る。しかし受精に對してよく成熟してから卽ち卵巣から子宮へ出かけた時から子宮へ止まつてゐる間、卵が男性の精虫と出合つた場合は受精しやすい。——受胎され得る。此事は最も重要な事で結婚して幸福に生活して行きたい人の充分に理解し、頭にとゞめて置かねばならない事柄である。以上女性內の卵と精虫の結合を述べたが、更に此共同動作の男子の側を說く。

精虫は睪丸で造られ、各精虫は一個體をなし、男女生殖器の結合には數千の精虫が送り出され役に立つ用意をしてゐる。若し無數の精虫のどれか一つが子宮で卵と接した場合に受精は起りやすい。此精虫は非常に小さく肉眼には見へないが、顯微鏡を用ひればよく見られる。生れて間もないオタマジヤクシの形に似てゐる。陰莖の根元、腹の中に陰莖の太い指環に取りまく攝護腺と呼ばれる大きな腺がある。其は鷄卵の白味の樣な粘液を分泌する。此腺の間近かに殆どその一部をなして一つの袋があり、その中に攝護腺から分泌された粘液が流れ込み、いつでも役立つ樣に貯藏されてある。此攝護腺から出て來る粘液の仕事は睪丸でつくられる精虫を運搬する媒介をなす事である。睪丸から攝護液の入つてゐる袋へ行く小さな導管がある。それは輸精管と呼ばれ、そこを通つて精虫が睪丸から攝護液のある袋へ入つて行くのである。そこで精虫は攝護液と混じ、その中で自由に活動し、更にその攝護液によつて何處へでも運ばれることになり而して攝護液と精虫の結合したものを精液と言ふ。顯微鏡の下で見ると僅か一滴の精液の中に攝護液の中を泳ぎ廻つてゐる無數の精虫が見出される。此形で活き〳〵した男性の要素は女性の不結實の卵と會合するのである。此の活き〳〵と動いてゐる幼種の塊は卵が受精されるのを待つてゐる所へ流れ入りそのめい〳〵の精虫が卵に出會ふと、卽ち卵を受精しやうと狂氣になつて走り廻つてゐる樣に思はれる。

此生命の男女の源の混合が出來る樣にするには男女の生殖器の結合が必要である。此結合の爲めに陰莖は血液で充されその血管はすべて出來る丈け擴がり太く固くなつて平常の靜止してゐる時より（前に言つた樣に）數倍の大きさに達する。かくして此固く膨脹した男性の器官を完全に入れらるゝ樣に自然に作られた女性の膣にその底まで突き入ることが出來る。こう言ふ具合に陰莖は擴がり膨脹した膣に挿入される。一度結合するや兩方で器官を互ひに前後に動かし、內外に出し入れし始めその動作で兩方の部分は尙膨脹し、ます〳〵緊張し昂奮せしめられる。此の兩方の器官の摩擦の運動は一種の電流を生ぜしめ、動作が續けられるにつれて增大する。此電流をお互ひの接觸の中に生ぜしめるのは不導體である。陰毛の役目あると言はれてゐる。此の性的な動作で非常に不思議な作用をする腺が男女に一つ宛ある。男性にあつては龜頭女性にあつては陰核であり、前者は男性の器官の最頂點にあり。後者は陰門の上半部の外側にある。この二つの腺は非常にデリケートな外皮で覆はれ、非常に敏感な神經で充ちてゐる。動作が進むにつれて此腺は益々敏感になり、その最頂點(オーガズム)に至るや遂にその器官の一種の神經の破裂を生ずる。此最頂點に達することを普通ゆくと言ふ。男子の側では此オーガズムの瞬間に今まで攝護液の袋の中に止まつてゐた精液を急にその貯藏嚢から押し出して噴出せしめ、痙攣的な力で陰莖を通つて膣と子宮腔へ射出され、その邊一帶文字通りに生命を與へる液體で洪水になる。それと同時に子宮の口が廣く開いてその中へ子宮に卵があるとそれを取圍み乍ら、此父の種が流れ入り突進する。これは性交、交接と呼ばれる性的行爲の最頂點である。取卷いてゐる數千萬の精虫の中、卵子とどれか一つぶつかれば、それに受精し、受胎が起る事になり、女子は姙娠して姙娠期が始まる。

以上は性交と姙娠の生ずる簡單な説明ではあるが、夫婦の性的關係のほんの僅かな部分であるに過ぎない。すでに言つた如く、かく性的器官を單に子孫を作り種族の維持を保つ爲に用ふることは他の動物と同じに持つて居る性質であり、物質方面では本質に於て人間間の新しい生命の初まりは他の哺乳動物と少しも變らない。どの場合でも卵子は女子の卵巣内で作られ子宮へ移つて行き、そこで男性からの精液に出會つて精虫によつて受精され、かくして胎兒が發生して成長して行く。此れは凡ての動物の生殖生活の生ずる一般的な手段である。しかし動物とは全然異つたそして性交なる行爲をたゞ緊殖の爲のみだと言ふ考より、一歩進んで考へなければならない現象が人間の性的生活の中にある。それを吾々はこれから考へ研究する。

人間を除いた動物界では卵子が子宮に現はれて受精されてもよい樣になつた時のみ女性によつてのみ性交は許される。他の時は何時も人間の他の動物は無性である。その性的器官は眠つて居り少しもそれを活動させるものはない。性交に對する欲望を示すことができないばかりでなく、例へば無理にやつても彼等は全力でそれに反抗する。だが卵子が子宮に現はれる時には此女性共は性交の慾望に燃え、男性と出會てその卵子が受精せしめる液を得るまで——又卵子が子宮から出てしまふまでは彼は休息を知らない。こういふ時に彼等は凡ゆる危險を冒し姙娠せんと何事をもなすのである。雌が雄に自分の性的慾望と必要とを知らせる色々の方法は誰しも知つて置いてい丶やうな興味ある不思議なものであるが、此方面の事はそれ〴〵他の書物により知られるからこ丶では話さない事にする。だが婦人にあつては凡てこれと相違してゐる。事實普通の婦人にとつて子宮に卵子が現はれても大抵の場合性交に對する慾望は平常と異らないのである。即ち女には動物の雌に於ける樣に一定の期節に急に熱烈に慾望に燃へると言ふ樣な事はない。確に稀ではあるがある人々は月經直後（既ち卵が子宮にある時）普通より強い慾望を感じるが、こう言ふ場合は稀で、動物時代の狀態に戻らうとする退化遺傳と考へられる。

大體大抵の女にとつて子宮に卵子が現はれる場合でも、何等變化なく慾望が募るとか反對に嫌悪が深くなると言ふ樣な事のないのは事實である。かく人間と動物との間の相違を考へると次の樣な興味ある結論を得る

第一此現象によつて動物と人間の女性との間の性慾は全然別なものだと言ふ事がわかる。何故なら動物では一定の季節以外には性交は出來ないが、人間では子宮に卵子があらうがなからうが、動物よりはずつと多く出來るだけ慾望される。即ち人間にあつては動物とは全然異つた狀態で性交する可能性があると言ふ事になる。是は非常に重要な事である。此事は大多數の結婚した人々でもその限度がボンヤリしか認められない重要な結論である。かゝる相違ある事は結婚した人々に知られてゐるしその實際行ふ所はその周圍の事情によくあつてはゐるが、是がどう言ふ譯なのか大抵知らない。又考へ樣ともしない。だがまさに此點に結婚生活の眞の成功

と成敗の核心が横たはつてゐるのである。此事實の圍りに夫や妻に生ずる凡ての煩ひがかたまつて居るし、その圍りには眞に幸福な結婚生活のすべての喜びと限りない喜悦とが集つてゐるのである。此事が結婚生活の眞實の狀態についての知識をして非常に重要なものとするのである。此の狀態が正しく理解され、そして夫婦がその狀態によつて得られた規則に從つて實地に行へば、離婚沙汰などゝ言ふものは影をひそめてしまふことであらう。動物と人間の女性の間の性に就ての相違して居る事實を知つてゐる思慮ある人の心に浮ぶ最初の結論は、既に述べた樣に性交は姙娠が目的でなくとも婦人によつて行れ得ると言ふ事である。他の動物にあつては性の機能は唯單に子孫の維持の爲めの機能に過ぎないのである。今迄にそれ以外の目的の爲に行はれた事はない。全くそうする可能性はないのである。併し本能に從ふ許りでなく、各自の意志で性交する事のできる力を持つて居るので、今まで知られなかつた新たな性の機能が生じて來ると言ふ事は公な開けた心の持主なら、論理的に理窟が立つてゐるばかりでなく逆ひ難い事と思ふであらう。此事から人間間の性は他の動物には全く知れない機能をなすものだと言ふ事に自然なる。更に一歩進めて言へば、人間の性的行爲は子孫繁榮の爲より、別な目的を持つてゐると言ふ事になる。それで次に起つて來る當然な質問は、人間にだけ與へられてゐる新しい經驗とはどんなものなのか？

どう言ふ爲のものなのか？　何うして行はれるか？　これ等の質問は正しい生活をしやうと望む思慮ある人に當然生ずることである。そして正しい實際的の知識を持つ事は禍から身を救ふ唯一の道である。夫と妻がその結婚生活の最もよき狀態に達する時、彼等が自分等の性的關係で生殖の目的や、凡て其他の點に對して何が正しいかを知り、且つ行つて後理解が出來る。此事をよく心得ねばならない。

此第二の機能卽ち單なる生殖のため以外の性交をよく心得て行へば、最も高い肉體的精神的幸福をかち得る事が出來る。

實隣此最も完全な人間の經驗を知らない男女は決して男として、女としての完全に達する事ができない。そのお互ひの生活が正しい方法で施行されるとしたなら、あらゆる健康、愉快、幸福は、その旅路を辿る女に來るであらう。

第六章　性　交

嚴密に言へば、性交の行爲は四つの部分に分かれる。と言つてはつきりと四つの行爲に分たれるわけでなく、正確に充分に說明する爲に區別された四つの變化の有様があるのである。

四つの部分とは第一性交への準備第二器管の結合第三器管の運動第四最頂點（オーガズム）である。

第一の行爲に就てはどの場合よりも『急ぐは骨折損のもと』と言ふ句を言はなければならない。此事を充分しつかりと頭に入れて置くことが肝要である。結婚生活の百中九十九の煩悶病氣は此事に基て居るのであり、その罪は大抵（殆どではないが）男の方にある。併し惡く考へるに及ばない。千度に一度でも故意に間違つた事をする者はない。かゝる男子は方向と抑制とのない性慾の犧牲であり、愚かしい輕蔑や、不注意や、無考への爲に生じた無知の犧牲なのである。こう言ふ夫の實際する事は自分の知らないでゐて、自分の思ふ時、思ふ方法でする權利があると考へ一途に盲目的に突進する事である。天國へ達した理想が足元からくつがへつて滅茶々々になり、口や筆では言ひ表せなかつた希望が絕望に變り、夢は恐ろしいうなされとなり結晶した水の様に純潔だつた愛は汚されドブ溜になつて失ふ！　そして此凡てが不注意に急ぐ爲、又は注意深く餘裕を持たねばならぬ時に急ぐ爲なのである。

既に述べた様に性交の場合には男女の器官は非常に變化する。血は全血管に多量に流れ込んで器官に充滿するや、陰莖は平素の靜止した狀態より數倍の大さになり、陰門も膣も周圍の狀態が正當ならば同樣の變化をする。併し普通は男女間にはそう言ふ變化が生ずるに要する時間の長さが非常に異つてゐる。男の方では情慾が或程度までに惹き起されるや、陰莖は直に性交に移つてもよい用意をし、殆ど同時に勃起して固くなり、生理上では膣に入る用意が出來るのである。他方女の方の膨脹は相當時間を要し通常數分であるがしばしば三十分或はそれ以上に及ぶ事がある。之は必ずしも常にそうだと言ふわけでなく、非常に熱情的な人なら殆ど一瞬間に性交の用意の出來る場合もある。實際男の器管に觸れてさへ器管の膨脹するものもあり。なほ着物が男とすれ合つてもオーガズムの感じを持つものも時折ある。併し大體女は性交に對する準備をするに男よりはずつと遲い。

器管が性交への用意ができるや自然はその結合を容易に且つ幸福にする爲不思議な方法を與

へてくれる。卽ち兩性の器管は一種のヌル〳〵した液を分泌して流れ出し、その部分を覆ふのである。此液體はすき通つた卵の白味の様なもので、口中で分泌される唾液と非常に似てその濃厚なものに過ぎない。化學的には唾液と全く同一のものである。男の方から出されるものは「攝護液」と言はれ、女の方からのは「性交前分泌液」と言はれる。此液體が分泌される時間があれば全部面はそれで覆はれ驚く程結合が容易になる。龜頭はすべ〳〵した液で覆はれ陰門と他のすべての膣の壁面は充分しめされ、同時に膣壁は擴げられて軟かくなり陰門の全部も同じ様になる。その結果一寸見て陰莖が如何にも大きくて膣に入る事が出來ない様に見えても、事實兩方の器官は完全に容易に入るのである。所で比處に面倒が起つて來るのである、若し夫が急いで、妻の方の用意が出來るまで待つて居ない場合、その大きくなつた固い陰莖を結合する用意の出來てゐない時、卽ち液が出てゐず膣が縮んでその壁面が濕つてゐない時、無理に膣に入れる場合唯不幸のみが生ずる事は明かである。女は時には非常に酷く負傷を受ける事もあり、男は事實その行爲からは、單に動物的滿足を得るに過ぎない。

あらゆる世界の悪い事柄でかゝる性交は最悪の一つである。そして此場合先づ考へて心付けねばならぬ事は、充分時間をとると言ふことである。

女の方にも一つの理由がある。即ち特に新婚であり、こういふ事には未經驗である場合には時間が延ばされなければならないのである。妻の無智やすべてその教育が惡い事をするのだと思はしめ、尠くとも惡い事をさせるのだと思はしめ、この事の爲に熱情の順當な成長は妨げられ、その性的器官の勃起は邪魔され、性交前液の分泌は遲くなり共同行爲に用意されないことになる。尙妊娠への恐怖が非常な妨げとなる。この事はお互によく考慮に入れなければならないが、妊娠の生ずる場合の細い事は後に說くことにし此處では當分除いておく。それは或點が充分理解されてからの方がよいから。

さて性交前の準備は如何にすべきか、その方法は戀人同志が言ひ寄り合つてふざける樣にする事である。こう言ふ時に急ぐものでない事を記憶しなければならない。彼等は色々とふざけ合つて接吻したり、抱き合つたり、一口に言へば色々の方法で一緒に遊ぶのである。心の冷かな人は馬鹿な事だと言ふだらうが、戀人同志は口に言へぬ快さを知つてゐる。こう言ふ事が性交に移る前に色々と何時もなされなければならない。若しそれが取り去られたり無視されたりすると、性交は悲劇に終つて主役は舞臺に死んだ樣に横たはつてゐる事になる。此結婚生活に必要な事が餘り行はれない第一の理由は結婚に對する誤つた考へから起る爲であらう。或る新婚の夫婦が結婚後一ヶ年もたつたのに子供もなく、やがて夫は夜遊びを始め出した。或晩も出かけ樣とした夫をとらえて、妻が何故自分を殘して毎晩出て行くのかと尋ねると、夫の答へるのに「何故つて、お前は此頃少しも愉快にしてくれないではないか、結婚前はいつも綺麗な着物を着けてゐたし、快く笑つたり、唄つたり、膝に座つて本を讀んだりキッスしたりしたのに今は少しもそんな事をしない」と言ひ終らぬうちに妻は答へて「でも私達は結婚したのですから、あなたが私と一緒にゐらつしやるのは義務です」と。夫が彼女の目前の扉をピシャッ！としめて出て行つたのに何の不審があらうぞ。却つて彼がいつも戻つて來るのが不思議である。一面こう言ふ事は無知な不注意な夫によつても、新婦に對して行はれる。此害惡はすべて「でも私達は結婚してしまつたのだ」と言ふ言葉で表される。（さて前に戻つて）

結婚生活への幸福の鍵はお互ひに言ひより愛のたはむれをする事である、と言ふ事を心得ねばならない。結婚生活中お互ひが戀人同志であることを忘れてはならない。そして戀人同志のしない様な事は決してしない様に注意しなければならない。妻はその夫の爲に身なりを綺麗にせよ。そして自分の爲にも。

美しい結婚愛の花は絶えず夫により妻により、できるだけ注意が拂はれる事が必要である。こゝに述べた事を忘れない様に時と所とに從て行ふ可きである。この事が充分に頭に入つたら次に進んで行く。

で性交の最初の行爲は相當の愛の戲れ合ひであり、その場合に決して急いではならない。結婚したものにとつては結婚しない場合よりははるかに大きな可能性がある。結婚前には着物や色々な不便がある。が結婚後ではそう云ふ不便が少しもない。故に正しくすれば充分に完全な行爲ができる。かくしてお互に自由に、その本能、衝動の暗示さる凡ての事、慾望の刺戟するあらゆる事をなし、抱き合ひキスをし、お互ひに思ふが儘にたわむれ合へば――そして、それをするのに急がなければ、二人のする大仕事の第一の行爲は完全に行はれる事になる。生殖器官は結合を待ち用意は備ふ。攝護液の流れは陰莖の勃起を増し、膣の周壁と陰門一體は膨脹し軟かく多量の液でヌル〳〵に滑かになり、萬事第二の行爲、卽ち器官の結合への充分な用意ができ上るのである。

こゝで結合する場合の體の姿勢の事を述べる必要がある。これには多種多樣の型があるが、こゝでは最も普通なのを述べる。（四十種以上の型があると言はれてゐる）一番普通な姿勢は女の方は仰向けに平になり、兩足を廣く開き兩膝がめい〳〵脚の上と下の部分のなす角が直角よりせまくなる樣にし、頭が高くならぬ樣に枕をはずす。その腕の中へそしてその開かれてゐる脚の間に戀人が來るのである。その體は女の上になるが體の重みが少しも女にかゝらぬ樣にして、膝と肘とで體を支へなければならない。比姿勢で顏と顏とを合せて、（そして人間のみがかゝる姿勢で性交が出來る事に氣を付けなければならない。普通の動物では雄はいつも雌の背中に乘つて、決して性交する間にお互ひに目と目を見合つたりキスしたりする事はできない。比點は人間と動物との特徴ある重要な相違點である）前に述べた樣に用意ができて居れば自然に容易に器官が合せられる。女は父踵を男の膝のうちへ置て兩腕でしがみつく。周圍の事情が充分に備はつて居り妻が望まない限り陰莖を膣の中に餘り急に入れてはならない。けれども女の情慾が陰莖を入れさせるまでに充分昂まつてゐる場合には、かく大膽に入れる事を女は非常に望む。すべての事情がよければかゝる結合は女にとつてはしば〳〵非常な悦となる。併し若しそうするのに女の方に苦痛が生じる時は、やさしく徐ろに陰莖を少宛膣の中に入れて全部入れ込んでしまふのである。一度かくうまく合せられると、膣、子宮腔は更に膨れ二つの器官は完全に合せられ一番高い香味で唯一無二となる。これが第二の部分であり、一度うまく結合し器官が完全に落ついてはめ込まれると第三の行爲、卽ち陰莖を前後にずらし、膣へ入れたり出したりする。卽ち器管の運動が初まる。

實際に二つの器官はお互ひに共通な此運動に入らなければならない。お互ひに二三吋前後にずらし、各自その運動の半分をなさなければならない。何も知らない妻と、よく知らない夫とは、此運動はすべて夫によつて――卽ち夫はその陰莖を膣の内外に動かしその間妻は靜かにねたまゝ全部夫にさせる――ものだとよく考へる。がこれは非常な間違で、その爲に無數の夫や妻に限りない病を引き起すことになるのである。以下その理由を述べる。

今述べた姿勢で妻が兩腕で夫の體を抱き踵を夫の膝うらにおき、一方夫は肘と膝とで妻の上にかぶさる體をさゝへて居れば、妻は好きな様に尻を上下、左右に動かしたり又はグル〳〵輪を廻す様に振り動かす事は自由に充分にすることができる。そして彼女の部分の入れたり出したりの運動——充分の機會があれば喜んでする——をやれる。とは言へ男が女の上にその體の重みをかける場合には、女の方のこの運動は出來なくなり恐ろしい結果が起る事になる。だから夫はできるだけ注意して妻に思ふ様に、そして、クライマックスが彼女に長びく様にその尻を動かす完全な充分な自由を與へなければならない。妻が今言つた様に自由に動く事が出來、入れたり出したりの運動がちやんと行はれると、その次に生ずる事は、非常に程度の相違がある。かくしてクライマックスは性交の最後の行爲に達する時間は二三秒の場合もあれば數分を要する事もある。又四五回の運動ですむ事もあれば、數百回の運動を要する事もある。此は夫と妻の情熱の強さと此行爲をする熟練さによるものである。此運動の爲にすべての器官は更に興奮し、膨脹し。順當に行けば運動は益々速くなり陰莖の突込む深さは器官の許す限り又お互に離れない限ります〳〵長くなり、ヌル〳〵する液の流出は益々多くなつて突然絶頂（オーガズム）、即第四の段階に達する！

此絶頂（オーガズム）が何に似てゐるかと言ふのは困難で、その自然に發生し、一種の神經的痙攣である點でくしやみに似てゐる。性的絶頂（機能亢進）は神經的痙攣又は筆舌では言表せない動悸的神經的爆發で、それに到達した時は、その動作を意志の力で全然止める事の出來ないもので、それによつて起される感覺は悅ばしく快よい事言語に絶する。それはあらゆる人間の經驗の最高の絶頂であり、夫と妻とが同瞬間にこのクライマックスに達する事は人間生活に於てこれより他にすぐれたものゝない完成である。此性的能力の最高點に達するのは、すべての夫と妻との努力たる價値ある決勝點（ゴール）である。

男の方ではこの絶頂に達するや、精液が射出され膣と子宮との地域に注がれる。かくクライマックスに一回出される精液の量は茶サジ一杯程で射出された場所にあふれみなぎるに充分である。その機能と用途はすでに述べた通りである。女の方ではオーガズムによつて何等精液のやうに射出される液の溶出はないが、神經爆發の點ではその器官の痙攣的行爲は相手と同じ事で、その器官到る處動悸にみたされ、子宮の口は痙攣的（震動的）に開いたり閉ぢたりし何度も膣は膨脹したり收縮したりして、陰門も同じ動作をする。此感覺は最も快いもので婦人の全身は言ひ表せない悅びで繰り返し〳〵震へる。とは言へこれは婦人の快感絶頂のすべての役目の様に念はれる。

多くの人々特によく知らない若い夫は此事は姙娠するのになくてならぬものだと考へるが、事實は何等姙娠とは關係かないものである。姙娠するに必要な第一の事は子宮に卵があり、そこで精液と出會ひ受精されねばならないのである。姙娠するだけならば女は性交の場合快感を全然必要としない。實際膣の中に誰かゞか取つて來た精液を普通の注射器で注射すれば姙娠し得る。だがォーガズムが同時に双方に起らないと姙娠しないと誤つて考へる爲、ォーガズムが同時に起らなかつたから姙娠はしないと思つたのに却つて姙娠をひき起す場合が多くある。又結婚した男女でも女はォーガズムを感ずる事が出來ないものと思つてゐる人が多い。著者はかつて、充分教育ある婦人で二十年間も夫婦生治をして六人の子供を生みそれでもォーガズムを知らず、その後ふとした事でそれを知つて、それ以來多年その悦樂を樂しんだと言ふ事例を知つてゐる。實際ォーガズムの快感を經驗した事のない婦人が隨分ある。此事は又後に述べる。

このすべての現象は婦人にとつてはォーガズムが全然快樂愉快の爲のものであると云ふ事實を示してゐる樣に思はれる。ォーガズムは何等姙娠する行爲の一部をなすものでなく、快感を生ずる以外のたつた一つのその機能はその生ずる非常な快感の爲に、若しその快感がなければしない樣な時に婦人を性交せしめる誘ひの餌の樣なものであり、かくして婦人の母となる可能性を增すのである。事實婦人をして、姙娠の危險を冒さしめるのに、オーガズムの快感を經驗しやうとする慾望よりも强い誘惑はない。尙詳しくは後で述べる。

オーガズムがすむや急に二人の體は元氣を失ふて、男の方では今まで勃起してゐた陰莖は直に、グニヤ〳〵になり收縮し、女の方の器官もすべて平靜に歸して失ふ。非常に快い疲勞のだるさが全身を覆ひ、すべての神經の纖維はゆるみ、すぐ眠りたい慾望が抗し難い程襲ひ來る。そして二人のすべき事はできるだけ早くかゝる自然の衝動を利用する事である。その前にタオルかナフキンを手近かなすぐ手の屆く樣な所においておかなくてはならない。それでもつて器官が離されるや否や、膣から多少流れ出る精液の殘りにあて、夫は又タオルで自分に殘つてゐる液を去つて直ぐ體を離して妻をして自由に動ける樣にしなければならない。その時妻はタオルを股の間にあてゝ、殘つた精液を取らぬ樣にし橫になつて直に寢る。（若し女が性交後仰向けになつた儘眠ると姙娠する可能性を增すと云はれてゐる。此點は子供を得度いと望んでゐる人の注意すべきことである。筆者は性交後二十四時間仰向けにねて色々な事をし盡した後姙娠した婦人を知つて居る）婦人にとつて殘つた精液を直ちに取るのを怠るのは不清潔で不衛生である樣に思はれてゐたが決してそうでない。その理由は精液はすべての女性の性的器官及身體全部にとつて非常に力ある刺戟物なのである。器官は精液が殘されてあるとそれを吸ひ込んでしまふ。そして器官にとつて非常に有利なものであり、そうすることは婦人にとつて健康的なのである。結婚後多くの婦人が肉が增し肥りさえするのはこの爲であり、此健康的な食物のお蔭である。事實女性にとりて精液程强い神經刺戟物又は神經鎭靜物はない。滿足な性交と精液の吸收とによりて健康を囘復し、健全になつた多數の神經的な婦人やヒステリー的の婦人さえもある。これに反してこの正常な有利な事柄を誤用し、惡用されて色々の病に苦んでゐるものも澤山ある。色々の結果はすべてその行はれる方法如何にある。

かくして性交の行爲が終つてからは婦人はできるだけ早く繃帶をそつとその場所に入れて眠りにつくのである。長い間眠れたら眠れるだけよく精液の吸收によつて利益をうける。そして自然に目が覺めたら温水で陰門の附近を洗ふのであるが、膣や子宮道まで膣注射器を用ひて清潔にするに及ばないし、又それはよい事でない。就中冷い水を膣の中へ、特に性交直後決して注いではいけない。或人は性交直後冷水を用ひるがこれ程健康を害ひ結局は自滅に導く確かな道はない。かゝる時には其場所が充血してゐる。そこへ冷水を注ぐのは、まるで汗みづくになつてゐるのに冷水をあびる様なものである。自然は膣に殘つた精液に對しても充分な面倒を見てくれるのである。めい〳〵器官をはなしたら自分自身で淸潔にし注意すべきである。

以上がいくらか誇大はしたが最好の狀態で一番普通な性交の行爲を說明したのである。その完成は各自に養はれる方法によるもので、熟練は賢明な觀察、凡ての部分の注意深い硏究、巧妙な扱ひ方、お互ひの心身をその行爲へ巧みに適應せしめる事によつてのみ達せられるのであつて、決して單なる動物的機能ではない。二つの心の一つの思想による結合である。當然あるべき樣に行はれて又最高最善の狀態の下に行はれる以上、何等低級な墮落した事ではなく、自然によつて示され創られ、そして與へられるものである。あるがまゝに悅びを以つて享け、すべての人の子に正しく用ひらるべきものである。

第七章　初　交

これから述べなければならないことは初めて性交する場合の婦人に生ずる第二の行爲、即ち器官の接合についてゞある。夫婦初めて結合の場合、妻が處女である時にはそれ以後には起らない或る事情がある。そのことはよく心得正しく取扱はねばならない。さもないと非常な惡結果を生ずる。勿論かやうな最初の出會でも前に述べた第一の運動であるすべての準備はその終りに至るまでしなければならない。普通新婦が處女である場合性交の充分な行爲に移る前に多くの時間を要することは勿論であり、此場合徐行が愛のスピードを導き得るであらう。若い人々は今までよりもよく知り合ふ樣に時間を用ひなければならない。お互に着物をつけない姿に慣れる樣に、そしてその新たな狀態の下で新たな愛のたわむれに慣れる樣に。とに角充分な性交をするには少くも新婦から心から望む樣になつてからで、若し熱望する樣になればそれだけよいのである。そして時間を充分に用ひて用意をしそれから妻が處女である新婚の夫婦の器官の結合となるのだがこゝで矛盾的の說明を加へる。

陰門卽ち女性生殖器の外部は股の前部に橫はつてゐる口の形をした孔である。形や大きさや構造は口によく似て居り肛門の直前から始まる恥骨の上、下腸の所まで延び、その全部の長さは凡そ四五寸である。此器官は次の數部から成つてゐる。卽ち陰唇陰核及膣口とである。陰唇は二重の列をなし各側に二つ宛あり、大陰唇小陰唇として知られてゐる。それ等は陰門の全長を覆ひ股が開かれてない時には、外の陰唇は內のをたゝみ込んで居り大陰唇の外部は陰毛で覆はれてゐる。その厚さや性質は、各自の顏の唇に似て居る。大きな口と唇は、大きな陰門と厚い陰唇とを示し小さいのは小さいのを示してゐる。陰核は陰門の上の前の方にある腺でその組立と機能とは殆ど男性器官の陰莖と同じである。膣口は陰門の後部又は下部にあつて直に膣に入る。

すべてこれ等には銳い神經が充ちて居り薄いデリケートな非常に敏感な皮で殆ど頰と口を覆ふてゐるのと同じである。陰核と陰唇とは血管に充ち膨脹する時には血液が流れ込んで非常に擴大される。その場合陰核は丁度陰莖の樣に膨脹し又勃起する。女性氣官の此部分に就ては充分兩性によつて了解されなければならない。さて處女の場合には陰門に未だ云はなかつた部分がある。即ち處女膜である。これは膣口の前又は上の部分に跨つて陰門のその部分を鎖してゐる膜である。此の處女膜は、併し疑ない處女に於てすら必ずあると云ふのではなく、時には幼ない時自分で遊び乍ら小さな指で破られたり、激しい運動や大型の注射器で裂かれたりする。こう云ふ理由で最初の性交に新婦の處女膜が無かつたからと云つて處女でないと考へるのは正しくないのである。多くの若い夫や、いくらかの若い妻たちは處女膜のある事を知らず初めての性交に於て第二の部分即ち器官の結合の場合に生ずる面倒をも知らない。此膜は時には硬く丈夫なこともある。そして陰核の下部、小陰の內側の表面にしつかりついてゐて、膣口を塞いでゐるので實際勃起した陰莖は膜があるので膣の中へ入ることができない。こう云ふ場合には新郎新婦（特に後者）が本當のその部分の組立を知らずして器官を結合せしめ様とするとその結合が邪魔されてゐるのに氣がつくであらう。そして男が當惑してイラ〳〵と情慾にかられて處女膜を亂暴に破つて無理に入れると女に酷い傷を與へる。その傷けられた場所から出血し非常に恐怖を與へる事になる。そして夫に與へられるところの物は動物としての汚名であり、かくして彼の「太陽を目がけて射られた矢は徒らに泥にまみれる」のである。何よりも此場合になすべき事は、その事情を知りあつて、注意深く、やさしく、なし得る最善の事を盡すのである。二人に充分事情が理解されゝば非常に易く一緒に體を動かして邪魔物に打勝つて何等の苦痛もなく或は少し位の痛みで處女膜を破ることができる。實際結合する時になつてすべての事實をお互に知り合ひ、夫が勃起した陰莖を靜かに、しつかりと處女膜に向けておいたならば、妻はそれに向つて壓しつけ、そのまわりで搖らして自分から動いてその膜を破る様にするのである。どれ程の苦痛にたえられるかは各自の知つてゐる事であるから餘り苦痛であつたら自分がらくにすべきで、ともかく自分でして夫に任かせない事である。お互に承知しお互ひに努力して滿足にそれを除き得ないと云ふのはごく稀な場合である。だが充分な努力を拂つて除き得ないならば外科醫に相談しなければならない。それは簡單な殆ど苦痛のない手術でその困難を除いてくれる。然し決して夫の力で亂暴に妻に充分な承知もなく破つてはならない。此事をよく記憶せよ。

實際新婦のなすべき賢い實際的な道は結婚數日前に外科醫の所に行つてその膜を取つて貰ふ事である。此手術は決して苦痛がなく簡單に出來る……が此爲に夫に處女性を疑はしめる事になるかも知れないから此點は注意しなければならない。處女膜はとつたからと云つて別にどうなるわけでもなく却て利益を受けるのである。身體の器官は如何に有用なものであらうと生き延びすぎたものは除かれてそれによつて新らしい、美しい有用が生れるのである。新たな二人のお互の努力によつてなしとげられたならば、それは悲しみの種とはならずに悦びのものとなる。處女膜を破られて悲しむのは盲腸の虫狀突起を取り去られて泣くのと同じである。此障害に正しく打勝つたならば、第二の行爲に就ては別に說明するに及ばない。

次に性交によつて生ずる姙娠の可能性とそれに關聯した肝要な事故を述べる。先づ誰しも健康の足りてゐる生活をしてゐる夫婦であれば子供を得度いと望み、此望に從ふ樣に行ふ。これは人間間の性の第一の目的にそうてゐる許りでなく、男女の人間としての他の自然な要求である。バーナード・ショーがジャック・タンナーをして母心と同じ樣に父心があると云はしめてゐる樣に、親となる事はすべての普通な健全な心を持つ男女の最高の望みである。それは本能ではなくしてそれ以上のものである。それであるから殆ど誰しも子供のある家族を持たうと云ふ望みを以て結婚する。結婚して子を產み得ぬ人は云ふに云はれぬ悲しみを與へられるものである。併し悪い多数の種子よりもすぐれた少數の種子の方がましである。從つて澤山の、生活が苦しくなる程子供を持つより僅かな子供を持つて充分な教育、足りる生活をして行ける樣にするのが賢い道である。僅か乍ら以下にその暗示が與へられてゐる。さて姙娠するに必要な點は既に述べた樣に子宮內に卵があつてそこへ精虫が來る事である。そして此二つの結合する場合には姙娠し易い。その可能性がある。併し普通の場合卵は二十八日每に一度子宮の中に入つて來て大抵その期間の半分卽ち約十四乃至十五日そこに留つてゐる。そして初まつてからおよそ五日後に月經は止まり、その停止後約十日間に卵は子宮から出てしまつてそれ以後は姙娠する樣なものは何もない事になる。此場合精虫は姙娠する危險なく子宮に留まれる。これは簡單な事で容易に理解される事柄である。とは云へかゝる一般的な狀態は必ずしも常に得られるものではない。——卽ち婦人全體にとつてはいつも此通りではないのである。機會が與へられゝば月の中何時でも姙娠する事ができる婦人がある。此生理的說明は卵巢中の卵が色々違つた成熟の程度にあるからだと云ふ事ができる。通常は月一回此卵の中どれか一つは子宮へ下りるのであるが例外的な場合には屢々卵は部分的に保たれてゐるので、性交の時刺戟されて——此場合此部分は非常にデリケートである爲——卵はそこから搖れ出て時ならぬ時に子宮に下り、そこで精液に出合つて姙娠する事になるのである。以上は或る場合に起る事である。ではどうして夫と妻とはその特別の場合が如何なるものか知り得やうか？　それは次の樣にする事によつて知り得る。

新郎新婦の最初の性的會合は新婦の方で月經停止後少くも十日後までしてはならない。それ故新婦の方で日を決めるのがよく、若しできるなら安全な期間の中に選ぶ可きである。そして姙娠の危險から逃れられる安全な期間の始めに近ければ近いだけそれだけけい〻。と云ふのは最初の性交が次の月經が來る時の一二日前に起つたとすると、それに刺戟されて殆ど成熟した卵が子宮に入るのを促がされて姙娠が起り得るからである。であるから新郎新婦の初交の日は、月經停止後十日より早くてはいけず、又次の月經の初まる前三日より晩くてはならない。若し此免疫になれる期間が來ぬ中に結婚する場合一番安全なる事は次の時が來る迄辛棒する事である。がこれは兩方にとつて非常な忍耐を要する。著者は月經の初まる前三日に結婚し兩方二週間性交を待つた例を知つてゐる。次に性交の結果としての姙娠の恐怖から免れる事は兩方にとつて非常な仕事であり、男にとつてより女にとつて遙かにその通りである。性交によつて生ずる結果の重みを負ふのは男でなく女であるからである。妻は一度「實のある種子」が根を下すや數ヶ月の間注意と心配とに充され、それが出て了ふ時には生命をも賭ける。それ故妻は母となるすべての條件を左右する權利を持つてゐる。だが妻は夫に對して愛の中に眞に妻らしさの中に充分の注意を拂はなければならない。如何にして滿足の行く性交をなし、姙娠を避くべきかは次の數語につきる。此樣な狀態に達するに最も注意深く熱心に、正直に骨折る努力が拂はれねばならない。若しかゝる狀態に達しないと、その缺點は妻と夫との間の無限の爭、相違の源となり、その爲に、嫉妬、喧嘩などあらゆる禍にみちびかれる。だが一度充分に理解され、ば最も愛に充ちた科學的に正確な方法で幸福な結婚生活が築かれる。故に新郎新婦は初めから充分の努力を拂つて望まれた完成に向つて進まなければならぬ。若しこれ以上詳細に亘る事が必要であれば信賴する醫者の教を乞ふがよい。

第八章　性愛の技巧

尚云はねばならぬ重要な事がある。性愛の術はすべての術の中で一番長いものであり、且つそれを完全に修得しその目的に達するに又非常に困難である。

夫と妻との性的器官がよく釣合はない時には非常に重大な面倒が起る事は不幸な事である。が又少なからず生ずるのである。うまくお互の器官が合はないのに氣付いた時には正しく賢明な處置をとらなければならぬ。そうすればその困難に打勝ちお互ひの充分な滿足に達する機會は多く得られる。かゝる不釣合は多く通常夫の陰莖が妻の膣にとつて長すぎる事から起り、口が小さく指が短いずんぐりした妻と、口の大きい指の長い夫との間に起り勝ちである。それ故結婚前にこう云ふ事實も考に入れねばならない。こゝにも無知と無關心とが待つてゐる。陰莖の長過ぎる場合に短かすぎる膣に充分さし込まれた時、特にォーガズムの場合、兩方の器官がその衝動の求むる儘に活潑に押合ふ時、陰莖の尖端は膣の後壁を押つけ、時には酷く膣道に沿ふて張り切つたまゝ子宮を不自然に壓し、子宮道を甚しく傷つけることも少くない。そしてそれからあらゆる不幸な悲しむべき結果が生ずる。かゝる危險があるからして最初の夫婦の結合は充分な注意を以つて特に第二の行爲、器官の最初の結合の時行はねばならぬ。その場合初めてお互ひの器官がうまく合ふかどうか容易に知り得。若し容易に合ふと知れゝば幸福であるが今述べた不釣合の場合には以下述べる方法で正しく調整する事が出來る。（性的器官の比較的大さは決して男女の體の大さによつて決められない。小さい男とはいへ異常に長い陰莖を持ち小さい女でも大きな陰門と長い膣とを持つものが多い。又その反對のものもある。それ故此事は實地に當らなければ確實に決定し得ない問題である。）お互ひの不釣合を知つた時には次の様にするのがよい。

前に述べた性交の方法即ち女が仰向けになり男がその上に覆ひかぶさる位置をとらずに、男は横腹を下にするか或は半ば仰向き、半ば右の横腹で臥し、女の方を向ひて左足を體四十五度（半直角）になる様上にまげる、膝も同じにまげる。そして女は右横腹で臥し男の腕へ寄せ女の右の尻を男の體と右股で作られた角の中に置き、男の左足が女の尻を下から支へる様にし、女の右足を男の足の間に置き女の右足を男の右足の上に投げかけさせ女の右腕を男の首の圍りに置き、女の右腕は男の右腕の下で、男の體の横に置く様にする。男の左腕は下から女の胸の圍りに置き右腕は思ふ様に女の體の上で動かせる様にする。さて此姿勢で、男の尻は女がたやすく自然に且つ非常に快く跳ね得る一種の鞍となる。そして男は全身を寢床で支へられ充分快く女の上にかぶさつて肘と膝とで重みを支へてゐるよりは、ずつと長い間疲れずに此姿勢をとつて居られる。女の腕は男の胸を卷きそれで體をもたげ、女の重みは男に加つて行くが、すべてそれは男によつて支へられる。一寸考へれば此姿勢は男の上になるよりは、はるかによい事がある。女は此姿勢で全部上になるわけでなく半ば右腹で半ば下腹になる。その重みは夫の體にかゝるが寢床で支へられてゐるから別に夫を疲らせる樣な事はない。

さて此姿勢で性的器官は充分に容易に結合せられる。併し此場合ではその結合の調子をとるのは男ではなくして、女であることに注意しなければならない。女は思ふ樣に調節する事が出來、その臀は自由に男を離したり一緒にしたり動かす事ができ、女は男の陰莖をどれだけ自分の膣に入れ得るか決定する事が出來るのである。そして若し陰莖が長過ぎたらそれに應じて運動を調節することができる。男にとつてその滿足は他の場合より大きくはなくとも全く同じで樂にされ、女に傷を與へると云ふ心配がなく、それ丈け男に喜を與へ、彼の腕の中の女同樣に歡樂に耽けられる。入れたり出したりの運動は他の場合と同じく容易に行はれクライマックスは女を傷ける事なく熱情的に達せられる。女にとつては自由に動けるので恥骨が一番強　押しつけられる樣に尻を動かす事が出來、同時に膣と陰莖との相對的な位置で作られた角によつて膣をあまり突込まるるを防ぎ、その後壁と子宮をすべての傷を受ける危險から救ふ。オーガズムは他の場合と同樣であり自然的である。次に尙重要な事柄を述べる、結婚の不滿足の非常によくある原因は夫と妻とがクライマックス即ちオーガズムに達する時間の相違である。前に言つた如くに最高の愉快はそのクライマックスが同時に起る時、正しく同じ瞬間に兩方に來る時であるが、こう言ふ具合にするには非常に容易でない。詳しくは次に說く。

槪して女がオーガズムに達するのは男より遲い。必ずしも常にそうであるわけではないが、大抵そうなのである。夫が一回行く（クライマックスに達する）間に數回行く程熱情的な女もある。著者は、肉感的でもなく浮氣でもない優しい敎養のある妻で夫の一回行く間に四五回もクライマックスに達する婦人を知つて居る。そのわけは女の性器が非常に感じ易いのに男の方はその反對であるため、それに達する時間がめいめい違ふからに過ぎない。かゝる例は稀であつて大抵の女は男より遲いのである。大抵女は一度クライマックスに達すると直ぐ續けて始める事は出來ない。從つて若し男の方で行つてしまつたならば女はゆく事ができない事になる。何故かと言へば精液を射出すれば、通常陰莖は直ちに沈靜して女を刺戟する事ができなくなるからである。であるから男は一度先に行つて了ふと女の方で行く可能性は全然無くなつて了ふ此爲に女は不滿を感じ、器官はすべて充血してゐるのに極端に不滿の狀態に入るのである。之に反して女が先に行つた時には、彼女の陰門と膣とは少し宛非常にゆるやかに沈靜して行くから夫は完全に運動を續け相手が旣に行つて了つてゐてもクライマックスに達する事が出來る。以上によつて妻が夫より遲く行く場合にはよくある事だが性交は非常に一方に偏したものとなり易い。一方では夫はすべての滿足を得、他方妻は僅かしか又は殆ど何等の滿足をも得られない。二人にとつて不幸な、特に妻にとつて此上なく不幸な狀態になり易い事を知るのに難くない。或夫婦がその結婚式迄一緒に生活して月に數回同衾してゐながら、その妻は一度もオーガズムを知らずに過した實例を知つてゐる。その理由は夫が早く行つて了ひ妻はいくらか遲く決して同時に起らなかつたと言ふ事より他にない。その老婦人は九十の高齢で新婚の夜から望んでゐた喜びに一度も觸れずに死んで了つたのである。二人共非常にすぐれた方であつたが、唯彼等が知らなかつたのだ！　一人は無知、一人は無關心だつたのだ！　そして同じ事が諸君の上に待つてゐる。さてその場合すべき事は一緒に行く樣に努める事だ。そしてその方法は第一の行爲を延ばし妻が夫と共に行くばかりでなく彼女の熱情の狀態では夫より先にさへなる樣にする事である。かくするには夫はあらゆる手段によつて妻の性慾を刺戟し、性交に對する慾望を增す樣にする事である。こゝにこの夫のなす可きかゝる結果を導く方法がある。

女の胸は直接にすべてその生殖神經と結びつけられて居る。特に乳首にありてはそうでありそれに觸はると性器官のすべては直に刺戟される。脣と舌も神經的に性器に結び付けてゐる。そして夫が妻の胸特に乳首を指でいぢり乍ら又更に好い事は脣や舌をいぢり、それと同時に若し指で陰門特に陰核を突き又妻がするのを許したら、彼女の體を片手で抱え彼女の乳首が戀人の口に入る樣にゆする、又彼女が仰向に臥し、夫は右側で左手を彼女の胸の圍りに置き、彼女が股を開き陰門を開けるだけ開き適當に尻を上げたり下げたり動かす、或は妻の手は自由であるからそれで夫の陰莖を握つて――夫が妻の陰門をいぢる樣に――いぢる。二人がかくして妻の情熱が思ふ樣な程出て來ない事は殆ど稀である。かゝるたわむれをする中兩方の器官は充分大きくなり液の汾泌も多量となり、そして適當な時に第二の行爲に移る事ができる。性交の此部分は實際行爲の中で最も快いものゝ一つである。若し妻の汾泌が遲く夫が突込む時陰門がまだ乾いてゐる場合には夫は口から唾を移してその部分を濕らすべきである。それには指を口でしめして、それを陰門に移せばよい。それから突込むのである。陰門を唾で濡らすには數回繰り返さねばならず、必要ならその部分から液が自ら出て濡らす必要のなくなる迄しなければならない。乾いた陰門に突込んでも何等熱情を呼起さず液の汾泌を促がしはしない。併しその部分が濡らされたら非常に稀な例外を除いて思ふ樣な結果となり得る。陰門を唾で濡らすのはみつとも無くもあり又不衞生だと考へるのは間違つてゐる。決してそんな事はなく却つてかゝる事をしないとうまい結果になり得ない所の性交を完全にする自然の方法である。既に言つた如く化學的に云へば唾も、女の性交前汾泌も同質のものであり、兩方とも粘膜の自然的な汾泌物でアルカリ性を呈し滑かになるもので、事實唾液は口や咽喉の內部にとつても同樣に陰門の唇にとつても自然的なものである。實際性交前性器に唾をつける事は、その事が本能的だと思はれる程一般的である。たゞ讀者の曲解した心をためらはせる樣な偏見を除くまでにこゝで言ひ加へておくだけである。かゝる場合に唾を用ひるはペーヂを繰つたり食物を持つたあとの手をなめるのと同じ事で潔癖すぎる人には非常に悪く思はれるが、事實廣く行はれてゐる事であり又非衞生的なものでもない。時折ワセリンやオリーブ油を性交前にぬる事をすゝめるが、これは非衞生的でありよい事ではない。かゝる油は本來の汾泌液とは全く異質であり、却て器官を害ふ様な事になる。それ故唾液でしめす用意をする事を恐れたり恥ぢたりする事はない。

前に戻つて妻が夫のゆくのより遲い時には、以上述べた方法でその熱情を促進する事が出來る。唇と舌とで乳首をもて遊びながら又指で陰門を突きながら、全器官を結合せずして女はオーガズムに達して了ふ。これはまさに一種の手淫であるが性交への準備としては、女の遲れた情欲が男と同じ程度にまでなるまですべきでそれ以上する必要はない。二三週乃至二三ケ月もすれば女は、どれ丈けこのたわむれをすれば思ふ様な興奮に達するかを決める事が出來る。そして此點に達したら、若し第一の姿勢でゐる場合には、夫が體の上に來る様に、又第二の姿勢をとつた場合には夫の腕の中に身を投げかける可きである。一つの姿勢になつてから妻の情欲の强さが夫のよりまだ少いと思はれる時には次の様になるがいゝ。夫が上になつてゐる姿勢だつたら器官が結合する前に妻は夫の陰莖をとつて夫が尻を上下するにつれて陰門、特に陰核をその龜頭で突き、すぐには膣の中に入らぬ樣にする。暫くの間この器官の外の接觸の形を續けてゆき、廣く開いた膣口を滑らし妻は兩股を上げて恰も入つてくれる樣に賴み切る程氣をぢらす。そして終に妻はもはや返事をしなくなるが、その快感夢中の中に陰莖を膣にすべり込ませかくして結合に入る。若し膣が情熱に充ちてゐる時には一突きで入れる事ができるが、陰門と膣とがまだ充分に膨脹してゐない時には注意して膣が堪えられる樣に、その希望する樣に靜かに入れねばならない。時折稀ではなく以上の如く器官の觸れ合つてゐるだけでクライマックスの境に達せられ、陰莖を入るゝや狂はしい熱情的喜びの中に一突きで器官は充分結合し、一二囘の出し入れでオーガズムに達せられる。又十分な一突きで直ちにその決勝點を得られる。器官が一緒になり、男が上になつてゐる時出し入れの運動が始まつてから膣がまだその勝負で夫より遲れると氣付いた場合には、妻の尻を自由に動かせるやうに夫は靜かに女の上に姿勢をもつて陰門の上部卽ち陰核を陰莖にて壓しつけ、それから陰核を陰莖に充分くつゝけつゝ出來るだけ深く突けば速かに妻の情熱を增してクライマックスに導くのである。又この變形として、陰莖の根本がしつかり恥骨を壓し付け、陰核と陰唇とが陰莖にからみつく位に充分深く出來る限り器官を結合したまゝ、夫は動かさずに居て、その間に妻は尻を強くもたげ、ぐる〳〵と廻す樣にすれば非常に妻の情熱は煽られ直ちにクライマックスに至る。この二つの例で夫は出來るだけの注意をして、その身體の重みが妻にかゝらないやうにしなければならぬ。全身を肘と肱とで支へ、妻をして彼の胸にだきついた兩腕の力によつてその體を、少くともその尻を動かせるやうにしなければならぬ。女を喜ばせることは、その身を二重に喜ばせる事である。かく戯れ合ふうちに、お互に充分相手の用意がいゝかどうかを心で知り得て、完全なクライマックスに達せられる。

さて他の場合、卽ち妻が夫の腕の中に半ば上になり、夫が半ば背を左横に臥してゐる場合の注意を二三述べる。やはり妻が夫より遲いとする。いま迄の姿勢をかへて、妻が上半身を夫の身體の上にのせる時、今まで夫が指で妻の陰部をいぢつてゐた動作も中止され、その爲に妻の情熱はゆるめられるから、次の第二の動作に入る迄に妻にその失はれた情熱を取返さなければならない。第二の姿勢で互に腕の中に身を寄せ合ひ器官が自然と觸れ合つて、陰門と核とが自然に容易く興奮される。妻は左の足を夫の右足の上に投げかけ、右肱をひき上げてゐるので尻が廣がつて陰門は廣く開く。同時に陰莖はその自然の位置から充分に延び膣へは入らず扉の外で止まつてる事になる。此時に陰門は膨脹して長くなり、陰唇は膨れ核は勃起し液で一ぱい覆はれ、陰唇は充分開かれて非常に快いデリケートな柔い壁の道を作る。さて此陰莖ほど長くなつた狀態で通り路の端から端まで、何處も最も快感に充ちた神經の糸に覆はれ、觸れゝば直に激しい悅に陷る。戀人の散歩路を充分強く立つた陰莖が陰門のあらゆる所、內唇も外唇も核をもすべて四五吋の深さに觸れゝば、陰門の突き出た唇は充分濡れたまゝその侵入者にその途中でしがみつき、甘美の接吻の中へひたし込む。

妻が半ば上になつてゐるのでその愛の路を自由に思ふまゝ動かせる故、六七寸もの間上げたり下げたりして陰莖をして動かすにつれて何處でもつかせることが出來る。此時陰莖はしつかり硬くなり、妻が突き上げるたびに龜頭は動悸を打ちつゝ核にぶつつかる。妻が更によく快感にひたらうと暫らく休む時、陰莖が突き下す每にのみこまれてしまふ位に新たに廣く開かれた膣口をすべりつつ、ふざけながら、たゆたひながら、男女は激しい快悅に氣を失はんばかりにその遊びに耽ける。かくして妻の情熱は充分に端まで突き進み、そして彼女のそれに達するや膣は陰莖の上に覆さり、一突きで完全に二つが一つになり、更にその目的に至るには二三の身動きする間しかない。或點で此方法は最も勝れて居る。そして此姿勢は完全に行爲を仕遂げるには最上のものであり、一番容易な、最も疲れることの少いものである。妻が他の事で疲れてゐるか又は全く達し得ない場合でも、彼女は疲れず充分に此抱擁を享樂し得る。何故なら陰莖が他の場合の様に充分深く膣に入らなくとも器官は全く完全に結合されるからである。更に此方法ではクライマックスは充分に達せられ、一緒に調子よく行く最良の方法の一つである。器官が合はない場合即ち妻の膣が夫の陰莖に對して短か過ぎる時には此方法は困難なく仕遂げらる一番よい方なのである。此方法は自然と次の事を考へさせる。指で陰門をついたり膣の外に陰莖を觸れさせたりする色々な刺戟の仕方は手淫の様に讀者には思はれるであらうが決して正しくない方法ではないのである。それは人間がお互ひに幸福になり得る合理的な動物等とは全然異つた道であり、若し二人がお互ひに悦びを增し合ふとし、夫が妻の情熱を馳るためその陰門を唾で濡れた指でいぢり、妻が又そうしてくれる様に望むなら、かゝる行爲は正しい健康なものである。此事を決して不審に思ふ必要はない。手やその他器官の結合以外での性的刺戟は變に考へられ勝であるが、過度に行はれない限りは正當であり、健康に害を與へるものではない。併し吾々は長い間その反對を教へられて來たので、それを眞に實行するのは困難である。若し妻がクライマックスに達するよりも前に夫が達して了つて、夫が陰莖ては妻をオーガズムに導くことができない場合に、夫が指で妻を滿足させる事は正當である。勿論これは夫と同時に達するよりは滿足は得られないが、妻に喜びを與へずに置くよりは遙かに優つてゐる。實に多くの婦人が夫が妻より先に行つて了つてそのまゝに妻に滿足を與へずに離れて了ふため、器官は充血し興奮したまゝ充たされない慾望を以つて終夜苦悶してゐるのである。若し此場合二人が本當な事を知り無知でなく間違つて考へず、なす可き事をなすに恥ぢなければ、此苦悶は充分に救はれる。勿論夫が自分だけ滿足して、それから妻を指先でクライマックスに達せしむるには、自已的な勝手になすべき事ではないけれども萬一の場合の窮策としてはそれをすゝめる事ができる。

既に述べた様に夫は妻が達して了つてその器官が次第に沈靜してから後にも膣に陰莖を挿入

してオーガズムに到り得る便利を持つてゐるが、一度達して了ふや殆どそれと同時に陰莖は平常の狀態に縮少し、その狀態では膣に滿足を與へる事は出來ない。ましてオーガズムには導き得ない。何かの理由で體が弱いとか輕い病氣とか器官の一時的痛みとかの爲、普通の性交の方法でやる事が出來ない時にも、若し妻が夫の陰莖を手にとつて夫が行くまでそれをいぢくるならば非常な効果を與へ、夫はその爲に妻を愛しキスし、生命をも捧げるであらう。新郎新婦は器官を結合する暫く前に、お互ひに手で器官の外部を刺戟してオーガズムの悦びに達する事を知つてゐたなら、それは彼等の長い幸福となるであらふ。特に新婦にとつて、新郎の室で彼女の愛人が着物をつけたまゝその腕の中に彼女を抱いて膝の上にのせ、彼女がオーガズムに達するまでその陰門をつくなら彼女に一生忘れられない喜びを與へ得る。確かに此方法は屢々無知な善良な若い夫によつてされる樣に新婦を強姦するよりいくらよいか判らない。實際新婦が自分の性的機能に就て無知でオーガズムについても知らないならば結婚の前夜に知識を得られるし、自分の手でオーガズムに達する事を知つてゐても、愛人の手に抱かれる前に眞に彼の欲するものについての正しい觀念を得られる。正しい心構へですれば彼女にとつてその知識を廣めその内にひそめる力を知らしむるのである。夫にとつてはオーガズムを知らない場合は稀であり、健康な若い男子なら誰でも他の方法で精液を排出しないなら一週一回は自動的に行くのである。自分で行ふ手淫は性的活動が他の方法で抑へられなくなつた場合男女によつてその健康の爲行はれる。此行爲が害をもたらすのは過度になすからである。唯一の危險は自分一人でゐても自慰の手段を手に持つてゐるので、あまり容易にその行爲に溺れて耽りやすく、その爲勿論悪結果に導かれる事である。が行爲そのものは悪いのではない。却てそれを一定の限度の中ですれば健康的な事となる。未婚の多くの婦人、特に寡婦は時折自慰によつて體の健康を保つて行かれる。夫婦離れ合つて居らねばならぬ時、時々此手淫によつて自分を満足し互ひに愛情を充し合ふのは正當な事である。手淫に就ては色々の無知が行はれてゐるが、事實多くの少年少女は手淫してゐる。或人は全婦人の半數は何等かの形で自慰をしてゐると云つてゐるが、その見積りは少なからずとはいへ多くはないが、過度に行はない限りは何等罪とすべきでなく、すべての他の身體器官と同じく絶へず汾泌する液は排出される要があり、その性質の求むるま々に再生しなければならぬ。だが唯過度に耽つてはならぬ。すべて中庸をとつて行かなければ身を喜ばすものは却つて身を損ふものとなる。

第九章　含蓄的性交

以下述べる事は夫婦間の性的行爲に就てゞある。單なる動物的性行爲から離れて精神的悦樂を得る爲には此含蓄的性交として知られてゐる方法がかなつて居る。それは行爲の一部を行つてクライマックス卽ちオーガズムに至らないものを指すので、前に述べた行爲の別け方に從へば第一と第二の部分卽ち、求愛のたわむれの部分と器官の結合とだけをしてそれで止まるのである。一見此方法は正しくもなく賢いやり方とも思へないが、事實に於ては多くの幸福な結婚者達の認める樣に正しい賢明な途である。此方法は行爲の二部分を一つし絕へず愛の戯れをし合ふ、精神上の愛の抱擁でありその完成に達すれば、夫と妻とは極度の精神的喜びに夢中になるのである。此方法をするには、完全の性交を說明した時の樣にお互ひの性慾を起す樣に努力せねばならぬ。此場合オーガズムは目的でなく、目的とするのはお互ひの愛の悦樂的表出であり一種の接吻の延長されたものであり性的器官も唇同樣に含まれてゐる、すべてを抱擁する接吻の延長である。お互が唇同様に接吻し合ふ着物やその他の邪魔のない眞の愛戯である。此方法では二人同志あらゆる方法で愛撫し、語らひ、さゝやき合ひ、手はあてなく體の上をさまよひ廻り、夫の右手は特に自由であるから妻の背、尻、足をなで頭から足の先まで愛撫する。これをし續ければ自然と性器官は勃起して兩方から液が分泌する。即ち器官は靜かに且自然にその出會ふのを待ち充分勃起興奮すれば膨脹し滑らかになり、前に述べた第二の姿勢で妻は愛人の胸に抱かれ器官は容易に滑り込み合ふ。それから充分一緒になつた器官をそのまゝにして第三の部分即ち運動を初めてはならない。靜かに臥したまゝ抱擁、接吻、蜜語、愛戯、愛夢、悦樂に耽けるのである。此結合の時間は二人によつてその方法扱ひ方を心得られたなら、どんな長さにも延ばす事が出來る。時には數分の事もあり、一時間或は更に長いこともある。双方疲れて又眠くなつたら器官を離してお休みのキスをして眠りに就く。けれども充分の方法を學んだ人々にとつてはお互ひに腕に抱かれて器官の結合したまゝ眠るのはまれな事ではない。此態で器官は沈靜して陰莖はグニャ〳〵になつて一緒になつてゐた膣からすべり出て又膣は小さくなり陰核は鎭まる。此經驗は最も快よいもので一度經驗され充分に修得されるやお互ひの利益に都合よくなつてゆく。此方法は不自由な時に特に役に立つ。正當に用ひられゝばオーガズムに達せんとする欲望を増しはせず、反つて充分完全に性的欲望を和らげ滿足になる。やり方を練習する中、不熟練の人々は運動をやつてクライマックスに達した方がよいと思ふ時には、そうしたらよい。併し時のたつにつれ第一の部分だけをやる樣になりやがて完全に修得し得る。此健康的な愛戲を十分修得し得た人々は時には一ヶ月二十回もクライマックスに達することなくやれる。此樣なやり方はお互が欲するだけやれるし思ふだけの時間で出來る。又朝眼がさめて起るまで、一寸戲れの時間がある時には暫くの間器官を滑り込ませ合ふのも優れた方法である。學ぶ價値あり且つ多くの人の學び得る方法である。

　話を少し戻し夫婦お互ひの手淫に就てのことであるが、此性慾を滿足する方法は特に自由でない間非常な價値のあるもので自由でない二週間（月經期間及びその後約十日間）の間性慾を滿たす必要の起つた場合お互ひに手でもつて滿足させ得られる。これは特に夫にあつてさうであつて妻が夫の性慾を他の方法で滿足させ得ない時、手で滿足せしめるのは自分な愛し尊敬せしめるもとである。時には器官を結合し合ふのはよくないと思はれる五日間の月經中、妻は夫を手で喜びと利益に救ひ上げることができる。不思議なことに異性の手はその生殖器に何等他の方法では生じない効果を與へる。男が一定の時間自分の陰莖を握つてゐても何等結果は生ぜず液の分泌は全然起らない。が妻にそれを同じ時間握らせば攝護液は直に分泌する。これは陰莖が勃起してゐてもゐなくとも同じである。若し妻が數分夫の力ない陰莖を握つてゐれば、陰莖が力ない狀態にあつても、液は分泌する。夫が妻の陰門に手を置いても同じことである。妻が自分の手をその場所に置いたとて液の分泌は生じない。夫の手を置けば直に分泌する。これは著しい生理的心理的現象であつて特に留意する要がある。相互手淫が自瀆（自己手淫）よりはるかに優つてゐることはこの事實に基く。かくして夫は妻を指で妻は夫をその手でお互ひがめい〳〵獨りでクライマックスに達するよりはずつとよく滿足させる事ができる。此點は夫婦間の多くの性的行爲を考慮する上に非常に重要である。多くの場合夫と妻とは自らの欲望の觀の暗示する事は何でも行ひ、せんと欲すると感ずるまゝに行へ。唯すべてをして中庸をとらしむる事が肝要である。何ものをも過度はなしてはならない。よく尋ねられる質問は、性交はどの位やつてよいかと云ふ事である。その答へは双方が望むだけ肉體的に又は精神的に倦怠、疲勞、元氣消衰に到らぬ程度行へと云ふことである。常識を働かせよ。吾々は空腹を感ずれば食事をするが貪り食ふ事はよくない。同様に自然の要求丈け滿たし、決して度を過してはならない。中庸を保つて男らしく女らしく貴方達の慾望や最良の判斷が正しいとすることをなすに恥ぢたり恐れたりするな。常識を用ふれば悪い結果に到る事はない。そしてお互ひに又は他方が一方を疲れ倦ましてはならない。多くの男子は勝手な權利を振り廻して妻との過度な性交で自分を疲らせる。又反對に性的滿足の過度の要求で夫を疲勞せしむる婦人もある。後の場合では男は女より早く身の破滅に至る。抱擁、接吻、性交毎に男は活氣の液を失ふが女は前に述べた如くオーガズムに達しても生命の泉からは何も失はれない。事實婦人はオーガズムをすればする程元氣を與へられ强壯になつて行く事が屢々ある。一夜に十二囘も行くのを喜ぶ婦人が記錄上あるが勿論例外的に異常なのである。ルーテルは週二囘を以つて性交の規則としたが絶對的法則があるわけでなく常に常識と節制を守つて感ずるがまゝに行ふ可きである。又體質が非常に神經質であり又性質によつて性交を嚴しく制限せねばならぬ人々がある。或る人は健康を保つ上に月に一二囘以上は出來ぬこともある。かゝる人にとつては性交はその人から活氣を奪つて遂にその身を破る事になり性交中は神經的衝動に襲はれ身體が硬くなり苦汗に惱みひどく疲勞し、時には性交後は一晩中眠覺まして居りその後一二日間は身體を損ふ。女子でも同じ樣な身體を持ち同じ經驗に惱む人がある。勿論かゝる場合には特別な注意を拂つて過度にならぬ樣力めねばならぬ。此點で體質の釣合はぬ人と結婚し特に夫が、又妻はが非常に精力的で性慾に溢れて居り、其相手が性交の爲にひどく苦しまねばならない時の樣な二人の間の相違が著しい場合は實に不幸である。かゝる時にはその性交の姿勢を注意して强壯なる相手がその不充分な點をよく調節して弱い方はその弱い點を强める樣に出來るだけの事をする必要がある。こうすれば時がたつにつれお互ひが次第に似よつて來、强い方はすなほになり弱い方は益々强くなつて行くのが普通である。

性器官は普通であるのに性慾を持たない不感性と呼ばれる婦人がある。多くの醫者の言に從へば近代的生活をしてゐる女子の四割はそうだと云ふ。かゝる婦人は性交をしてもその行爲から何等快感を得ないのである。勿論決してオーガズムに達する事はなく性交からの悅びを感じない。性交前の液を分泌する事も稀で、從つて器官の結合も運動も決して容易でなく快くもない。それでゐて母親となり得るし多くの子供を持つ事も出來る。がかゝる婦人は實に悲しみに悶えてゐるのである。かく缺けてゐると考へられてゐる婦人の多くは實際はそうではない場合が多い。多くの女は全然不感の狀態で結婚生活を初めそして多く普通の狀態になつて行く。これはよくある事でその可能性は多くの妻は夫によつて性愛の技巧を受けないこと卽ち性交の第一の部分が閑却されるのである。又は夫が唯自分の權利だけ振りかざして常に自分の情慾だけを滿足せんとする事のために生ずるのである。かゝる狀態の下では妻は決して自分自身の力を知る正しい機會を決して捉へられない。正に云ふに忍びない悲慘事である。その大多數はたの方の無視、妻の方の無關心、間違つた心の態度の結果である。併し若し殆ど誰でも婦人が性交に對して正しい心の持方を心得、既に述べた如く性愛の戲れを受け得るならば眞に不感性の婦人を見出す事は實に稀とする。若し諸君等、夫なり妻なりが斯る狀態に當面して此處に記された如く適當なる方法、心得で性愛の戲れをなすならば、諸君等は正しい結果を得られるであらう。そこに何等疑ふ可き事はない。婦人とは反對に男子が陰萎であるならばかゝる狀態をぬけ出るには僅かな望みしかなく、妻を性的に滿足せしめる機會は少ない。かゝる男子は善良な人ではあらうが、言葉の充分な意味での良い夫とは云はれない。他面婦人が金錢、地位、權力、「食券」等愛以外のものゝために結婚した場合その人は不感性となり、そのまゝの狀態を續けてゆく事は疑をいれない。彼女は良い婦人であらうが良い妻とは云はれない。

一生の間どの位まで性的器官が兩性にとつて快感をもたらすか又健康に作用するかとよく尋ねられる。他の場合と同樣にそれに對する答は個人々々によるのだと云はねばならない。併し性的機能が適當に使用され亂用されなければ活動的生活をなす間一年まで續く事は大體正當である。が正しく取扱はぬ時は身體の機能は何れでも普通より一層早く損はれて了ふ。誤つた取扱方に二種ある。餘り嚴しく抑え付けすべての作用を制して了ふとその部分は衰弱して肉體的精神的に害を及ぼし、體が乾き切つて性的器官は萎縮し、身體全體がそれに應じてそうなり易い。反對に性的作用の過度は直にその人からあらゆる力を奪ひ手淫や早すぎる性交の過度の結果比較的早年にあつて既に勃起力を失ひ切つてしまひ、婦人にあつてはその爲に多くの不幸が惹き起される。が上述の理由で性慾の強い婦人は耽溺すぎた男子から受ける樣な惡い結果にも苦しまずその過度に耐へ得る。卽ち特に情慾の烈しい女子は異常に性慾の強い男子が普通の性慾を持つた妻を疲れ切らすよりずつと早く普通並の熱情的夫を疲勞させて了ふ。併し夫婦間の性的性質が充分活動的な間、注意されてあまり抑制されもせず又餘り亂用されもしないならば性的器官の作用する力は老年に及んでも快美を與へる力と感覺とをそのまゝ保つ。これは次の結論を導き出す不思議な心理的事實である。老年に至つても性的作用をなす力の變質しないと云ふ事實は人間にあつては性慾は單なる生殖以上の目的を持つものであると云ふ優れた證明である。見よ！女子は四十歳乃至五十歳に至つては生活の轉期に達して月經が止みて姙娠する力を失ふ。そして若し性交の快感が單に姙娠の機會を與へる爲だけのものであり、之が性交に對する慾望の唯一の目的であるなら、かゝる慾望、かゝる快感は女性の生活のこの時期に停滯しなければならない筈であるが決してそうでなく、妻が性的に通常の女であり、その性慾を亂用せず又過去にも亂用しなかつたならば彼女は六十を越へても前の樣に性交を享樂し得る。若かつた時程には欲しないであらうが、老いた愛人から充分性愛の技巧を受けなければすべての過ぎた日の悅びが前と同じ樣に戻つて來るであらう。これは又妻と同じに充分注意され、そして亂用してその度を過さなかつたならば、夫にとつても同樣である。

これは若い時に正しい性的行爲をした老ひた愛人に對しての德の報ひである。人間に於ての兩性の目的は、生殖行爲以上のものであり性愛の技巧の如きものがあり、若い結婚生活中に夫婦によつて知り且つ學ばれねばならぬと云ふ證明である。

第拾章　淸　潔

お互に常に體を淸潔に且つスキートにして置くことは多くの人の經驗によつても云ふ必要のない位明瞭な事であるが、不思議にもその點に注意を拂はない妻が非常に多い。そして私達はもう結婚して了つたのだと考へて了ふのも不幸な結果を惹起する基である。妻や夫はお互に愛を求め合つたりする必要が少しもないと考へるが實はそれが悲しむべき不幸の道に導く原因である。妻は全身をいつもスキートに淸くして、夫が頭から足先迄接吻出來るやうにして置かねばならぬ。夫が情熱に馳られて陰部に接吻しやうとする時に、喜んで接吻出來るやうにその場所が淸潔でなくてはならない。此事は夫と妻のお互の悦樂を得るために熱烈な愛人同志でも好く行はれる。」併しその場所が汚れてゐては二度とかゝる事は出來ない。喜びのあるべき所に嫌悪があり、妻が夫に嫌はれゝば結婚生活の破綻がやがて來る。妻は床に就く前に石鹼と温水で陰門を洗ひ含蓄的性交を朝、排尿後に行ふ時は結合する前充分その場所を淸めて置かねばならぬ。夫も亦同樣に身體を淸潔に且つスヰートに保つ、一日一回は陰莖龜頭を洗滌し置く必要がある。お互に腕や足にも悪臭のないやうに保たねばならぬ。喫煙に對する强い反對の一はお互に引付け合ふ可き呼吸を汚して妻に不快の感を與へる事である。要するに夫も妻もその身體をお互に心を引付けるやうに保つ事を怠つてはならない。夫婦間の正しい幸福な性的關係をつくる秘密は夫にあつては、愛すべき紳士として行動すべきで、之は柔弱な事を云ふのではなく、男らしく大膽に、進取的に、積極的に威壓を行ふべきである。妻にあつては自分と夫との性的性質に對して、又共同行爲に對して正しい心構へを持つことである。すべての彼女の今迄の仕込みや周圍の狀態が以上の事をなし遂げる妨げとなるとも、彼女が眞の婦人であれば、その自巳の性質が眞實に示して吳れる。がゝる結果を得るには時間を要するであらうが、耐へて行へば成功をかち得られる。妻は先づ男女間の性的關係は不潔な卑しい罪ある事だと考へる事を止めなければならない。正しく淸く行はゞ夫婦を最高の幸福に導き、肉體的に精神的に至善至上のものを得る。

第拾壹章　結　論

此書の筆を擱くに當つて著者は始めに述べた如くに、以上述べられた事に對して何等辯解するの要のない事を切に云ひ度い。すでに神聖な完成へと助け導かんとする希望の中に又愛の中になされたのである。

最後の指導として世に最も聖い技術である。

性愛の技巧に熟達せよ、

生殖の科學を研究し、それをよく知得する様最善の努力をつくせ、

此二つが結婚生活を成功せしめる。之なくして、特に前者のものなくしては眞の結婚生活はあり得ない。それ故先づ第一に此れを學び熟達しなければならない。それは最も注意深い研究と忠實な實驗とを要する。

結婚して子を持ち得ない人、お互に性の喜びを分ち得ない人にとつて正當な事である。夫と

妻が愛の技巧を學びし子供を得、ホームを得る事は更によい事である。

此感情の心の中に最高の精神的區域に狂喜して呉れる人々には三重の幸福であり、この愛の交換から子供を得られ、完全なホームが建てられたなら、結婚生活は生活する價値あるものとなる。


此本は一度目を通して隅に重ねて置くやうなものではない。充分に研究され實驗され再三再四、特に結婚生活の困難に打克たんとする人によつて熟讀されねばならぬ。それにすべての若い結婚せる人にとつては、度々相談し、その指導を受け、その說く道に從つて行かねばならぬ幸福への案內者である。眞の結婚に於ては夫も妻も利己的であつてはならない。利己の支配する處には苦難の地獄が口を開いて待つてゐる。かゝる狀態の下では眞の結婚はあり得ない。何故と云へば眞の愛には主權などのあるべきものではなく、永遠の眞の結婚をつくるものは愛のみであるから。

眞の結婚にあつては完全な親愛さ、平等、愛と相互扶助である。

諸君よ！
此重要な事實を忘れずにそれに從つ行くやうに切に希望する。

（完）

談奇黨遺言書

永々お世話になりました。愈々本號を以て世を去ります。今なら飽きも飽かれもせずに氣持よく往生させて頂くことが出來ます。

せめて、最後の號をこれだけ美しく飾つて頂いたことが何よりの喜びで、どこの雑誌でも廢刊號と云へば、ペラ〱の貧弱なものと相場がきまつてゐますのに、表紙にまで着色して頂いて、これでもう思ひ殘すことはありません。

妾の亡くなつた後は、アヴアンチユールさんが妾に代つて妾し以上にきつとあなたたを慰めるでせう。どうぞ心からいたはつてやつて下さいますやう、いまはの際にのぞんで吳々もお願ひして置きます。

では、これでお別れします。あなたの幸福と健康とを、空の彼方から永久にお祈りしてゐます。

（談奇子）

昭和七年六月五日印刷
昭和七年六月八日發行
【非賣品】

發行編輯兼印刷人　鈴木辰雄
東京市牛込區市ヶ谷見附 市ヶ谷ビル内

印刷所　長利堂印刷所
東京市麹町區飯田町四ノ四一

發行所　書局　洛成館
東京市牛込區市ヶ谷見附 市ヶ谷ビル内

叢書エログロナンセンス第Ⅲ期

『談奇党』『猟奇資料』　第3巻

2017年12月15日　印刷
2017年12月22日　第1版第1刷発行

[監修・解説]　島村　輝（しまむら　てる）

[発行者]　荒井秀夫

[発行所]　株式会社ゆまに書房

〒101-0047　東京都千代田区内神田2-7-6

tel. 03-5296-0491 / fax. 03-5296-0493

http://www.yumani.co.jp

[印刷]　株式会社平河工業社

[製本]　東和製本株式会社

落丁・乱丁本はお取り替えいたします。　Printed in Japan

定価：本体14,000円＋税　ISBN978-4-8433-5310-3 C3390